非常禁

纸人葬

腹饥子 著

天津出版传媒集团
天津人民出版社

图书在版编目（CIP）数据

非常禁：纸人葬 / 腹饥子著 . -- 天津：天津人民出版社，2018.8
ISBN 978-7-201-13544-1

Ⅰ . ①非… Ⅱ . ①腹… Ⅲ . ①长篇小说 - 中国 - 当代
Ⅳ . ① I247.5

中国版本图书馆 CIP 数据核字 (2018) 第 155939 号

非常禁：纸人葬
FEI CHANG JIN : ZHI REN ZANG
腹饥子 著

出　　版　天津人民出版社
出 版 人　黄　沛
地　　址　天津市和平区西康路 35 号康岳大厦
邮政编码　300051
邮购电话　（022）2332469
网　　址　http://www.tjrmcbs.com
电子信箱　tjrmcbs@123.com

责任编辑　章　赪
装帧设计　易珂琳

制版印刷　三河市龙大印装有限公司
经　　销　新华书店
开　　本　787 × 1092 毫米　1/16
印　　张　17
字　　数　171 千字
版次印次　2018 年 8 月第 1 版　2018 年 8 月第 1 次印刷
定　　价　49.00 元

目 录
Contents

引 子

风铃镇，一个我不愿意提及的地方，地处淮南，却有着与淮南完全不同的风俗。比如，殉葬。殉葬这种陋习始于何时已经无从考证，到清末民初就已经很少见了，而风铃镇却一直延续着殉葬的习俗。当然，这里的殉葬并不是用活人，而是由镇子上最好的手艺人扎一对童男童女，将纸人和逝者一同下葬，每个纸人一具棺椁，十分讲究。

这门手艺千百年传承下来的只有一家——“纸人张”。

当年我离开风铃镇后就下定决心不再回来，一封书信让我重新踏上了故土。

给我写信的是风铃镇最年长的黄德公，今年九十六岁，解放前曾经做过风铃镇的镇长，很有威望，当年就是他把我赶了出去，现在写信让我回来却是为了调查一件离奇的案子。

黄德公老伴儿故去，出殡那天原本用来陪葬的童男童女在入殓的时候异常沉重，此时天空突然电闪雷鸣，任凭大雨如何冲刷都没把那对童男童女冲倒；等风雨过后人们才发现，站在棺椁前的竟然是黄德公的重孙子和重孙女。

两个孩子被人用黑线绑在了扎好的高粱秆上，还保持着和童男童女一样的动作，身上零零散散粘着糊上去的彩纸，表情十分安详……

谁都没想到两个孩子会这般惨死，而且死法太过诡异，这一切让所有人目瞪口呆，尤其是黄德公！

因为这件事，黄德公厚着脸皮联系我，毕竟我和他之间只能用老死不相往来来形容。不过我来了，不是因为看他的面子，更不是我要回来看他的热闹，而是因为所有人都认定害死两个孩子的凶手是我的母亲——“纸人张”！

第1章　纸人开道

夜幕下的风铃镇一如既往的宁静，从我记事起就一直这样。看着熟悉的街道，我心里有些不是滋味，两年了，不知道她怎么样了……

我没进镇子，不是不想进，而是有东西把我拦了下来，两个纸人站在镇子口，笑嘻嘻地看着我，看得我浑身上下直起鸡皮疙瘩。

“把它们放这儿是什么意思！”我看着眼前的纸人，心中想道。

突然，就听“噗”的一声，那两个纸人手中提着的灯笼突然炸起一团火花，紧接着出现细小的淡蓝色火苗。

灯笼竟然无火自燃了，我吃惊地看着眼前身穿红袍绿袄的纸人，这是一对童男童女，童男身穿红袍，头戴瓜皮帽，穿着黑裤子，脚上踩着一双麻布鞋，这些装束都是用纸扎出来的，不过却惟妙惟肖，和真的一样；童女穿了一件绿袄，扎了两个小辫儿，其他装束和童男相同。

两个纸人动了，慢慢地转过了身去，一点点地迈开步子，向镇子里走去，很明显，它们是来给我领路的，在前面给我打着灯笼……

看着眼前的纸人，我知道这是她在挑衅黄德公，我的母亲——“纸人张”，镇子上唯一会扎纸人的人，她知道是黄德公叫我回来调查那两个孩子的死因，所以用纸人领路，替我开道去黄德公府邸。

我以前非常抵触这些纸人，尽管是这里的风俗，可我就是不愿意继承她的手艺，当初被赶出风铃镇也是这个原因，可现在看来，这门手艺似乎非常神秘……

进镇子没多久，纸人带着我朝街尾最大的宅子走去，那是黄德公的府邸。

很快，黄德公家的府邸出现在我眼前，门口孤零零地站着一个人，我定睛一看，正是写信让我回来的黄德公。

现在的他可比当初赶我走的时候苍老了许多，头发和胡须比以前更白了，可能是两个孩子的死对他打击太大了吧，不过他看我的目光还是那么凌厉，我一直怀疑三国里面的司马懿就是照着他的样子来写的，鹰视狼顾。

黄德公看着给我开道的两个纸人，脸上的肌肉抽搐了一下。

纸人带我来到黄德公面前，突然一阵风起，灯笼里的火引燃了彩纸，瞬间将纸人烧得灰飞烟灭。

“张炯！”黄德公面无表情地看着我说道。

“德公，我回来了，有什么话您就说吧！”看到他，我心里已经翻腾起来，可脸上却一丝波澜都没有，冷冷地看着他说道。

“我不愿意冤枉好人，更不愿放过凶手。念在你是族中的人，我给你一个月时间，如果不能证明你妈是清白的，那我就按族规处置！”黄德公面无表情地说道，然后转身进了府邸。我没有答话，紧跟在他身后。他的意思很清楚，现在所有人都认为是我母亲杀了那两个孩子。因为镇子上只有她会扎纸人，孩子是被扎进纸人里闷死的，所以我妈脱不了干系。

我妈嫌疑最重。如果我不能给母亲洗脱罪名，他们就要对我母亲下手。镇子上的凶杀案很不好办，涉及宗族习惯，可能家族考虑到我之前是个警察，又是族人，而且这件案子牵扯我妈，黄德公和派出所认为，由我来调查这件案子最合适。

进门后是个很大的院子，搭着灵棚，里面没有停放棺材，看样子老妇人已经入土了，在棺材前的供桌两旁站着两个脏兮兮的小孩儿！

黄德公去了后院，灵棚里站着两个人，一个面黄肌瘦的汉子正满脸苦涩地看着那两个死去的孩子。这人我认识，他是黄德公的孙子，也就是两个孩子的父亲黄林。

另一个是我的好友廖宇，他是镇子上仅有的两个警察之一，不过现在就他一个警察了。

“炯哥！你回来了！”廖宇见了我大喜，跑过来拉住我的手，神情激动地说。

“嗯，两年没见还是老样子，不过成熟了，像个警察样子了！”我笑了笑，给了他胸口一拳。

“炯哥你就别笑话我了，你回来我才有主心骨，走，先去看看现场！”廖宇嘿嘿一笑，露出他那标志性的小虎牙，然后拉着我往灵棚走去。

结果我们刚进灵棚，黄林突然冲上来一把抓住我脖领子，咬牙切齿地瞪着我吼道：“张炯，我不知道德公为什么会找你来查，不过你给我听着，你妈死定了，我一定会让她给我儿子和女儿抵命！”

我没有还口，甚至连看都没看他一眼，面无表情地把手抬起来，抓住他的手腕，然后用力一扭！

黄林“哎哟”一声松了手，我和廖宇朝两个孩子走去。

“炯哥，你也知道族里的事咱们不能插手太多，目前能做的我已经做了，这两个孩子的死因已经查明，是窒息死亡，不过奇怪的是他们身上没有明显的挣扎痕迹，好像死得很安详，脸上都带着笑，然后才被人扎在纸里，纸人已经被雨水冲烂了，也找不到什么有价值的线索……”廖宇带着我走到两个孩子面前，给我讲了起来。

“今天是他们死的第三天了吧！”我说。

“嗯，当时纸人运过来的时候还很轻，里面根本不可能藏人，所以我没把阿姨羁押。但是她的嫌疑最大！”廖宇接着说道。

“我妈她还好吧！”我长叹了口气问。

“挺好的，小英这几天一直在陪她！”廖宇说。

“是监视吧！”我扭头笑着看了看廖宇。

“唉，你也知道，黄德公他……我虽然是警察，可毕竟不是族里人，要兼顾全局，你可要体谅一下我！”廖宇有些尴尬地说道。

我点了点头没再说话，把注意力放到那两个孩子身上。

这两个孩子我以前经常带他们出去玩儿，没想到这才两年时间就这么不明不白死了。从眼前的情况看，最有嫌疑的确实是我妈。可她为什么要杀人呢？总要有个理由才对吧！

要说她是因为我被赶出风铃镇，杀了黄德公的后人报仇也说不过去，毕竟当初把我赶出去是她和黄德公一起决定的，原因是我不肯继承“纸人张”的手艺，而这手艺祖上立下规矩不能传给外人，这样一来，等母亲百年之后，手艺就失传了，所以黄德公和母亲一气之下把我赶了出去。

我深吸了口气，仔细观察起那两个孩子，他们俩神情确实和廖宇说的一样，非常安详，闭着眼睛，脸上带着微笑，身体微微躬着，双手抱拳，一副施礼的样子，身上还粘着不少彩纸。

他们的四肢被人用一根根黑色细线绑在扎成人形的高粱秆上，这个用高粱秆扎成的架子非常精巧，居然能巧妙地支撑住孩子四五十斤重的身体！

“你说他们都死了三天了，为什么看起来和活着的时候一模一样，连尸斑都没有。”我看着两个孩子，皱着眉头问廖宇。

廖宇点点头：“昨天已经采了他们的血液和皮肤样品，还有他们身上的彩纸，以及你母亲扎纸人用的彩纸，拿去市里化验了，估计半个月后会有消息！”

“现场我已经拍好照片了，也做了记录，明天我再把这两个孩子带回警局。走，先给你找个地方住下！”廖宇接着说。

“不，我要先去见一见我妈！”我摇摇头说。

“也好，你去吧，我收拾一下再走！”因为继承手艺的事情，我和我妈很长时间都没有说过话，尤其是上次还因为这个事她把我赶出风铃镇。当时我甚至都没跟她辞行，并不是我不孝顺，而是我根本无法接受那些封建迷信的东西。

从黄德公府邸出来，我心情非常不好，我坚信我妈是无辜的，但这件案子如果不查个水落石出，黄德公他们绝对不会善罢甘休。可是真想查清楚又谈何容易……

不知不觉我穿过了两条街，前面不远有栋房子，是街边的店铺，三间正房，后面是个院子，店铺上挂着块三米长的老木匾，匾上写着三个字——“纸人张”。

现在已经晚上十一点多了，屋里还亮着灯，看样子小英和我妈还没休息。

我叹了口气，迈步朝店铺走去，这时我看到一个黑乎乎的人影从店铺前走过。

等我看清那人后，浑身上下的汗毛都立了起来。

原来走过去的是个纸人，一个身穿红袍的童男，个头儿也就一米左右，手上提着一个纸灯笼，灯笼里闪着一缕烛光……

纸人不紧不慢地往前走，动作非常僵硬，纸糊的衣服轻轻摩擦，发出“哗啦哗啦”的声音，听得我毛骨悚然。这个纸人并不是从“纸人张”里面出来的，因为“纸人张”的门始终关着。我想了想，决定先不去店里，看看纸人到底要去哪儿。

没多长时间，纸人到了街尾的一处院子前停了下来，这户人家我认识，是开粥铺的李悦家。风铃镇的宗族分为黄李张王四支。李家的人最多，不过没什么话语权，但是脑子好使，大部分都做些小生意。

我有些纳闷儿，纸人跑他家来干什么。

就在我看不明白的时候，突然“呼”的一声，纸人手里提着的灯笼猛地炸起一团火花，纸人片刻间烧得一干二净。

“又是来领路的……”我叹了口气，看着燃烧的纸人，我心里总感觉有什么不对劲儿，可具体是什么，却说不出来。

既然这东西把我带到这儿来，我只能去李悦家看看。我深吸了口气，上前推了推李悦家的院门，好像没上锁，于是我用力推开院门。他家的院子不大，也就三十多平方米的样子，没种花草，院子里铺着青砖，很是整洁。

“怎么又一个！”我倒吸了口凉气。就在我的正对面，也就是屋子的门口居然站着一个孩子，纸人糊成的孩子！

这个纸人站在原地没动，也没提灯笼，双手抱拳，正笑眯眯地看着我并躬身施礼。

这是个童女，看上去和带我来的那个童男有些不一样，具体是哪儿不同，我暂时还没看明白。

“这个纸人……动作怎么和黄德公的重孙女一样……”我自言自语。

确实像，无论是动作还是神情，简直一模一样。我心头一动，就想上前看清楚。

我刚迈步，纸人脚下突然火光一闪，纸人竟然飞速燃烧起来，瞬间大火就把整个纸人给包裹了进去。

“不好！”我见状大叫，赶紧冲上去，同时把外衣脱下来拼命扑火。

已经晚了，也不知道这些彩纸为什么烧得这么快，几个呼吸的工夫就全都烧光了。

正在我后悔不已的时候，突然发现纸人好像有些不对，刚才我那么用力抽它，按说它早就该倒下才对，可现在这东西还直挺挺地站着。

而且它身上的彩纸明明都烧光了，里面应该只剩下高粱秆扎成的人形架子，可现在的纸人却还是那么饱满，和被烧之前大小一模一样。

看到这儿，我的心都凉了，战战兢兢地摸了摸黑乎乎的纸人……

真人！浑身上下黑乎乎，有血有肉的真人！

我用手擦了擦纸人的脸，当我看清楚她的样子时，我差点儿一屁股坐在地上！

就在这时，房门被人从里面推开，走出来一个人。

“谁呀，大晚上不睡觉……你……这……哎呀！女儿！”那人出来以后看了看我，又看了看站在院子里已经被烧黑的童女，失声喊道。

这人正是李悦。他看清楚童女的样子后两步窜了过去，一把搂住那个童女开始大哭起来。

没错，那童女就是李悦的女儿，我以前见过，没想到她会惨死在我面前，我有些傻眼了。为什么会发生这样的事，为什么在我回来的第一天又出了命案，背后指使纸人的又会是谁？

还有，死去的孩子别看身上黑乎乎的，一擦就没，好像从来没沾过纸灰一样；从她的死状来看，也是窒息死亡，这和黄德公家那两个孩子死法一模一样。

“张炯，你为什么害死我女儿！”李悦猛地站起身来，指着我大声喊道。

“悦哥，你女儿死了我也很难过，可这件事跟我没有任何关系，我也是刚到，她已经死了！”我听了差点儿没被气死，没想到我还成怀疑对象了。

“放屁，你看看我女儿的样子，跟德公家的孩子一模一样，镇子上除了你和你妈谁还会扎纸人，害死德公家孩子还不够，现在又来害我女儿……我女儿还那么小……我跟你拼了！”李悦说着朝我冲了过来，看他的样子已经认定我是凶手了。

“悦哥，不是我！”我赶忙解释，可他根本不听，冲过来就给了我一拳，我只好向旁边躲开。

李悦还是不依不饶，要跟我拼命。没办法，我躲开他的拳头，然后一拳打在他肋骨上，李悦吃痛地蜷缩了下去，我趁机抓住他胳膊往后一拧，把李悦摁倒在地。怎么说我以前是个警察，受过训练，收拾他还是很轻松的。

这家伙还想挣扎，拼命用力，可已经被我摁死了，根本动弹不了，只能趴在地上骂骂咧咧。

趁着这个机会，我把电话拿出来给廖宇说了一下这里的情况，让他过来，然后押着李悦在院子里找了根绳子，把他捆了起来。

这时候李悦的媳妇也出来了，一见院子里的孩子，两眼一翻晕了过去，没办法，我只好把她抱进屋里，放在床上。

等我出来的时候廖宇也赶到了，他上去检查了一下，和我判断的一样，孩子是窒息死亡，身上由于焚烧过，根本找不出任何有价值的线索，唯一可以确定的是杀死这孩子的凶手和杀死黄德公家孩子的凶手是同一人或同一组织。如果判断没错，这孩子的尸体也有问题，短时间内应该不会腐烂。

我把事情的经过给廖宇说了一下。廖宇点点头，扭头对李悦说：“李悦你别骂了，凶手绝对不是张炯，我和他几分钟前才分开，而且他也是刚刚才回到风铃镇，绝对没有时间去害你女儿，凶手另有其人！”

“那也和他妈脱不了干系，除了他妈谁还会扎纸人！”李悦还是不甘心，咬牙切齿地喊道。

“李悦，没有证据之前谁都不能污蔑我妈，我这次回来就是为了给全镇人一个交代。如果真是我妈的话，我决不徇私；可如果不是她，我也要讨回公道！”我走到李悦面前，两只眼睛盯着他，语气十分平静。

如果换作以前，我会动手揍他，可现在我不能，只能把我心里的愤怒强行压制住。尽管是这样，李悦也能感受得到，看了我两眼后乖乖地闭上了嘴巴。

“炯哥，这里怎么办？”廖宇问我。

“你来处理！”我深吸了口气从李悦家出来，向“纸人张”方向走去。

第2章　死孩子

回到“纸人张”，灯还亮着，看样子小英和我妈还没睡觉，我长出了口气，上前轻轻敲了两下房门。

“谁呀？”过了没多一会儿，门后传来一道温柔的声音。是小英，我对她的声音太熟悉了，两年没见，也不知道她现在什么样子，是不是还和以前一样漂亮。

“是我！”我答应一声。

店铺的门被人从里面打开。我抬头一看，小英正向我看来，神情有些紧张，身子有些颤抖。她还和以前一样温柔，一点儿都没变，还是那个让我每见一次都会怦然心动的小英……

“你……回来了？”小英轻声问道。

“回来了，我妈呢？”我愣了一下答道。其实我心里有很多话想对她说，这两年我无时无刻不在想她，现在却一个字也说不出来，只好把话题转移到我妈身上。

“哦，阿姨正在等你，说让你自己进去。”小英略微有些慌张地说道。

见了她的样子我皱了皱眉头，以前可从来没见她这么紧张过。

虽然奇怪，可我也没问什么，转身推开里屋的房门走了进去。

结果我一进门，正对面的椅子前赫然立着一个纸人，是个童男，一米多高，正看着我微笑，手里提着一个纸灯笼，就听“噗”的一声，灯笼里爆出一团妖艳的蓝色火焰，紧接着纸人动了起来，先是向我拱了拱手，然后弯腰伸手做了一个“请”的动作。

我明白了，它这是让我坐在椅子上。我看了看里屋，我妈没在，屋里布置了一些简单的家具，除此之外就再也没什么了。

看着两年时间没回来的家，我心里很不是滋味，深吸了口气，走到椅子前，转身坐了下去。

可我屁股刚一碰椅子，就听“呼”的一声，身旁那个纸人竟然被灯笼里的蓝色火焰给引燃了，和前几个我见到的纸人一模一样。

我咬了咬牙，心里有些后悔，刚才为什么不先看看这纸人有什么猫腻，为什么会自己动，要说里面有什么邪门儿的东西，我是一万个不信的，现在没法子了，纸人已经烧掉了。

“你还是回来了！”这时，屋门一响，一个身材有些臃肿的中年女人走了进来。

我的母亲，“纸人张”，把我从风铃镇赶出去的人，现在已经满头银发，比两年前要苍老很多，腿脚也不如以前利索了……

“妈！”我站起身来，恭敬地喊道。

“还记得当初怎么说的吗？你一天不答应继承我的衣钵，就一天不能喊我妈！”她抬头看了看我，眼神有些冷漠地说。

说实话，被她这么一说，我心里非常难受，当年我是个警察，无论如何也不可能答应跟她来弄这些东西，没想到现在她还耿耿于怀。

“我这次来是想问一问您关于纸人的事，还有德公家的孩子……”我只好转移话题。

可我还没问完，我妈冷冷地笑了一声把我打断：“你是不是想问那两个孩子到底是不是我杀的？哼，把手伸出来！”

“我不是那个意思……我就是想查明事情真相！”我见她老人家的脸色，赶忙摇头。

看我妈的样子，她已经生气了。我对她的脾气清楚得很，只好把右手伸了出去。

我妈从桌子上拿起一条戒尺，这东西从我记事起就放在桌上，只要犯了错，她就会用这个来惩戒我。今天也是一样，以下犯上，怀疑自己的亲生母亲，该打！

啪！啪！啪！从手掌传来钻心的痛，我不由得咧了咧嘴，深吸了口气把手缩了回来。

“还是那句话，你不继承我的衣钵，别指望我回答你任何问题。如果你怀疑我和那两个孩子的死有关，那就尽管去查。只要有证据证明是我下的手，我死而无怨！”我妈看着我，义正词严，接着又挥了挥手，门帘一掀，一个身穿红袄的纸人走了出来。

这次是个童女，她一手提着灯笼，一手端着茶壶，灯笼里蓝色火焰轻轻地闪着。

纸人提着茶壶摇摇晃晃走到桌子前，往茶碗里倒了一杯茶，然后把茶壶慢慢放下。

我皱着眉头看了看纸人，对我妈说：“这个纸人能不能让我带走。”

只见我妈冷冷地笑了一声，就听“噗”的一声，纸人灯笼里的蓝火突然炸了起来，瞬间把纸人点燃，我眼睁睁看着它烧成灰烬，却没机会将火扑灭。

“孩子，只要你答应我的要求，一切谜团都会解开，纸人的秘密，杀人凶手的作案手段，最终都会浮出水面。”我妈笑了笑说。

“这……您让我想想。”我长叹了口气说。

“我不是逼你，这件事对你只有好处没有坏处，你再好好琢磨一下吧。”

我点了点头，转身往外走。小英正在门口等我，见我出来了上前说：“跟我来吧，先给你安排个住的地方。”

我点点头，跟在小英身后来到后院，我以前的房间已经让给小英住了，现在只好睡在偏房。

“你还好吧。”我看着站在门口的小英，实在不知道说什么好，只能这样问道。

“挺好的，你呢？”小英有些尴尬地说。

“我也挺好，外面和咱们镇子上不一样，没有那么多规矩。”

“那就好，你休息吧，我走了。”小英说完转身走了。

我想留住她，又不知道怎么说才好。以前我们并不这样，现在她这么躲着我，完全是因为黄德公。

我躺在床上休息，说实话我也累了，没多长时间就睡着了。

第二天一大早，我就听外面吵吵嚷嚷，好像有人正在骂街，接着就是“咚咚”的砸门声。

不用猜就知道肯定是李悦带人来讨说法了。我穿好衣服来到店铺里，小英刚好把门打开，只见街上已经站满了人，最前面的正是李悦和他媳妇，后面还有几百人，全是镇子上的老老少少。

见我和小英出来，李悦指着我喊道：“张炯，把你妈交出来，我要给我女儿报仇。”

李悦咬牙切齿地叫喊着，然后上来一把抓住了我的脖领子，他身后的人也开始往前冲。

我用力一挣，把李悦的手甩开，拦住众人：“凶手是谁还没查清楚。你们不能冤枉好人。”

“好人？已经杀了三个孩子了，你们想让全镇的人都断子绝孙吗？”李悦的媳妇跳着脚大声喊。

“对，把她交出来！”其他人也开始跟着喊，眼看他们就要冲进店里，任凭我和小英如何解释，都挡不住这些人。

就在这时，廖宇来了，分开众人后，大声喊道：“大家不要激动，现在事情还没有查清楚，希望大家不要冲动，万一错伤了好人再后悔就来不及了。”

“不行。还有什么可查的，就是张家人干的，他们家没一个好东西。”众人还是不依不饶，拼命往里冲。

“都给我住手！”就在我们不知道怎么办时，远处突然有人喊了一声。我一听这个人的声音立马长出了口气。

其他人全都一愣，转过身看去，站在众人身后的正是黄德公，只见他一脸铁青地看着众人，咬着牙说：“我说过了，请张炯回来就是为了把这几天的事查清楚，给他一个月的时间，他想怎么查就怎么查，任何人都不能去干扰他，一个月以后我自然会给你们一个交代，以血还血、以牙还牙。”

众人听了虽然心有不甘，却也不能再说什么。毕竟在镇子上黄德公的威望还是最高的，基本上他说什么就是什么。

李悦和他媳妇本来还想再说两句，可看了黄德公的眼神也是浑身一颤。他们狠狠地瞪了我一眼，转身回家去了。

其他人也都心有不甘地走了，我和小英还有廖宇走到黄德公面前。

“德公，麻烦您了！”我向黄德公拱了拱手说。

黄德公看了我一眼，又看了看小英说：“我虽然不同意你和小英在一起，也曾经因为你不肯继承你母亲的衣钵而把你赶出去，但这些毕竟是私人恩怨，于情于理我都不该为难你，况且你是来帮我查杀孩子的凶手的。你放手去查，不过你要记住只有一个月的时间。如果一个月后你还不能查出凶手，我们会以族规办事。”黄德公说完不等我回答，转身走了。

我看着他的背影，心情久久不能平复，看看身边的小英，已经脸色煞白，浑身发颤了。

“炯哥，昨晚你和阿姨聊过了吗？”一旁的廖宇拍了拍我肩膀问道。

“唉。”我叹了口气，然后摇了摇头。

廖宇只能苦笑一声。就在这时，我身后传来脚步声，我们三个回头一看，只见我母亲正拿着两个纸人走出来。

“你可以不用马上答应我，可想把整件事查清楚，就必须要弄明白扎纸人是怎么回事。李槐他妈死了，如果你信我的话，把这两个纸人送去，然后留下处理后事。”我妈把手里的纸人放到店门口就回去了。

我皱着眉头看着那两个惟妙惟肖的纸人，不知道该怎么办才好。

“炯哥，还是听你妈的吧，我感觉如果单凭咱们两个人这样乱撞，想要查出真相太难了，接连死了三个孩子，我手上可一点儿线索都没有……”廖宇见我愣神，小声对我说。

“对呀，炯哥，一开始我也怀疑是阿姨，可自从我跟她住到一起以后，我的想法就变了，虽然说不出为什么会这样，可我就是感觉这里面的事不是那么简单。阿姨一定是被冤枉的，你要替她老人家洗清冤屈。”小英也同意廖宇的看法。

我看看他们两个，又看了看那两个纸人，如果我去送纸人，那就说明我开始帮我妈做事了，也就是说我开始替“纸人张”做事了。以前被赶出风铃镇我都没有妥协过，但是为了那三个无辜的孩子，我点了点头。

走到店门前，我抱起一个纸人，这东西很轻，也就两三斤重，一个人抱还是很轻松的，就是个头儿有点儿大。廖宇见我同意了，高兴地把另一个纸人抱起来。

辞别了小英，我和廖宇朝李槐家走去，他妈好像是我回来前一天死的，按族里的规矩要送过去一对童男童女。

我和廖宇来到李槐家，他家门口挂着挑纸钱、白灯笼，人们进进出出正在为他妈料理后事，见我们俩过来了，没一个跟我们说话的，都冷冷地看我们俩一眼，然后就各自忙自己的事去了。

我早就知道会是这个样子，什么话都没说，和廖宇往院子里走去。

李槐家的院子并不大，已经被灵棚占满了，灵棚中间停放着一口柳木棺材，两旁跪着孝子贤孙，李槐趴在棺材旁，两眼无神。

见我和廖宇抱着纸人过来了，旁边的人推了推李槐，李槐抬头看了看我，咬了咬牙，慢慢站起身来，我和廖宇把纸人放在棺材两旁，李槐掏出一个白色的纸包，也不说话，向我递了过来。

这是镇子上的规矩，纸包里是一块银子打成的平安无事牌，象征着顺顺利利的意思，“纸人张”也就靠这个维持生计。

我把纸包接过来装好，李槐又趴到棺材前去了，那些孝子贤孙们根本连站都没站起来。

我心里火气越来越大，看样子不把案子查清楚他们是不会对我们有好脸色了。我和廖宇转身出了灵棚，来到院子后面，这里已经放了一摞柳木板，这是李槐准备好给两个纸人打棺材用的。

每次送纸人后，主家都会准备这东西，然后我母亲来给纸人钉棺材。

现在只好我动手了。我把廖宇叫过来，然后小声对他说：“我总感觉事情还没结束。你去查一查镇子上有多少孩子，岁数和德公家两个差不多的全都给我统计一下，这两天我就留在这里，你办好就来找我。”

廖宇点点头，转身出了院子。我拿起地上的锯开始打棺材。别看我很抵触扎纸人这些事情，但当警察之前，我也给我妈打过下手，打棺材这种事顺手得很。这种棺材和装人的那种不一样，只需把六块板子用特殊的手法钉在一起就行，而且最后入殓的时候也不用棺材钉把它钉上。这都是我妈拿戒尺打了我无数遍才出的成果。

长话短说，我在李槐家忙活了两天，按照习俗李槐他妈死的第三天要出殡，一大早我就把钉好的棺材摆在灵棚两侧，只等出殡的时候把纸人装进棺材，然后一同下葬就可以了。

临近中午的时候廖宇回来了，把我拉到一旁小声说："炯哥，查好了，全镇共有十八个和德公家孩子年纪相仿的小孩儿，不过这事很蹊跷。"

"怎么了？"我见他欲言又止的样子，奇怪地问。

"德公家两个孩子，还有李悦家的孩子都是九岁，而且是九岁零九个月。"廖宇皱着眉头说。

我听了眉头一皱，如果真是这样的话，这绝对是一条很有价值的线索，只要找到其他九岁零九个月的孩子，然后保护起来，就能避免悲剧再发生了。

"还有别的问题吗？"我见廖宇仍然眉头紧皱，接着问道。

"剩下的十八个孩子全都是这个岁数，他们是同年同月同日同时生的。"廖宇擦了擦额头上的冷汗答道。

"你说什么！"我大吃一惊，瞪大眼睛看着廖宇。

"还有十八个孩子……这可怎么保护。"这可让我犯难了，关键是现在没人听我们俩的，更不会把孩子交给我。

就在这时，李槐他妈要出殡了，我和廖宇也只好把这件事先放下，然后走到两个纸人身前，只要把他们放到棺材里，然后一同出殡、下葬就行了。

"等等！"突然间我感觉纸人好像有什么地方不对劲儿，赶忙伸手把廖宇拦了下来。

"怎么了？"廖宇不知道怎么回事，走过来问我。

我没说话，注意力全都在纸人身上，可是又看不出哪儿不对劲儿……

可我就是不舒服，然后伸出手去把纸人抱了起来，轻轻地晃了晃，和送来的时候一样……

“难道是错觉？”我有些纳闷儿，苦笑了一声，扭头对廖宇说:“没事了。”

廖宇不解地看了看我，把另一个纸人也抱了起来，和我一起把它们放到棺材里，然后盖好棺材板。

摔过碗后，管事的大喊一声起灵，李槐抱着他母亲的相片，被人搀着走在前面，其他人抬着大小三具棺材走在后面，一同朝镇子外面的坟地走去。

到了坟地，将三具棺材埋入黄土，这场丧事也就算结束了。李槐和其他人都回去了，只有我和廖宇站在坟头前，我看着高高的坟头，心里非常别扭。

廖宇拉了拉我说：“咱们回去吧。”

我点点头，跟着他往回走，我们俩没回“纸人张”，而是直接去了派出所，坐下后廖宇给我沏了杯茶，我喝了两口，越想越不对劲儿，猛地站起来说：“一定不对劲儿，一定——廖宇，今天晚上跟我去刨坟！”

第3章　刨坟

“不是吧，炯哥，这要是被德公知道了，咱们俩可惨了。”廖宇听了我的话大吃一惊，“噌”地站起来，瞪大眼睛看着我说。

“如果今天我不去看一看，我想我是不会安心的。你看看这个！”我递给廖宇一张加盖公章的特许令，可以让我放手调查。至于这东西怎么来的，我已经没时间给廖宇解释了。

“原来有这宝贝保驾护航，这我就放心了！”廖宇松了口气说。

“这次我回来已经受够了白眼，所以一定要把事情查得清清楚楚。你放心，我感觉咱们刨的应该不是坟头那么简单。”我拍了拍廖宇的肩膀说。

说句实话，整个风铃镇，他是跟我最亲近的人，比亲兄弟还亲，以前办案也是一样，不管我决定做什么，他都会无条件支持。

“炯哥，那咱们什么时候去？”廖宇坏小子的劲头一下子被我勾了起来，满脸兴奋地看着我说。“胡闹，你们疯了是吧！”就在这时，房门被人从外面踢开，接着有人走了进来。

我和廖宇浑身一激灵，没想到这时候会有人闯进来，向来人看去，只见进来的人是个二十出头的年轻人，样貌还算整齐，有点儿奶油小生的意思，此刻他正瞪眼看着我们。

这人我不认识，以前从来没见过，今天的事可不能走漏风声，如果被镇上的人知道的话，那我们两个，可就吃不了兜着走了。

“你是谁？到这儿来干什么？”我瞪着他说，同时把手放在身旁的椅子上，随时准备抡过去。

“别动手，别动手，自己人！”廖宇见我就要出手，上来劝道。

“炯哥，这是上个月才调过来的同事，他叫黄冲，就是他替我把要化验的东西送去市里的。黄冲，这是我以前跟你说过的炯哥。”

“哦，原来你就是张炯，被赶出风铃镇的那个……”听了廖宇的话，黄冲冷笑了一声，十分鄙夷地看着我说。

听了他的话，要按我以前的脾气早就上去给他几拳了，看着旁边的廖宇一直给我挤眉弄眼，我强行把心里的怒火压了下来，冷哼了一声，没再说话，转身往外走去。

廖宇也有些不高兴，跟在我身后往外走，可还没到门口，黄冲那小子竟然双手一伸，把门给挡住了。

“你什么意思！”我冷冷地看着他问。

“什么意思，你不知道吗？刨坟掘墓这可是大罪。你们身为警察，还有没有一点儿组织性、纪律性！”黄冲趾高气扬地说。

“少给我们扣帽子，偷听我们说话没收拾你已经很给你面子了，最好不要再惹我！”我咬了咬牙说。

“如果不是族里决定让你回来，我压根儿就不会让你插手进来。能让你跟着我们查案已经不错了，你最好不要自作主张。”黄冲冷冷地说。

他越说我越有气，如果再跟他聊下去，我肯定压不住火，于是我把他往旁边一推，想要出去，结果没想到这小子竟然连动都没动，按说我当警察这些年经过很长时间的特殊训练，换成一般人早就被我推到一边去了，看来这小子也是个练家子，难怪会这么狂。

见我吃惊地抬头看他，黄冲更得意了，把房门一插，靠在门上：“今天有我在这儿，你们就不能出去。”

“你！”看他的样子我就来气，一伸手把凳子抄起来，向黄冲走去。

“炯哥，不能动手！”廖宇见我已经气急败坏了，过来把我拦住，把椅子从我手里抢了过去。

“我告诉你，别说你不能把我怎么样，就是你真打了我，有我喘一天气，你们的事就办不成，到时候德公他们自然会收拾你们的。”

“廖宇，你别拦着我，我砸死这龟孙子。”我再也憋不下去了，推开廖宇，抓起凳子用力砸了下去。

黄冲一闪身，同时往上一甩脚，把我砸过去的凳子踹到一旁；我顺势一转身，一脚踹向他的肚子。黄冲这小子果然不简单，还是不肯让开门口，见脚已经踹过来了，轻轻用手往旁边一拨，竟然把我的脚拨到了一旁，差点儿把我带个跟头。

不过借着下落之势，我用右手在黄冲的肚子上摁了一下，使了点儿暗劲儿，接着我们俩就被廖宇给分开了，廖宇拉着我在一旁的椅子上坐下，我抬头看了看黄冲。

那小子还是靠在门上，脸上的表情没变，还是那么嚣张，不过他没说什么，其实他也说不出来了，刚才我用的暗劲儿不小，这家伙的脸色已经变了，越来越白，不过碍于面子，没有表现出来，只是咬着牙瞪着我。

歇了好半天，这家伙终于缓过来了：“不管怎样，今天你们不能出去。”

黄冲一屁股坐在门前，把门挡住，看来今天是想跟我们耗到底了。

我见这小子犟驴一般，扭头给廖宇使了个眼色，廖宇知道我的意思，笑着走过去，把整件事的来龙去脉给他讲了一遍，可这小子死活就是不同意，反正就是没有确凿证据不能随意去挖别人的坟，作为一个警察，更不能做这样无法无天的事，到后来竟然开始教训起廖宇来了，说他不应该跟着我胡闹。

廖宇也没法反驳，气呼呼地站在一旁，我们三个谁都不再说话，就这样耗着……

时间一点点过去，眼看已经夜里十二点了，如果再耽搁下去一会儿天就亮了，真要那样的话，如果坟墓里有什么情况，再去也于事无补了。

我和廖宇都还好点儿，白天李槐他妈出殡前，我们俩在宴席上吃了点儿东西，可黄冲就不一样了，这小子从市里赶回来连饭也没吃，又累又饿，靠在门上直打盹。

见他这样，我用手招呼了一下廖宇，然后慢慢地站了起来，廖宇一看我眼神就知道我什么意思。

我们俩轻手轻脚朝黄冲走过去，黄冲实在是太困了，眼皮早就耷拉下来了，连我们俩走到他跟前都没发现。

廖宇小声在我耳边说："炯哥，真要动手啊，这小子个性可强了，真要把这事捅出去怎么办？"

"那就不让他捅，先关他几天再说！"我坏笑地说。

廖宇点点头，做好了准备，看准机会猛地伸出手去，一把抓住黄冲的脑袋，然后往下一按，露出他的脖子！

我右手一个手刀狠狠地砸了下去，就听"啪"的一声，黄冲连反应都没有，面条一样软了下去。

"炯哥，不会把他打死了吧？"廖宇见黄冲趴在地上直抽搐，吓得赶紧探了探鼻息。

"还好有气！"廖宇这才长出了口气。

"找条绳子把他绑上！"我点点头说道。

廖宇去外面拿了条绳子回来，和我一起把黄冲绑在椅子上，嘴里塞了块破布，这才从派出所出来。

我们俩出来的时候拿了两把铁锹，顺着街道出了镇子，来到李槐他妈的坟地，现在是夜里十二点，到处黑咕隆咚的，远处的坟头孤零零立在田里，看上去要多瘆人有多瘆人，尤其是插在坟头上的幡儿，无声地晃来晃去，看得我和廖宇浑身直起鸡皮疙瘩。

"炯哥，不行咱们回去吧，这也太瘆人了！"廖宇拉了拉我的胳膊，哆哆嗦嗦地说。

"要回你回，今天我不看看纸人决不甘心。"我其实也被吓得够呛，可事关人命，我只能硬挺下去了。

"好吧！"廖宇没办法，只好跟我继续往前走。

来到坟头前，我们俩向坟头鞠了三个躬，说道："阿姨不要怪我们，这也是为了镇子上的孩子——不能再死人了。"

说完后我拿起铁锹开始挖了起来，廖宇也在一旁帮忙。坟头上的土被我们一点点挖开，慢慢露出一口柳木大棺。

看到棺材，我和廖宇的腿都快软了，在灵棚的时候看着还不怎样，现在简直可以说阴森恐怖，尤其是不知道从哪儿刮过来一阵风，阴森森的，吹得我和廖宇起了一身鸡皮疙瘩。

我和廖宇互相看了看。同时擦了擦额头上的冷汗，咽了咽口水，从柳木棺材的两侧往后走，然后接着挖，那两口纸人的棺材，就在柳木棺材的后方，而且还稍微偏下一点儿，这都是有讲究的。

我们俩正提心吊胆地挖着，突然“咚”的一声，我们俩身体一僵，手里的铁锹掉在地上。

“炯哥，你听见了吗……”廖宇哆哆嗦嗦地对我说。

我没说话，慢慢回头向身后的柳木大棺看去，刚才的声音就是从棺材里传来的。

“不会这么邪门儿吧……”廖宇两条腿使劲儿哆嗦。

我镇定心神，把铁锹从地上捡起来，等了一会儿，没什么动静。

冷风嗖嗖地吹着，吹得我后脊梁上了一层冷汗……

“也许是咱们听错了，弄不好是老鼠撞的。”我镇定下来对廖宇说。

廖宇点点头，于是我们回过身来继续往下挖，没多长时间，那两具纸人入殓的棺材就被我们挖了出来，并排摆放在柳木大棺后面两米远的地方。

和下葬的时候一样，棺材还好好地盖着，我和廖宇合力把左边那具棺材打开，纸人完好无损地躺在里面。

“炯哥，这不没事嘛！”廖宇看了看纸人对我说道。

我皱着眉头仔细观察了一下，确实没问题，摸了摸纸人也很扎实，和下葬的时候一模一样，这是个童女，身上穿着绿袄，手上提着灯笼。

“炯哥，是不是你太多心了，其实根本就没什么事。”廖宇拍拍我的肩膀说。

我摇了摇头：“不，我相信我的直觉，绝对有问题！”

我把这个童女慢慢抱起来，再仔细看了一下，还是一点儿问题都没有，可我明明感觉纸人不对，到底是为什么呢？没办法，我只能把它放好，和廖宇一起把棺材盖上。

“炯哥，咱们走吧！”

“不行，看看右边这具。”我摇摇头说。

廖宇没办法，只好跟我来到右边这口棺材前，可还没等我们动手，就听“咚”的一声，身后又传来一声轻响，还是从柳木大棺那里传来的，这下可把我和廖宇吓坏了，赶忙回过身来，向柳木大棺看去，一点儿动静都没有，甚至比刚才还静，一直刮着的风也停了下来。

这样一来，反而让我和廖宇更紧张了，我们两个把铁锹紧紧握在手里，然后瞪大眼睛看着眼前的柳木大棺，太静了，一点儿声音都没有，它就那么死静死静地躺在那里。

“炯……炯哥，不会这么邪门儿吧……难道是李槐她妈，不高兴了？”廖宇战战兢兢地说道。

不可能，绝对不可能，我不信这些邪性的事，一定有问题。我强迫自己镇定下来，慢慢向柳木大棺走去过，同时把手里的铁锹举起来，准备随时动手。

我围着柳木大棺转了两圈，又把耳朵贴在棺材上听了听，一点儿动静都没有，然后又爬上坟坑左右看了看，四周静悄悄的，也没老鼠、兔子之类的东西，这才从上面跳下来。

“没事，来搭把手。”我对廖宇说。

廖宇点点头，跟我一起把棺材的盖子打开，这是一个童男，和右边的童女大小一样，也是手上提着灯笼，不一样的是穿着一件红袄，姿势和我们入殓的时候一模一样。

“你看没事吧，我就说你想多了。”廖宇仔细看了看纸人说道。

“难道我真的错了？”看到纸人后，我摇了摇头说。

“肯定是，可能是最近发生的事太多，你压力比较大吧！”廖宇拍了拍我肩膀，“咱们还是回去吧！”

“唉！”我无奈地叹了口气，想要去拿地上的棺材板，可就在这时，白天心里那种奇怪的感觉突然再一次涌了上来，我浑身一颤，心想不对，肯定有问题，肯定有我没注意到的地方。

我猛地把刚抓在手里的棺材板放下，站起来趴在棺材上仔细看那具纸人。

“怎么了炯哥？”廖宇见了奇怪地问道。

我没说话，把手慢慢伸进棺材，轻轻地按了按纸人，就在碰到纸人的一瞬间，我浑身上下的汗毛都立了起来，后背开始发凉，眼珠瞪得老大。

“炯哥，你没事吧？”廖宇见我不对劲儿，上来扶住我说。

“这，这不是纸人！”我指着纸人大声喊道。

“你说什么！”廖宇听了大吃一惊！

我敢确定，棺材里躺着的绝对不是纸人，准确地说应该是活生生的人。因为他的皮肤还有弹性，只不过外面被人糊了一层纸而已！

“不可能，绝对不可能，纸人是咱们亲手放到棺材里的，埋的时候也是咱们跟着埋的，怎么现在成真人了呢！”廖宇壮着胆子摸了摸纸人，然后摇着头不可思议地说道。

我也非常吃惊，想伸手去把他从棺材里抱出来，可就在我的手还没碰到纸人的时候，猛然间“噗”的一声，他手里抓着的灯笼突然爆出一团细小的火焰，灯笼竟然被点亮了！

“不好！”我见状大吃一惊，就在此时，那团火焰瞬间烧了起来，火苗飞速蔓延开，眨眼间吞噬了纸人全身。

我见状不妙，回身抓住廖宇的褂子，然后狠狠地撕了下来，开始拼命扑打纸人身上的火。

第 4 章　栽赃嫁祸

我们俩手忙脚乱地把纸人身上的火扑灭，我上前将纸人脸上的灰擦掉，然后探了探他的鼻息。

“怎么样？”廖宇见我神色凝重，焦急地问道。

“哎，已经不行了……”我摇摇头，无奈地叹了口气说。

“如果不是我害怕，耽误了时间，咱们就有可能把他救活了。”廖宇听了十分沮丧，一屁股坐在地上，使劲儿捶打着地面说。

我狠狠地咬了咬牙，看着棺材里的孩子，心里别提多难过了：“我就说今天有什么事不对？可他们到底是怎么把孩子放进棺材的？”我越想越不明白，从纸人放进棺材，一直到出殡我和廖宇都跟着，别人就算搞鬼也没机会。

“只有晚上这几个小时咱们没在这儿，难道说有人提前一步，把坟头挖开了？”廖宇站起来看着我说。

“可能吧，如果不是这样，那这件事就说不通了。咱们先把他带回派出所再说！”我一边说一边想把孩子从棺材里抱出来。可就在我碰到孩子身体的时候，从我指尖传来一丝细微的震颤，好像是因为疼痛产生的，而且胸口的位置竟然还有余温，很明显比身体其他地方要热！

我见状大喜，把耳朵贴在他的胸口，咚咚……咚咚……

过了一会儿，孩子的胸口传来十分微弱的震动！

“他还没死！”我把他从棺材里抱出来，兴奋地对廖宇喊道，“廖宇，你把这里处理一下，把坟头填上，千万不能让人看出来，我先回去救人。”

我不等廖宇答应，从坟坑里跳出来，拼尽全力向镇子里跑去。

“炯哥，炯哥你……”廖宇喊了我两声，本来这小子应该想让我等等他，可人命关天，孩子还等着救命，这家伙也没法再说别的，只能让我先回去。

我拼尽全力抱着孩子冲进镇子，镇子上的诊所我估计应该没有什么用，孩子现在这个样子绝对不是用普通方法能治好的，况且现在还不能让他们知道这件事。如果他们问起来，我还真没办法回答。

于是我抱着孩子直接冲向“纸人张”，等到了店铺门口，我一脚把店门踹开，直接抱着孩子冲进里屋，把他放在桌子上。我妈本来已经睡着了，听到响声把灯打开，一看是我，又看看桌子上的孩子，脸色一变，问道：“这是怎么回事？”

我简单把事情的经过讲了一下，然后说：“您快看看孩子还能不能救活吧，刚才他还有心跳。”

我妈听了胡乱穿上了衣服，从床上下来，在孩子身上摸索了几下，然后长舒了口气，竟然在一旁的凳子上坐了下来，还拿起茶壶给自己倒了一杯水。

“他还有救吗？”我见我妈一点儿都不着急，急忙上前问道。

“你如果想救他的命就必须要听我的，跟我学扎纸人，所以这个孩子的性命掌握在你手里，你要决定好再答复我！”我妈十分郑重地说。

我听了以后微微一愣，虽然说白天的时候我已经有向我妈妥协的意思，可真让我下定决心来学扎纸人，我还没做好决定。

看看孩子，又看看我妈，我咬咬牙说：“只要你能把孩子救活，我答应一定好好跟您学！”

听了我的话我妈眼睛一亮，“噌”地站了起来，指着孩子说：“快！去打一桶水来！”

我听了二话不说，转身跑到后院，拿起桶冲到我家的水井旁。这时候小英也穿好衣服出来了，见我神色慌张，问道：“怎么了？炯哥。”

“别问了，快帮我拿个大盆来。”我大声吩咐道。

小英答应一声，去偏房拿来一个洗澡的大木盆。我把打上来的水倒在里面，满了以后，和小英一起把大木盆抬到里屋。

我妈见水准备好了，让我把小孩儿抱起来放到水桶里，这时不可思议的事情发生了，原本清澈的水突然变得浑浊起来，这种浑浊和泥沟里那种不一样，简直就像墨水。小孩儿身上虽然有不少烧烂的纸灰，可这些东西也绝不能把水染成这种颜色。

慢慢地，小孩儿身上的纸灰开始逐渐散落。孩子的皮肤恢复了本来的颜色。

“原来是他！”看到小孩儿的脸以后，所有人都大吃了一惊，这孩子不是别人，竟然是李槐的儿子。

这下可糟了，我心头一惊，这两天我可全天都在李槐家，也就是说纸人送过去后放在灵棚，再到入殓全都是我一人操办的，虽然还有廖宇给我帮忙，可我的嫌疑洗不脱了。

“这可怎么办，怎么跟李槐交代……”我无奈地苦笑道。

“把孩子抱出来。”我妈见差不多了，吩咐道。

我把小孩儿从木盆里抱出，然后轻轻放在桌子上。我妈转身出去，等再进来的时候手里拿着一摞彩纸，还有一碗糨糊、两把剪刀、两把裁纸刀，我妈把这些东西整齐地放在桌子上。

“这是……”我见了这些杂七杂八的东西，不明白我妈是什么意思……

“什么也别问，我怎么做，你就怎么做！”我妈说完，拿起一把剪刀，又拿起一张彩纸，开始剪了起来。

没办法，我只能学着她的样子开始剪了起来，先是剪了一大堆的纸片，千奇百怪什么样的都有，接着又用裁纸刀，把这些纸片都重新修剪了一下，接着就把它们用糨糊粘了起来，红袍，接着又是裤子、鞋、胳膊腿、头发脸等，各个部位都有，五颜六色的。

扎好后，按照我妈的吩咐，我将这些东西贴在孩子身上，片刻间，孩子竟然变成了纸人的模样，和我昨天拿去李槐家的那个一模一样，只不过这个要沉了太多。

就在我把孩子身上贴满彩纸后，我妈不知道从哪儿拿来一个已经事先扎好的纸灯笼，和我前几次见到的纸人手里提的一模一样。

“妈，您这是……”我不知道她要干什么，先是让我把孩子用水泡了泡，又给他贴满彩纸，弄成纸人的样子，现在又把纸灯笼拿了出来。

我妈没有说话，上前把孩子的手拿了起来，孩子的手本来紧紧地攥着，可能是由于身上的疼痛吧，我妈用力把他的手掰开，把纸灯笼轻轻放进去，松手后孩子把纸灯笼死死地攥在了手里。

“后退！”我妈说道。

我皱着眉头看看她，又看看旁边的小英，小英向我点了点头，我只好向后去。

可就在我们刚刚站稳，突然“噗”的一声，小孩儿手里的纸灯笼竟然迸出一团淡蓝色的火花，灯笼点燃了！

“不好！”我见状大吃一惊，如果不出意外的话，灯笼里的蓝色火焰瞬间就会将孩子吞没，如果那样的话，孩子可没救了。

想到这里，我刚要冲上去，想把灯笼从孩子的手里拽出来，只听我妈冷笑了一声说：“如果你想孩子死，现在就把灯笼拽出来。”

我听了微微一愣，不明白她到底是什么意思！

可就是这一刹那的工夫，“呼”的一声，和我预想的一样，那道蓝色的火焰瞬间引燃了纸灯笼，接着把孩子身上的彩纸也给点燃了，一团淡蓝色的火焰，将孩子紧紧裹了起来……

“完了！”现在再想救已经办不到了，我跌坐在身后的椅子上。

孩子被我妈亲手给烧死了，而且我还是帮凶，就算长着一千张嘴也分辩不了了！

“妈，你这是杀人灭口，知道吗？为什么？你为什么要这么做？”我浑身哆嗦着，瞪大眼睛看着我妈咆哮起来。

我妈见了扑哧一笑：“傻孩子，我就算杀人也不会在你面前杀，你是我亲儿子，我能让你看着我为非作歹吗？过一会儿你就知道怎么回事了。”我妈笑了笑，转身接着喝水去了，剩下我和小英一头雾水地看着桌上的孩子。

现在他身上的火已经灭了，可让我和小英不解的是，按说孩子身上的彩纸烧完后会满是灰烬，可现在孩子身上竟然好像什么都没有似的，而且并没有发黑，先前脏兮兮的孩子，身上居然露出了他皮肤原有的肤色，甚至比以前还要水灵。

“这是怎么回事？”我抬头看看小英，她比我还吃惊。

就在这时，桌子上的孩子好像有反应了，接着一张嘴，喷出来一股黑乎乎的水，弄了他一身。我和小英跑过去把孩子抱起来，孩子开始剧烈地咳嗽和呕吐，直到把肚子里那些脏东西全都吐出来。

吐完后，孩子睡着了，不过从他的面色上来看，应该已经没有什么大碍了，脸色也开始转红。直到现在我才明白，原来我妈真的是在救孩子，并不是像我先前见过的那样把孩子烧死。

“妈，我不该错怪你！”我走到我妈身前，十分恭敬地说。

“行了，这不怪你，其实这孩子需要一些暖气温热心肺，虽然用其他办法也能把他救活，不过我就是想让你看一看我扎纸人的手法，你一定要记清楚，日后会有大用！”我妈笑了笑说。

我点点头，现在我终于确认了，确实像小英和廖宇说的那样，我妈绝对不是凶手。我也不能再去怀疑她。她是我的母亲，是生我养我的人，我一定要为她洗清冤屈。

小英到后院烧了一盆热水，先简单给孩子擦拭了一下身子，然后把他抱上床，让他睡了下来。

“妈，刚才他身上那些黑乎乎的东西是什么？”我看着床上的孩子问道。

“现在你还不是了解这些的时候，你想把整件事查清楚就必须要有足够的耐心。因为这件事并不像你想得那么简单，幕后黑手为什么要杀那几个孩子，他们之间并没有什么联系。再说了，几个孩子根本不值得费这么大的周折，背后肯定有不可告人的秘密。这人心狠手辣。你一定要小心，千万不要大意。”我妈面色凝重地说。

我点点头，从小到大，我是头一次听她这样告诫我，一时间心里暖暖的。

就在这时，房门被人推开。

“炯哥，我回来了！”只见廖宇一边喘着粗气，一边走进来。

看他脸色煞白的样子，就知道刚才留他在坟地填坟，已经把他给吓坏了。

我妈见了廖宇，站起来说：“你们两个说正事吧，小英跟我出来。”

小英答应一声，跟我妈走了出去，廖宇问候了我妈一声，坐在桌前大口大口地喝了几杯水。

“怎么样，坟填好了？”我上前拍拍他肩膀问道。

“填好了，还用树枝扫了扫地上的脚印，保证看不出有人动过。”廖宇答道。

“那就好。”我笑着点点头。

“刚才可把我给吓坏了，你不知道一个人在那儿有多瘆人，要是再待下去，不把我吓出个好歹来才怪。对了，那孩子怎么样了？”廖宇关切地问道。

“嗯，已经没事了，在床上躺着呢。”我点头说道。

廖宇走过去看了看孩子，见孩子睡得挺香，也松了口气：“原来是他，对了，刚才我路过派出所的时候，好像看见个人影，还以为你把孩子抱到派出所去了，结果进去看了看，除了黄冲没别人，我就知道你来这里了！”

“你说什么？你没看错吧？”我听了以后有些意外，现在可夜里三点左右，街上怎么可能有人走动。

“一个大活人我还看不清吗，不过就是没看清是谁，等我跑到派出所门口的时候，已经不知道他去哪儿了。”廖宇摇着头说。

我皱着眉头想了想，问道：“你说咱们是不是被人盯梢了？”

“这话怎么说？”廖宇奇怪地问。

“你想想，咱们刨坟的时候，李槐他妈的棺材一共响过两次，撞邪是绝对不可信，除此之外，恐怕只能有一种可能，那就是当时还有其他人在场。”我皱着眉头说道。

“不是吧！”廖宇听了冷汗都出来了，“那他是什么意思，为什么要在背地里搞鬼。”

“如果我猜得不错，这个人应该不想让咱们去看棺材里的纸人。”我接着说。

廖宇听了奇怪地说：“难道是李槐？不对，如果是他的话肯定出来阻止咱们了，那这个人会是谁呢？”

“我想他应该见不得光，怕咱们知道他是谁，假如他又去了派出所……跟我来！”我招呼廖宇一声冲了出去，顺着街道向派出所跑去。

廖宇不知道什么情况，只好跟在我身后，我们两个用最快的速度跑回派出所。

我进屋一看，屋里只有黄冲一人，整个派出所里静悄悄的。

“炯哥，怎么个情况你倒是给我说呀！”廖宇见我不说话，喘着粗气问道。

“先别问了，看看少了什么东西没有！”我说完仔细检查了一下各个房间，尤其是物证和调查记录，什么都没缺。

这时椅子上被绑得结结实实的黄冲引起了我的注意，这家伙耷拉着脑袋，一点儿动静都没有，我走过去把他的脑袋提了起来，结果这家伙的脸都紫了，我见了大吃一惊，把他嘴里的破布拽出来！

“快把他松开！”我大声对廖宇喊道。

廖宇也看出黄冲情况不妙，和我一起动手把黄冲身上的绳子松开。

从黄冲的脸色就能看出是窒息的表现，这家伙眼球突出，却没有剧烈挣扎，应该是长时间缺氧，导致他已经处在半昏迷的状态了。

如果不是他还在本能地张嘴吸气，我都以为他已经憋死了，好不容易把绳子解开，然后让他平躺在地上，这家伙竟然还是不停地喘气，而且看他的样子好像根本没吸进去一样。

“不对呀，炯哥，怎么他还这样？”廖宇奇怪地问。

我也想不明白，扒开他的嘴和鼻子看了看：“他鼻子和嘴里有东西！”

我把黄冲的上半身扶起来，让他坐在地上，我坐在他身后，抱住他的肚子，然后用最大的力气狠狠往里勒。

可这家伙还是没有什么反应，头抬了抬就又垂下去了，而且还是想吸气。可能是他缺氧的时间太长了，已经没那么大力气挣扎了。我继续用力勒他肚子，大概第十次的时候就听“噗”的一声，黄冲的鼻子和嘴里终于喷出来三团黏糊糊的东西，“扑哧”一声落在远处。

接着只听“呃”的一声，黄冲终于吸进去气了，神情一下子舒服了起来，看样子这家伙死不了，我和廖宇这才松了口气。

第 5 章　八指婆

眼看着黄冲没什么事了，我和廖宇这才放下了心，把他放到沙发上，然后一左一右坐在他两侧休息，说实话刚才真把我们俩吓坏了。如果黄冲有什么好歹，那我和廖宇肯定脱不了干系，弄不好杀人的罪名还会落到我身上。

休息了一会儿，我找了个瓶子，把地上刚才喷出来的东西收集了起来。这东西黏黏糊糊的，看上去非常恶心，也不知道是什么玩意儿，竟然会塞住黄冲的鼻子。

“炯哥，难道真有人跟咱们作对？”廖宇奇怪地问我。

“以现在的情况来看，这个人已经不惜手段了，要尽快查出他的身份，否则还会出事。”

廖宇点了点头，擦了擦额头上的冷汗，就在这时突然“咔咔”两声，好像有什么东西把我的手腕子给扣住了，我低头一看，原来是手铐。本来躺在床上，十分虚弱的黄冲正似笑非笑地看着我，而我和廖宇的手竟然已经被手铐铐住。

“你要干什么！”我大声向黄冲喊道。

“别生气，我不想对你们怎么样？只是想追究一下你们袭警的责任！”黄冲冷笑一声说。

“我们也是逼不得已的，看到咱们都是同事的份儿上，就算了吧！”听了黄冲的话，廖宇开始打哈哈。

“算了？你们知道袭警是多么大的罪名？再者你们两个已经去过坟地了吧？私自扒人坟墓，这也是重罪。如果我追究起来的话，你们两个至少要被判十年！”黄冲冷冷地说。

我知道解释也没用，黄冲这么做非常正确，对于警察来说就应该铁面无私，况且我们今天做的事的确鲁莽，尽管有特许令在身也一样。

看我不说话了，廖宇狠狠地瞪了他一眼，坐在沙发上不出声了。

见了我们的样子，黄冲轻蔑地笑了笑，转身向屋外走去，一边走一边说：“你们两个真行，我这就去找黄德公，让他老人家来主持公道！”

这家伙说完不再管我们两个，开门走了出去。

“炯哥，这可怎么办？如果黄德公知道咱们挖了李槐他妈的坟，不当众打死咱们才怪……”廖宇面如死灰地说。

“放心吧，你只要打死不承认就行了，反正现在已经恢复原状了。再说了，他只是一面之词，总不能再挖开坟头看看里面有没有人动过吧，咱们镇子几百年来可没这个先例。”我想了想说。

“行，我都听你的。”廖宇点点头说。过了没一会儿，就听“吱嘎”一声，黄冲推门走了进来，他身后跟着一个人，正是黄德公，脸色十分难看。

黄冲一脸蔑视地看着我们两个，对黄德公说：“他们两个无法无天，查案子居然我行我素，根本不征求我的意见，我说了他们几句，他们竟然还把我打了一顿。德公，您说怎么处理他们吧！”

听了他的话，我和廖宇微微一愣。说实话，我们两个真没想到他会这么说，竟然没提我们两个去刨坟的事，而且连他差点儿被人害死的事也没说，这倒是让我挺意外的。

我和廖宇互相看看，同时放下了心。黄德公看了看我们俩笑了，说：“黄冲，张炯是我从小看到大的，对他们的脾气秉性最清楚，应该不会做什么太出格的事。我看你们中间肯定有什么误会。这样吧，看在我的面子上，你就饶了他们这回。况且，张炯是我请来查案的，这可不是说不相信你的能力，而是因为他对风铃镇比别人要了解得多，查起案来方便。”

听了黄德公的话，黄冲眉头皱了皱，叹了口气说：“好吧，既然德公发话了，我再说什么那就是对您的不敬了，不过您可要保证他们两个以后在查案的时候不能越过我。毕竟我是咱们风铃镇正式的警察。您说对吧！”

“好，就按你说的办吧。张炯，廖宇，以后你们办案，有什么情况和决定一定要事先和黄冲沟通和交流，知道吗？”黄德公对我们说道。

“没问题。”我和廖宇点头答应。

黄冲这才上来给我们两个把手铐打开。黄德公笑了笑说：“行了，你们几个聊吧，我先走了。”

说完，黄德公转身往外走，我们三个把他送了出去。

等黄德公走远了，我和廖宇回过头来，直勾勾地看着黄冲。

黄冲见我们两个眼神不对，冷哼了一声，说：“如果不是德公替你们求情，我绝对饶不了你们俩，疼死我了！”

黄冲使劲儿晃了晃脑袋，用手揉了揉脖子，转身走进派出所，我和廖宇也跟了进去。

等坐好了以后，我问道：“刚才你为什么不提我们去挖坟，还有你差点儿被人弄死的事？”

黄冲十分蔑视地看了我一眼，笑了笑说：“虽然我年纪没你们大，可我也不是傻子，这件事已经弄这么大了，都有人敢来杀我这个警察了，你说，我能让你们两个在这个节骨眼儿上出事吗？剩下我一个人在这儿，估计不出三天，恐怕小命就会没了吧。其实我也是在半路上想通的，叫德公来不过是为了让你们两个以后办案不要越过我。怎么说我也是个警察对吧，以后大家通力合作，把这个案子拿下。”

“算你小子有眼力，现在形势确实不妙。唉，看来风铃镇不太平了。”我无奈地笑了笑说。

“对了，忘了问你们，从坟里挖出什么了？”黄冲问道。

“想知道的话就跟我来。”我站起来向外走去。

廖宇跟在我身后。黄冲见我们俩都走了，也跟了出来。我带着他们向“纸人张”走去，折腾了一晚上，天也亮了，街上也陆陆续续有人走动，我们三个人来到“纸人张”店铺，小英把我们迎了进去，那孩子正在床上睡得安稳。

“他是你们从坟里挖出来的？”见了床上的小孩儿，黄冲大吃一惊。

“你以为呢？如果昨天你再耽误我们一会儿，估计孩子就被憋死了。”廖宇心里有气，瞥了黄冲一眼说道。黄冲脸色变了变，没有说话。

“有些事并不是我要瞒你，而是现在的情况太复杂了，凶手隐藏得很深，想把他引出来太难了，所以要十分小心！”

接着我把我知道的情况，向黄冲说了一遍。黄冲听完以后，有些不可思议地看着我，好半天后才说道：“我自始至终就不相信这件事是你妈做的，我来这里没多久，人轻言微，所以一直没站出来说话。现在你们调查的情况正好印证了我的判断，昨晚的事是我错了，以后有什么打算你就直说，而且我也要谢谢你昨晚救了我的命。”

“行了，我以前也是警察，咱们之间没有那么多事。以后，通力合作，找到凶手才是最关键的。”

黄冲问道：“那接下来咱们怎么办？”

“我看这孩子两三天内是醒不过来了，先把孩子送回去再说吧，否则李槐不急坏了才怪，过几天咱们再去问孩子是怎么变成这样的，不过白天不能去，也不能跟他们说明孩子是从哪儿找到的，那样的话他们肯定会怀疑到我，而且我和廖宇不能出面，所以这事还要麻烦你了，然后咱们再商量怎么把凶手引出来。”我想了想说。

“好。”黄冲答应道。

商定好后，我们三个在床上躺了下来，正好我妈和小英去说话了，我们昨天一晚没睡，把我和廖宇累坏了，黄冲也好不到哪儿去，所以没多长时间，我们就睡着了。等我们醒来的时候已经夜里十一点了。

小英告诉我们白天的时候李槐来了好几趟，想找他孩子，这家伙怀疑是我妈抓来的，是小英拼命拦着，最后用黄德公那天下的命令才没让李槐闯进来。李槐没办法，带着不少人满镇子找，结果也没找到。

“嗯，看来这家伙已经急坏了，黄冲，你把孩子送回去吧！”我点点头对黄冲说道。

黄冲答应一声，进里屋把孩子抱起来，打开店铺的门左右看了看，见没人，一溜小跑向李槐家赶去。

见他跑远了，我拍了拍廖宇肩膀，远远地跟了上去……

“炯哥，你这是干什么？”廖宇跟上来，有些不明白地问我。

“嘿嘿，你想想背地里跟咱们作对的人为什么要阻止咱们挖坟，又为什么对黄冲下毒手。”

廖宇听了我的话有些不明白，一边跑一边琢磨起来。

“那是因为，这个人的目标是黄冲怀里那个孩子。”廖宇说道。

“嗯，如果我猜得没错的话，这个人不达目的绝对不会罢休，否则他不会去害黄冲来嫁祸咱们，弄不好他一直藏在‘纸人张’门外，现在黄冲把孩子抱出去，很有可能被这个人盯上，咱们来个螳螂捕蝉，黄雀在后。”

廖宇听了我的话恍然大悟，点点头后继续跟在我身后，我们两个就这样远远地跟在黄冲的身后，不过我们跟了两条街，还是没发现什么人，眼看就到李槐家了，如果这个人再不出现的话，那再想找到他就麻烦了。

就在黄冲走到李槐家门口，想要敲门的时候，突然间我发现右边的墙角后面有什么东西动了一下，我拉住了廖宇，和他一起藏在胡同口的阴影里。

我蹲下身子，远远地看着墙角后面。

“那人来了？”廖宇在我耳边悄悄地问。

我没说话，用手指了指，廖宇抬头向那里看去……

这时，黄冲抬手在李槐家的院门上“啪，啪，啪”打了三下，里面灯光一闪，李槐应该听到有人敲门了。

就在这时，阴影里突然走出来一个人，远远看去这人身材很瘦小，轻手轻脚地走到黄冲身后，没发出一点儿声音。

借着月光我看得清清楚楚，他的手里拿着一块青砖，廖宇刚要喊黄冲，就听“啪”的一声，这家伙一砖砸在黄冲脑袋上。

黄冲连叫都没叫，直接躺在了地上，怀里的孩子也被那个瘦小的人接住，然后这人转身就跑，连头都没回，直接钻进了胡同里。

“你看看黄冲怎么样，我去追孩子，一会儿你顺着街来找我。”我对廖宇吩咐道，然后冲了出去。等我冲进胡同后，见前面那个瘦小的身影还在，正抱着孩子往前跑呢。

可能是他太瘦小了，力气不大，抱着五六十斤的孩子跑起来很不方便。

我加快脚步，眼看就要追上了，谁知道突然脚下一个趔趄，好像踩到了什么东西，脚底一打滑，“扑通”一声摔在地上，疼得我直咬牙。

我往地上一摸，原来路中间摆着一个烂筐。

“好小子，敢给我使绊子！”就在这时，那小子已经跑出胡同了。我站起来活动了一下腿脚，没什么事，接着又追了上去，等我冲出胡同，再想找那个人已经找不到了。

“不可能，他绝对跑不了这么快，一定还在附近！”我看看空无一人的大街，远处一两百米并没有胡同，所以他根本不可能在这么短的时间内逃出我的视线。

于是我慢慢向前走，一边走一边仔细观察街道两边，走了大概三四十米，还是没发现那个人的影子。

“这是怎么回事？难道是我判断错了？”我越想越奇怪，心想不对，于是我又回头，仔细地沿着街道往回找。

就这么一眨眼的工夫，他最多也就跑到这里，所以他一定藏了起来。等我再往回转的时候，突然发现前面一栋房子的门洞里有个黑乎乎的东西趴在地上。

原来你在这儿！我不动声色向那里靠近，趁着走进阴影的时候，从地上摸起一块青砖抓在手里，朝那个门洞走去。

只要那小子还在，我绝对一砖把他撂倒，可让我万万没想到的是等我走进门洞，看清楚里面的样子后，顿时奇怪了起来。因为这个黑影并不大，根本不可能是那个人，而且是平躺在地上的。我心里暗道不好，这个人的目的是想把那个孩子给弄死，很明显地上躺着的正是孩子一般大小的东西。如果真是那孩子的话，十有八九已经没命了。

想到这儿，我抓着砖头小心地走过去，轻轻摸了摸那个黑乎乎的东西，没错就是那个小孩儿，又探了探他的鼻息，还有气，而且还很平稳……

这下我才放了心，把孩子抱起来回到街上。正在这个时候，廖宇扶着黄冲向我这边走过来。黄冲一手捂着脑袋，恼怒地直咧嘴。

看到我怀里的孩子，廖宇高兴地问："孩子抢回来了？那个人呢？"

"我来的时候只有孩子在门洞里。"我摇摇头说。

听了我的话，廖宇和黄冲全都咬了咬牙。

"又被他跑了。"廖宇狠狠地说。

黄冲哼了一声："我一定抓住他，竟敢光天化日之下抢孩子！"

看来这小子刚才被打得挺重，以前从来没吃过这么大的亏，所以现在心里有些不平衡。

"不，他没有逃走，一定还在这里！"我摇摇头，笑着说。

"在哪儿？"听了我的话，廖宇和黄冲一起瞪大眼睛看着我问。

我没说话，用手指了指刚才那个门洞。

"这儿？"廖宇和黄冲奇怪地喊道："这是八指婆家，难道……是八指婆把孩子抢走的？"

"怎么可能。八指婆那么大岁数了，而且刚才那人是个小瘦子。八指婆又矮又胖，想跑也跑不动。"我笑着说。

"那你是什么意思？"廖宇越听越不明白，接着问道。

"你们两个在这儿守着，我去八指婆家看看。弄不好刚才那小子已经逃进了八指婆家，如果他从里面冲出来，你们两个一定要把他给我拿下！"我对黄冲和廖宇吩咐道。

他们俩点点头，一左一右藏在门洞两侧，孩子放在了一边的台阶上。

我走到八指婆家门前，轻轻地敲了敲门，就听里面有走动的声音，有人推开房门走了出来。

"谁呀？"熟悉的声音响起，是八指婆，我已经有两年多没见过她了，听声音和以前没多大区别。

"是我，八指婆，张炯！"我笑了笑说。

第6章　果子鸡

“哦，是张炯呀！”接着院门左右一分，八指婆笑着迎了出来。

八指婆看上去还是老样子，她今年八十岁多一点儿，体型略微有些臃肿，满脸褶子，满头银发，不过脸上的笑容非常慈祥，她的右手缺了两根手指，所以大家都叫她八指婆，真名叫什么已经没人知道了，也没人知道她那两根手指是怎么回事。

“您还没睡呢？这么晚打扰您，真是不好意思！”我笑着对八指婆说。

“你小子什么时候跟我这么客气了？别忘了，是我看着你长大的。”八指婆笑着打量了我一下，“快说吧，这么晚了找我有什么事？”

“八指婆，您有没有发现家里面进贼了？”我看了看院子里，悄无声息，然后小声对八指婆说。

八指婆微微一愣：“不会吧，我这小破院子里面就两个屋，没见有人进来呀，而且院子里你也看得清楚，你小子是不是跟八指婆逗闷子来了？”

“哦，没进人就行，您早点儿睡吧，我先回去了！”我点点头说。

“好吧，我知道你最近在查孩子的事，我也相信一定不是你妈干的，所以有什么需要我帮你的尽管来找我。从小你就和我亲，不管别人怎么看你，反正在我眼里你就跟我的孩子一样。”八指婆满脸慈祥地拍了拍我肩膀说。

听了八指婆的话，我心里暖洋洋的，点点头说：“有您这句话，我就放心了。您回去休息吧。”

“好，你走吧，以后一定要小心点儿。”说完八指婆把院门关好，回去睡觉了。

我从门洞里退了出来，廖宇和黄冲围了过来。

“怎么样？”黄冲问道。

我摇了摇头，顺着来路往回走，他们俩抱起孩子，跑过来追上我。

“那人没在八指婆家，也一定在附近吧。咱们回去干什么？”见了我脸色凝重的样子，一个劲儿地直往回走，廖宇奇怪地问我。

他是最了解我的，知道我办事从来不会如此马虎，如今见了我这个样子，才会这样问我。

等到了李槐家门前不远的地方我才停了下来，对黄冲说：“你把孩子送回去吧，我们两个在这儿等你！”

黄冲点点头。他现在脑袋上的伤已经没事了，把孩子接过去，拍了拍李槐家的门。

就听院子里有人喊：“谁呀，大晚上的，一次次叫门，有病吧。”

“是我，黄冲，给你送儿子来了。”黄冲大声答道。

话音一落，院门马上打开，只见李槐神色慌张地跑了出来，一见黄冲怀里的孩子，这家伙“哎呀”一声，过去把孩子接在手里。

“我在镇子外面的河沟里找到了孩子，给你送回来了……”黄冲编了个瞎话。

“哎呀，真是谢谢你了。我们找了他一天，都以为被人拐走了。快进来，真是不知道怎么谢你才好呀！”李槐拉着黄冲死活不让他走。最后黄冲没办法，只好跟他进去了。

“炯哥，刚才你是不是有话不方便说？”见黄冲被李槐拉进屋去，廖宇小声问我。

“对刚才的事你怎么看？”我面色凝重地说。

“你是说八指婆？我感觉如果那个人还在这里的话，应该最有可能在她家，弄不好八指婆并没发现。如果是这样的话，她可危险了。”廖宇也是有些想不通。

“没错，以我看那个人绝对没有走远，真藏在八指婆家也说不定，不过咱们可以换一种思路来分析一下……”

“什么思路？”廖宇皱了皱眉头。

“如果你是那个人，既然有地方藏身，你会不会把孩子丢下，然后自己藏起来？”我接着说道。

“如果是我的话，不到万不得已我是不会丢下孩子的，刚才的情况确实没到这种程度。”廖宇点点头，开始分析起来。

“这就对了。把孩子放下来的目的就是拖延我们追捕他，不让我们找到他的藏身之处。”我笑了笑说。

“那你的意思是……八指婆？怎么可能，她是镇子上除了黄德公外最受人尊敬的人了，怎么可能帮那个抢孩子的人呢？”这么一分析，廖宇脸上的冷汗都下来了，不可思议地看着我问道。

“要是这样的话，那就只有一种可能。”我叹了口气说。

“什么可能？”廖宇问。

“偷孩子的人和八指婆关系十分密切！”我无奈地苦笑一声说道。

“关系密切？你是说他儿子？那个傻子！他怎么可能去偷孩子！偷孩子这人心思缜密，又是弄出响动，又是去杀黄冲想嫁祸咱们，还在‘纸人张’门外埋伏等咱们出来然后抢孩子，这可不是一个傻子能办到的。”廖宇不可思议地说。

“目前看来只有这一种可能，弄不好是她身边其他人，总之这件事和八指婆脱不了干系。”我仍然坚持我的观点，有时候表面看起来不可能的事往往最有可能。

“那如果真是她的话，你能狠下心来抓她吗？八指婆是从小看着你长大的，以前除了你妈可就是她维护你了。当初你被赶出风铃镇只有我和她老人家去给你送行……”廖宇脸色越来越难看，摇着头说。

“再查查看吧，也许是咱们想多了。”我点点头说。

别看我说得轻松，其实心里也很别扭，就像廖宇说的那样，如果真是八指婆在幕后指使害死这些孩子，我到底抓还是不抓?

我和廖宇在门外等了半个小时，黄冲才从李槐家出来，手上提着两大包东西。

“这个李槐，非要送我这么多苹果，走，先回所里去。”黄冲一脸尴尬地说。

我和廖宇笑了笑，跟着他往派出所走。

不过路上黄冲就不说话了，神色有些呆板，过了没多一会儿，这家伙突然扭过头来看着我，意味深长地问道：“张炯，我有件事想问你。”

“你说！”我一听他的话就知道这家伙纳过闷儿来了。

“我今天是不是被算计了？”黄冲眯着眼看着我和廖宇问。

“是吗？怎么可能！”我和廖宇同时摇了摇头，不肯承认。

“放屁，那你们两个为什么会来找我，你们早就知道有人跟踪我，对吗？”黄冲越说越有气，狠狠地瞪着我和廖宇喊道。

“我敢保证，事先我们绝对不知道，就是……就是有点儿怀疑……”廖宇尴尬地笑了笑说。

“行，你们两个真行，拿我当鱼饵，事先还不告诉我。你们还记得昨晚是怎么答应我的吗？这才一天就变了。”黄冲眼珠都快瞪出来了，看样子把他给气坏了。

“这件事是我们欠考虑了，对不起，对不起，我郑重向你道歉。”我也赔话，这家伙是犟驴，一脑袋的规矩和纪律，同时又是个顺毛驴，嚣张得很，顺着他的话还好一点儿。

果然，听了我的话后，这家伙的脸色好了很多，用手狠狠地指了指我和廖宇，然后拎着他那两大包苹果气冲冲地往前走。

我和廖宇对视了一眼，差点儿没笑出声来，用力憋住，然后跟在他身后。

到了派出所，我们三个一边吃苹果，一边聊起了案情，我把刚才和廖宇商量的关于八指婆的事给黄冲说了一下。黄冲听后点了点头，比较同意我们两个的观点。最后我们三个敲定了两个侦查方向，一是紧盯八指婆和她的傻儿子，看他们这几天和谁接触，做了什么事情，和命案有没有关系，二就是从纸人入手，我继续跟我妈学习扎纸人，弄明白这些孩子到底是怎么死的，为什么要把他们弄成那副模样，还有就是查明到底是不是有人和我妈有仇，想要嫁祸给她。

最后我们决定，黄冲和廖宇去盯着八指婆，我继续跟我妈学扎纸人，然后等着市里的化验结果。

第二天一早，我从派出所出来后直接去了店里，我妈正在店里等我。

查案的事情她从来不问我，只是让我跟她一起劈高粱秆，这东西是用来支撑纸人的，别看就这么个简单的东西，真要做到扎成人形是要相当高的技术的。我练了一上午，扎出来的东西连我自己都看不过去。不过我妈说我学得很快，有这方面的天赋。

“妈，纸人为什么会自己动？”我一边练着一边问道。

“其实扎纸人也好，其他行当也好，并没有太玄乎的东西，不过是手艺人藏得太深，搞得神神秘秘的，就能震慑住外行人了，其实真要说出来就好比捅破一层窗户纸。”我妈叹了口气，“不过我也给你说了不是一次两次了，有些事不能急于求成，要循序渐进，这其中的关键我自然会教给你。”

“好吧！”我听了有些沮丧，不过也没办法，从我回来以后我妈就什么都不说，我知道她肯定知道一些内情，也知道她是为了我好，所以只好点头答应。

我妈见了我的样子，把手伸进口袋，再把手抽出来摊在我面前。我一看，她手心有一些紫黑紫黑的粉末。

“这是什么？”我奇怪地问。

我妈没说话，手掌微微一晃，就听“噗”的一声，那些紫黑色的粉末竟然爆出一团淡蓝色的火焰，不过很快就灭了。

“纸灯笼就是这东西点燃的？”我见了淡蓝色的火焰大吃一惊，赶紧追问。

“没错，这东西的用处可大了，不过没什么危害，就算被它烧一下也不会疼，更不会被烧死。”我妈接着说道。

“那照您这么说，那几个孩子身上的蓝火根本不是致命原因，他们窒息也和蓝火没有任何关系了？难怪我总感觉不对劲儿，这些孩子身上一点儿灼伤的痕迹都没有，可他们身上那层黑乎乎的东西又是什么，为什么能很多天都不腐烂？”我皱着眉头说。

“这就不知道了，再去调查吧——你知道这东西是什么吗？”我妈瞅着手里的粉末。

我摇了摇头，以前可从来没见过这种紫黑色的粉末。

“咱们镇子外面的山上有不少野果，其中有一种草上会常年结出一种紫黑色的果子，很甜，但是吃了以后舌头会变成紫色，好多天都下不去，只能等颜色慢慢变蓝，再变成粉色，十多天才会消退下去。”我妈笑了笑说。

“我知道，以前小的时候我经常跑山上去吃！”我点点头说。

“不仅你喜欢吃，山上的野鸡也喜欢吃，有一种纯白毛的野鸡最喜欢吃这种果子，从小以它为食，日积月累色素囤积，它们的羽毛会慢慢地变成紫黑色……”我妈笑着说。

“是有这东西，好像叫果子鸡！小时候山上挺多的，现在可不好见着了，我就记得果子鸡的肉挺好吃的。”我点点头说。

“嗯，这种粉末就是用果子鸡的羽毛经过特殊手法加工研磨出来的，我这里已经没有了。下午你去帮我抓两只果子鸡回来。等你扎纸人学得差不多了，我再教你扎灯笼。”我妈点点头说。

“好！”我听了非常高兴，赶忙点头答应。

吃过午饭，我从镇子出来，拿着套鸡的合笼上了山。

这合笼也不知道是谁发明的，鸡、鸭、黄鼬、兔子什么都能套，前面是个笼子，里面放上它们喜欢吃的东西，只有一面有个十厘米长的筒子，比胳膊细一点儿，中间是空的，里面都是倒刺，要想吃笼子里的东西，只能从筒子里把头伸进去，一旦进去，再想出来就办不到了！

上山后我先在半山腰上转了一圈，现在刚入秋，漫山遍野的果子，山楂、野枣、野葡萄应有尽有，当然也有我要找的那种紫黑色的野果。

我摘了满满一袋子，然后朝山后坡走去，转了一会儿，发现地上有鸡脚印，这才把合笼放在树底下，往里面倒了半袋子野果，转身找了一棵挺高的树爬了上去。

从我的位置刚好可以看见合笼，方圆几百米也能看得很清楚，尤其是山下的景色，更是让人心旷神怡，我就这样靠在树干上，一边欣赏着家乡的美景，一边享受野果的美味。

套鸡这事要有耐心，尤其是现在这东西比人还贼，想让它们上当可不容易，所以我没打算天黑前能回去。

时间一点点过去，别说果子鸡了，连根鸡毛都没看见，渐渐地我有些不耐烦了，琢磨着明天再来，先回家吃饭去。

可就在我刚要从树上下来时，突然正前方一百多米远的地方好像有什么东西正过来。

我赶紧趴在树叶里向那里看去。

现在天色已经很暗了，隐约还能看清那东西的模样。

“怎么是个人呀，都这么晚了，谁还会上山？”等我看清楚那东西后，心里开始纳闷儿起来。

远处是一个身材高大的人，林子里太黑，看不清他的脸，不过看他的身形好像有些熟悉。

只见这人直奔着我下好的合笼走过来。

这下我可有些纳闷儿了，难不成他知道我在这下了笼子？

我的好奇心彻底被勾起来了，死死地盯着那小子，只要他敢动我的合笼，我就跳下去给他来个出其不意。

让我没想到的是，他距离我下的合笼还有四五米远的时候就停了下来，然后在草丛里摸了摸，接着“嘿嘿”笑了两声，竟然在草丛里拽出来一个比我那个还大的合笼。

“等的就是你，嘿嘿！”那人突然笑道。

原来他也是来套野货的，可等我一看他的合笼，眼珠差点儿没瞪出来，原来合笼里有一只黑乎乎的鸡。

“果子鸡！”我差点儿喊出声来。

第 7 章　黄姑子

那人兴高采烈地提着合笼下山去了。等他走远后，我从树上下来，也不管我的合笼了，远远地跟在这人身后。

只见他下了山后，哪儿也没去，直接进了镇子。

没多一会儿他就到了一座宅子前，哼着小曲打开了门。这宅子我可知道，前两天还来过一次，而且也是这么晚。

“李悦，你到底在搞什么，女儿才死了几天，现在还在派出所里躺着，你怎么能高兴得起来？”这小子正是李悦。我看着他兴高采烈地把果子鸡提了进去，心里十分困惑。

现在李悦正对我怀恨在心，如果我现在找上门去，弄不好就打起来了，可不去的话，怎么知道他到底要那只果子鸡干什么。

在我犹豫的时候，突然李悦家的门开了，李悦竟然又出来了，手里还拎着个包袱，里面鼓鼓囊囊的。

我赶紧藏好，李悦左右看了看，见没人，顺着墙根朝北街走去。

“这可怪了，他到底在干什么？”我越想越奇怪，只能继续跟在他身后。

到了北街，李悦一溜小跑到了一座破庙前，然后看看四周没人，轻轻地敲了敲破庙的门。

这破庙平时没人来，我们镇子上是一个宗族，并不去信其他教的东西，唯独一个人，黄姑子，她是黄家人，可自从她在这里修了一座庙后，黄家人再不认她了，所以她一直独自住在这里。

庙门一开，黄姑子把脑袋探了出来，两个人不知道说了些什么，李悦把手里的包袱给她看了看。

黄姑子点点头，从破庙里钻出来，跟着李悦往西走去。

“这两个人八成没好事。”我拿定主意，继续跟在他们身后。

可让我万没想到的是，他们俩竟然去了派出所！

正在我纳闷儿的时候，派出所一旁不远的胡同里有人把他们俩招呼了进去，我赶忙顺着墙根溜到胡同口，趴在地上听他们在说什么。

“媳妇，你都看清楚了？”李悦问道。

“放心吧，张炯一大早就走了，黄冲也出去了，就剩下廖宇在里面，睡得跟死猪一样。”李悦的媳妇说。

“行，仙姑，我女儿的性命可就交给你了，一定要把她给救活！我们夫妻俩忘不了您的大恩大德。”李悦对黄姑子说。

“放心吧，咱们赶紧去吧，否则他们就快回来了。”黄姑子说道。

“走！”李悦连忙点头。他们仨从胡同里出来，左右看看，见街上没人，也没看见墙根阴影里趴着的我，一溜烟地跑进了派出所。

派出所的大门平时是不关的，这仨人进了门后直接去了西院。

西院原本是我们存放杂物的地方，不过现在已经做了停尸间，黄德公的重孙子、重孙女还有李悦的女儿就停放在那里。

我见他们进去了，也跟了进去，廖宇正睡得香，根本不知道院里来人了。

我没叫醒他，而是自己走到西院，从窗户外向屋里看去。

我现在对黄姑子很感兴趣，按照她说的，这家伙竟然能把李悦的女儿救活，难怪今天李悦那么高兴，这简直就是天方夜谭，但是看李悦夫妇的样子，似乎对黄姑子非常有信心。

只见他们三个进去后点了两根蜡烛，昏暗的烛光把屋子照亮，床上并排放着三具尸体，尸体上盖着白布。

“女儿啊！”李悦和他媳妇一见尸体，立马哭了起来，怕惊动廖宇，就用手捂着嘴呜咽。

看到他们这样，我心里也挺难过，按说现在可以进去阻止他们，不过我对黄姑子挺感兴趣，这家伙有什么本事，能让李悦夫妇相信她能把孩子救活。

我决定继续看下去，而且这件事还关系到果子鸡，所以必须要弄清楚。

李悦把尸体上的白布掀开，找到自己的女儿，黄姑子把那两根蜡烛一左一右摆在孩子头顶前。

李悦也把手里的包袱打开，果然不出所料，里面正是那只果子鸡。

黄姑子把果子鸡接过去，双手将果子鸡举过头顶，然后微闭双目，嘴里念念有词，先朝着四面八方各鞠了一躬，然后将果子鸡对准床上的尸体，轻点了三下。

李悦夫妇站在一旁，不敢发出任何声音，满怀期望地看着黄姑子。

黄姑子深吸了口气，双手抓着果子鸡突然向尸体的方向伸出，就听“噗”的一声，两根蜡烛的火苗猛地蹿了蹿。

这下可把李悦夫妇给吓了一跳，看黄姑子的神情更恭敬了。

我看了黄姑子的架势，心里不由得冷笑了一声，因为就在她刚伸出双手的时候，我分明见到她左手的中指和无名指在袖子里拉扯了一下，隐约间似乎喷出去了一些粉末，那些粉末遇到蜡烛上的火苗自然燃烧了起来，不过从李悦他们的位置是看不到的，在他们眼里黄姑子好像真有法力一样……

“弄了半天就是这么骗人的！”我不屑地想道。

接着黄姑子开始抓着果子鸡在尸体前抖了起来，好半天后，这家伙才停下来，用手抓住果子鸡的脑袋用力一拧，直接把果子鸡的脑袋给拧了下来。

这倒是有几分功夫，寻常人是没这么大力气的，头一掉，果子鸡的脖子里开始滴血，由于它早就死了，所以没扑腾，可血流得就没那么快了。

“把孩子胸口的衣服扒开！”黄姑子对李悦说道。

李悦把他女儿身上的衣服扒了扒，黄姑子把鸡脖子对准了他女儿的胸口，鲜血滴在她胸口处。

没多一会儿黄姑子把果子鸡扔在地上，开始用她右手食指点在尸体的胸口上，慢慢地滑动起来。

这老婆子闭着眼睛，嘴里不停地念叨，手上的动作幅度越来越大，尸体胸口的血开始被她画成一个个诡异的符号。

我越看越不明白，这黄姑子到底在干什么，难道说用果子鸡的血在孩子胸口画几下就能把她救活？这也太扯了吧。

果然如我所料，黄姑子画了十几分钟，孩子还是一点儿反应都没有，李悦夫妇脸上的神情越来越着急，最后血都干了，黄姑子还在那儿画……

“仙姑，孩子怎么没反应啊？”李悦壮着胆子问道。

黄姑子脸上的冷汗都下来了，不过还是强装镇定地说：“着什么急呀，再等等，不要再打断我了，否则谁也救不了你孩子。”

李悦夫妇赶紧答应，然后退到一旁。

黄姑子再次把眼睛闭上，这次不用手指了，开始整个手掌贴在孩子胸口上，用力搓了起来……

就这样又搓了十来分钟，孩子依然没有动静。这时李悦可撑不住了，对黄姑子说：“仙姑，您到底行不行，孩子到现在都没动静，您是不是一直在骗我们呀！”

“为了你那点儿钱至于吗？实话告诉你，孩子只有一次机会救活，你现在打断我，孩子再想救活已经没希望了！”听了李悦的话，黄姑子非常生气，咬牙切齿地说。

听了这话，李悦的腿一下子软了，要不是被他媳妇扶住早就瘫地上了。

“哼，你们也老大不小了，怎么还会信她，整天装神弄鬼的，嘴里一句实话没有。孩子已经死了，能救活吗？”我实在看不下去了，推开门走了进去。

一见是我，李悦和他媳妇立马慌了神，对面的黄姑子也一样，看着我哆哆嗦嗦地说：“张……张炯，你想干什么！”

“这话好像应该我问你吧，大半夜跑到派出所里来搞这些封建迷信的东西，亏你们干得出来。今天谁都别想走，都跟我去审讯室，我有话要问你们！”我冷哼了一声说。

一听这个，李悦和他媳妇长叹了口气，不说话了，可对面的黄姑子眼珠一转。

我一见她的样子就知道不好，这老东西要耍诈，不由分说，迈步向她冲了过去。

可还没等我冲到她跟前，这老家伙“噗、噗”两声，竟然把那两根蜡烛给吹灭了。

接着人影一闪，好像有人从我身旁窜了出去，不用想了，肯定是黄姑子，没想到这家伙跑得这么快，我还没反应过来她已经冲了出去，等我追过去，这老东西居然连影子都看不到了。

我刚要回去，身后传来了脚步声，我回头一看，原来是听到动静的廖宇。

“炯哥，怎么了？”廖宇见我脸色不好，赶忙问道。

“先进去，我慢慢给你说！”我转身往派出所里走。

等我们回到西院，李悦夫妇已经把蜡烛点着了，两人正一左一右坐在他们女儿身边，看着他们女儿抹眼泪。

我已经把刚才的经过大概给廖宇说了一下。廖宇见了李悦的样子，无奈地叹了口气上前安慰了他们几句。

留下廖宇收拾，我带着李悦夫妇回到正屋，坐好后，我对李悦说：“李悦，人死不能复生，我也知道你们难过，不过我保证尽快抓住凶手，给你们报仇！”

“我现在什么都不想说，你一天不抓到凶手，你妈的嫌疑就一天不能洗脱，要怎么处置我们随便。”李悦连看都没看我，低着头说。

看来他对我还是有很深的成见，主要是现在我妈的嫌疑最大。我承认这一点，更无力反驳，所以只能叹了口气说：“你们俩走吧！”

李悦听了我的话微微一愣，不过没说什么，拉起他媳妇就走了。

“停尸房收拾好了吗？”我没心情管他们俩，这两个人也不知道哪根筋不对付，只会添乱。

“收拾好了，把孩子身上的血擦干净了，把蜡烛也扔了！”廖宇说道。

“对了，那只鸡呢？”我突然想起那只果子鸡，上面的羽毛还能用，这样我就不用再去套鸡了。

“鸡？什么鸡？没见着啊！”廖宇听了很奇怪，皱着眉头问。

“果子鸡，全身黑乎乎的那种，刚才就在停尸房啊！”我站起来说道。

“没见着！”廖宇摇了摇头说。

我跑到西院，里里外外都找了一遍，确实没有果子鸡，就连一开始包着它的包袱都没了。李悦夫妇走的时候我看得清清楚楚，直接出了派出所，根本没再去西院，再说了，他们现在要那只死鸡已经没用了。

“我知道了，一定是那老家伙拿走了。她要果子鸡干什么？”我心里开始翻腾起来。

“你说黄姑子？没准儿没钱吃饭，饿极了呗，临走不忘偷鸡。”廖宇笑了笑说。

“不对，没那么简单！”我摇了摇头，“你在这儿等着，我去找黄姑子。”

说完不等廖宇回答，我朝破庙跑去。

长话短说，等我到破庙的时候，庙门已经上锁了！

“哼，跑得挺快！”这下我更确认黄姑子有事了。果子鸡的毛可以制作引燃纸灯笼的粉末，这家伙在逃命的时候都不忘把果子鸡带走，肯定有鬼，弄不好先前害死人的纸人就是她搞出来的。

想到这儿，我一脚把庙门踹开，走了进去，打开灯后四处看了看，墙上、门框上贴满了各种各样的符纸，没什么家具，大殿里只有一张桌子和两把椅子，里屋有个放衣服的柜子和土炕，其他就没什么了。

见没什么有价值的线索，我转身从庙里出来。我回到派出所，廖宇正在门口等我，见我来了问我情况怎样。

我把刚才见到的还有先前的分析都给他说了一遍，廖宇的意见和我一样，现在黄姑子的嫌疑最大。

正在这时，廖宇的手机响了！

“是黄冲！”廖宇一看手机号，立马兴奋地说。

接通后，廖宇答应了几声就挂了，抬头说：“八指婆那里有动静了，她儿子傻三儿刚出去了。现在黄冲正在后面跟着，他说快到镇子西口了。”

“好，过去看看！”总算有消息了，我点点头说。

于是我和廖宇往镇子西门赶去，没多长时间就看到一个瘦小的身子晃晃悠悠地走了过来，走得还挺惬意！

我赶紧拉着廖宇藏了起来：“和那天抢孩子的人身材一模一样！”

“没错，就是他，原来真是八指婆家的傻儿子，这小子平时憋在家里不出来，我记得前阵子他还挺胖，没想到几个月没见都瘦成这样了。”廖宇小声说道。

“嘘，来了！”我示意廖宇不要说话。我和廖宇赶紧藏好，我们两个死死地盯着傻三儿。

这家伙一路上哼着小曲走了过来，根本没发现有人正在盯着他，从我们面前走过，远处黄冲正慢慢地跟过来。

等傻三儿走远了，我招呼了一下黄冲；黄冲见是我们，跑了过来。

“这小子走得还挺快，这大晚上的不睡觉，也不知道干吗去。”黄冲看了傻三儿一眼，抱怨道。

“谁知道呢，总之不正常，跟上去看看！”我笑了笑说。

黄冲和廖宇点点头，跟着我从胡同里出来，远远地跟在傻三儿身后。

傻三儿唱着小曲，出了镇子，一直朝西边走去，我们三个只能远远地跟着，这家伙一直走了五里地，也不知道累，最后在一个果园停了下来。

前面不远就是个村子，这果园是这里的村民搞的，里面有些梨树和苹果树，傻三儿好像经常来这儿，找了个栅栏低的地方翻了过去，跳脚从树上摘下来一个大鸭梨，张嘴就啃。

“这小子有病吧，大晚上的没事跑这儿来偷梨吃……”廖宇哭笑不得。

我也很纳闷儿：“我看有点儿不对头，你们说出来偷吃一般都是什么时候？”

廖宇和黄冲互相看了看，同时说：“晚上十点！”

见他们俩这么整齐，我扑哧一笑，弄得两个人尴尬地挠了挠头。

“看来你们也是老手了，小时候咱们也都发过坏，晚上十点不算太晚，小子们正是精神的时候，大人们也都准备休息了，这个时候出来偷吃的最安全，可现在都快夜里两点了，傻三儿就算脑筋再不灵光，这时候也该困了吧！”我接着说道。

“那是怎么回事？”黄冲奇怪地问。

“既然傻三儿仅仅是来偷梨吃，我想八指婆那里可能会有问题，弄不好傻三儿是被她打发出来的。”

“那还等什么，赶紧回去吧！”黄冲也纳过闷儿来了，着急地说道。

“不用，你们俩留下看着他，弄不好他还会有别的事，我回去就行！”我想了想说。

“好！”廖宇和黄冲也觉得这样最妥当，点点头说。

于是我赶忙顺着来路往镇子里赶去。

第 8 章　两情相悦

我全速往回赶，心里别提多别扭了，没想到我们三个会被个傻子戏弄，尽管他是受人指使，可我们还是低估了这个人。

想起我妈叮嘱我的那些话，我真想狠狠给自己几个嘴巴子。

大概半个多小时，我才跌跌撞撞地跑回镇子，八指婆家一点儿动静都没有，也没亮着灯。

我等了一会儿，慢慢走了过去，把耳朵贴在门上，好半天没动静，院子里静得出奇。

接着我把手轻轻放在门上，一点点用力往里推，根本推不动，门从里面插好了！

“果然心思缜密，不过你这是多此一举了，正好暴露了你的心虚！”我心里冷笑了一声。

见推不开，我转身回了派出所。

看来之前的猜测全都是对的，傻三儿从家里出来绝对不可能把门从里面插好，如果八指婆发现儿子不见了，更不会插上门然后关灯睡觉，最起码也要给他留个门吧！现在我更加肯定八指婆有问题了。

过了没一会儿，黄冲回来了，一进门见我在喝水，跑过来问：“怎么样，发现了什么没有？”

“我回去的时候院门已经插好了，屋子里黑着灯。”我笑着说。

“这么说的话，这老太婆关门睡觉了，作为一个正常人来说，她有点儿太放心了。”黄冲点点头说。

“你们那边怎么样？”我问道。

“那个傻小子，把自己吃撑了，回家睡大觉去了。廖宇在他家外面盯着呢，换我回来休息。”黄冲打了个哈欠说。

“嗯！”我答应一声，在沙发上躺了下来，折腾了好几天了，我也累坏了。

黄冲去了里屋，这家伙估计是脑袋还没好利索，说了一晚上梦话，都是关于报一砖之仇的。

我心里有事，一大早就醒了，见黄冲还没醒，就没打扰他，一个人从派出所出来直奔镇子外的山上。

等我在后山找到昨天下好的合笼时，上面果然套着一只果子鸡，还在不停地扑腾，看样子被套住还没多长时间。

拿着果子鸡回了“纸人张”，把它交给我妈。我妈把鸡毛拔下来，光秃秃的鸡让我去炖锅肉，我就在厨房里忙活了起来，而那些鸡毛就晒在院子里。

今天的太阳非常好，等我们吃好饭，鸡毛已经晒干了，闪着紫黑色的光，非常耀眼。

接着我妈拿出来一个小石磨，把已经晒好的鸡毛细细地研磨成粉末，再把粉末倒进杀鸡的时候留下的鸡血里，接着又放到太阳底下暴晒。

下午的时候，掺杂了粉末的鸡血已经彻底干涸了，我妈让我把这些东西用白布包裹起来，攥成一个球，开始在一张白纸上轻轻砸了起来。

过了一会儿，从白布里渗出来了一些细小的粉末，散落在白纸上，到最后，我从白纸上居然收集到了小半碗这种粉末，最后又被我妈掺杂了一些其他的东西，反复经过三次过滤，才制作完成。

这些天总算是跟着我妈学到了点儿真东西，换成以前我都不敢想象扎个纸人会有这么多讲究，从切割彩纸，到扎架子，还要扎纸灯笼，连里面的灯芯都要经过这么多道手续来制作，可想而知要扎成一个合格的纸人要费多少心思。不过好像现在我妈教给我的东西似乎和平时殉葬用的那些不一样。

晚上的时候我回了派出所，正好黄冲要去接廖宇的班，我正想了解一下八指婆那里的动向，于是就和黄冲一起出来，到八指婆家附近找廖宇。

可我们俩到了平时盯梢的地方后，却没见到廖宇。

我们俩在附近找了一下，也没见他影子，于是黄冲把手机拿出来给廖宇打了个电话。

结果很意外，廖宇的手机关机了。

“不会出什么事吧！”黄冲看着我问。

“应该不会，可能八指婆出去了，廖宇不方便接电话，所以把手机关了。”我想了想说。

“也对，那咱们怎么办？”黄冲点了点头说。

“这样吧，我去八指婆家探探底，你在这儿等着！”我想了想说。

黄冲点点头，转身藏到胡同里去了。我去旁边的商店里买了点儿蛋糕，然后走到八指婆家敲门。

没多长时间院门一开，八指婆笑着走了出来。

“原来是张炯呀，有事吗？”八指婆一见是我，笑着问道。

“八指婆，我是专程来看您的！这是给您买的点心！”我把手里的蛋糕递给八指婆。

“哎哟，你小子出息了，从外面闯荡了两年就是不一样，知道心疼婆婆了，快进来！”八指婆笑着把蛋糕接了过去，然后把我让进屋里。

坐好后，八指婆给我倒了杯水，然后笑眯眯地看着我。

我观察了一下她的神色，真是一丝破绽都没有，慈眉善目。

其实我心里并不愿意承认她就是幕后指使，可种种迹象表明这件事肯定跟她有关系。这可让我有些难办了，一时间不知如何是好。

“你怎么啦，喝水呀！”八指婆见我看着她愣神，笑着说。

我端起水杯喝了两口水。

“您身体还是那么硬朗，对了，我三哥呢？”我笑着问道。

“谁知道他跑哪儿疯去了，唉，五十多岁的人了，还跟个小孩儿似的，疯疯癫癫。这些年真是操死心了！”八指婆叹了口气说。

“哦，已经两年没见了，还说带他出去吃点儿东西呢，只能等下次了。”我点点头说。

原来傻三儿没在家，这么说来廖宇很可能是跟踪他出去了，按说不应该呀，我们现在的主要目标是八指婆，而且也已经商量好了，把注意力放在八指婆身上，怎么他会跟着傻三儿出去了，而把八指婆放着不管。

就在这时，我的手机响了，我辞别了八指婆；八指婆见我有事，也就没留我，把我送了出来。

我这才接通电话，是廖宇打来的。

“炯哥，是我，快点儿到镇南柳树林来，别再给我打电话，我在树林东边最粗的那颗柳树后面。”他简单说了两句，然后就把电话挂断了。

看样子一定发生了什么事，我招呼了黄冲一声，朝镇南奔去。

我一边走，一边把情况给黄冲说了一下。黄冲也紧张了起来。我们两个很快出了镇子，来到柳树林外面。

进了树林，远远看到东边一棵大柳树下趴着一个人，探头探脑地向前面看着。我和黄冲一看，正是廖宇。

于是我们俩慢慢地走了过去，快到他身边的时候，我们也趴了下来，爬到他身后，黄冲轻轻拍了一下他的小腿。

廖宇把手放在嘴边“嘘”了一声，然后挥手让我们过去。

也不知道这小子在搞什么鬼，我们慢慢爬过去，学着他的样子从树后面探出半个脑袋向前看去。

结果这一看，我差点儿喊出声来，不远处的草地上正坐着两个人，一男一女，男的我再熟悉不过了，正是八指婆的儿子傻三儿，而另一个我可万万没想到！这人竟然是黄姑子！

这还不算什么，最让我诧异的是，黄姑子竟然倒在傻三儿的怀里，傻三儿正一个劲儿地傻笑，而黄姑子居然十分享受地看着傻三儿！

“一个疯疯癫癫，一个傻傻乎乎，居然搞在了一起……”我看了看廖宇和黄冲，然后小声说道。

廖宇和黄冲脸上的表情只能用扭曲来形容了，主要是眼前的场景让他们俩有些接受不了。

接着廖宇用手指了指另一边，我顺着他的手指一看，原来那边地上有个草坑，里面好像还有几件破衣服和一床破被子。

看样子他们俩经常来这里幽会，这个草坑就是他们的安乐窝，黄姑子在镇子上不受待见，四五十岁的人了还没成亲，傻三儿这家伙脑袋虽然不灵光，可嘴巴严实，这两个人简直就是天作之合！

就在这时，黄姑子到草窝里拿了个黑包袱出来交给傻三儿。

傻三儿把黑包袱塞进怀里，用绳子使劲儿勒紧，他穿的衣服本来就很宽松，放下外衣后倒也看不出什么来。我一眼就认出了那黑包袱，就是李悦用来包果子鸡的那个，看来这果子鸡应该是让傻三儿带回去的。

“那天晚上指使傻三儿抢孩子的肯定是黄姑子，一会儿听我命令，黄冲去制服傻三儿，那小子有股子蛮劲儿，一定要注意安全。廖宇和我抓黄姑子，这老东西跑得快，不能被她跑掉！”我小声对他们俩说道。

廖宇和黄冲点点头，做好了准备。

就在这时，黄姑子拍了拍傻三儿的脑袋说：“回去吧，把包袱交给你妈！”

“我不回去，我还要跟你在一起。”傻三儿不想走，还是赖在黄姑子身上。

“行了，乖，等事情办成了，咱们再一起玩儿。你出来的时间已经够长了，万一被别人看到的话就不好了，知道吗？”

“好吧！”傻三儿嘿嘿笑了一声，转身朝树林外走去。

“动手！”我大喊一声跳了出去，直奔黄姑子。

廖宇和黄冲也从树后冲了出来。黄冲的身手非常矫健，三两步就冲到傻三儿面前，傻三儿还没反应过来就被黄冲一脚踹在肚子上。

就像我说的那样傻三儿有股子蛮劲儿，别看他傻，也很瘦，身子骨特有劲儿，黄冲这一脚虽然踹得很重，结果傻三儿用力一挺肚子，竟然把黄冲给弹了回去。

“哟呵，有点儿意思！”黄冲狠狠地瞪了瞪眼睛，晃了晃脑袋又朝傻三儿冲了过去，两个人就掐在一起了。

我这边已经冲到黄姑子身前，黄姑子被我们吓了一跳，“哎哟”一声转身就跑，可还没跑几步，就被包抄过去的廖宇给拦住了。

我和廖宇共事多年，彼此非常默契，所以他一看我的眼神就知道我什么意思，我们俩一前一后把黄姑子给逼停了。

“你们要干什么？”黄姑子没办法跑了，狠狠地瞪着我们两个。

“我们干什么？难道你不知道吗？那天晚上在派出所你都干了些什么？”我冷笑了一声说道。

“我干什么跟你有什么关系，再说了，我也没作奸犯科，就是想挣点儿钱，你们也不用来抓我吧。”黄姑子开始狡辩。

“你没犯法？那你告诉我刚才那个黑包袱里是什么？”我听了冷笑一声，说道。

听了我的话，黄姑子脸色立马变了，没回答我的话，朝傻三儿那边看了一眼。

傻三儿已经被黄冲扭着胳膊压在了地上，傻三儿没办法反抗，一边哭一边哇哇大叫。

见了傻三儿这副模样，黄姑子咬着牙说：“跟他没关系，把他放了。”

“没想到你还挺关心他的，只要你老实回答我的问题，我们绝对不会对他怎么样。你要知道我们都是警察，不是歹人。”我接着说道。

“你到底要我说什么，我什么都不知道，要杀要剐随你们便，老娘我不吃你这套！”

让我没想到的是黄姑子竟然一屁股坐在了地上，然后就不说话了。这家伙居然耍起了老娘儿们那套，开始耍无赖了。

我给廖宇使了个眼色，我们同时上前，把黄姑子按在地上，廖宇掏出手铐铐住她的双手，那边黄冲也已经把傻三儿铐住了。

“炯哥，把他们带回去吧！”廖宇见他们都被制伏了，过来问我。

我想了想说：“现在天色还早，街上人很多，咱们这样大张旗鼓地把他们两个带回去恐怕影响不好，不过咱们可以利用他们一下……”我坏笑着说。

廖宇和黄冲互相看看，不明白我什么意思。我把他们俩拉到一旁，把我的想法给他们说了一下。

廖宇和黄冲听得连连点头，尤其是黄冲对我伸出大拇指说："张炯，今天我才算真正佩服你了，这主意太棒了。"

我笑着摇了摇头，和他们两个从树后出来，先把黄姑子铐到远处一棵树上，然后我们三个围着傻三儿，笑嘻嘻地看着他。

"你们干什么？"傻三儿被我们看毛了，瓮声瓮气地说。

"不干什么，傻三儿，从小到大，我对你怎么样？"我拍着他肩膀问。

"你对我好啊，谁都不跟我玩儿，就你跟我玩儿，你还给我买吃的。他就不行了，我讨厌他，他刚才打我，你把我放开，我要掐死他！"傻三儿笑着跟我说，又冲着黄冲开始咆哮起来。

"傻三儿，我们是为了你好，你先听我的，一会儿我给你把手铐打开，但是你不能打他，知道吗？你要打他我以后就不给你买好吃的了。"我接着说道。

傻三儿看了看我，又看了看黄冲，接着又想了想我刚才的话，然后使劲儿点头："行，我不打他，但是你要给我买糖吃！"

我点点头，让黄冲把手铐打开，傻三儿果然听话，只是狠狠地瞪了黄冲两眼，然后就笑嘻嘻地对我说："我要吃糖，去给我买糖吃。"

我说："没问题，想要多少给你买多少，但是你要帮我办一件事！"

"你说吧，让我做什么都行！"傻三儿拍着胸脯说。

我把嘴凑到他耳朵边，然后小声地说了起来；傻三儿听了后犹豫了一下，然后狠狠地点了点头："行，没问题！"

"那咱们就说定了，走，给你买糖去。"我说完拉着傻三儿往林子外面走。

刚走了几步，傻三儿突然停下了，然后转过身来向远处看了看，脸色突然变了，先前那种傻样不见了，取而代之的是一脸郑重，指着被我们锁在远处的黄姑子说："你们把她放了，我再帮你做事。"

我没想到这个傻子竟然会说出这样的话来，更没想到他对黄姑子还有点儿感情。

“傻三儿，现在可不能放她，你知道她是干什么的吗？她是不是让你做了很多坏事？”我笑着说。

“没……没有，她没让我做坏事，这些年都是她照顾我，给我买好吃的……”傻三儿使劲儿摇头说。

“那我问你，前几天晚上我们刨坟的时候，是不是她让你给我们捣乱，然后她又让你跑到派出所，把一些东西塞进了他的鼻子里？”我指着黄冲对他说。

“他……我……是……不是我干的。”傻三儿犹豫着说。

我一看就明白了，肯定是黄姑子不让他到处乱说。

“好吧，既然你说出来了，我就答应你，只要你帮我把事情办成，我就放了她怎么样？”

“你说的是真的？”傻三儿听了非常高兴，抓住我的手喊道。

“我骗过你吗？”我笑着拍了拍傻三儿的肩膀。傻三儿摇了摇头，然后跟着我向镇子走去。

廖宇和黄冲留了下来，等天黑后他们两个再押着黄姑子回派出所。

第 9 章　腐烂

回到镇子上，我先带着傻三儿去买了一大包糖果，把他美得屁颠儿屁颠儿的，然后带着他去吃了点儿饭，接着就开始在街上玩儿，买一些他喜欢的小玩意儿，哄得傻三儿别提多高兴，一直等到快天黑的时候，我带他去了“纸人张”！

大概夜里十点半左右，街上已经没什么人了，傻三儿现在站在镇子最繁华的大街上，直挺挺地站在路中间，就他一个人。

现在的他和平时不一样，浑身上下贴满了彩纸，穿着用红纸做的大红袍，加上这家伙身材瘦小，看上去就和纸人一模一样。

但是从他的脸部还是可以认出他的，傻三儿就这么直挺挺地站着，没有一点儿动静。因为他已经被我用高粱秆给扎住了，身上细线密布，整个人绷得死死的，所以他才能站住，外面再用彩纸贴好。

过了没一会儿，远处一个蹒跚的身影出现，慢慢地朝这边走了过来。

这人正是出来找儿子的八指婆，八指婆走到街中间，猛地一抬头，一眼看见了傻三儿，只见她浑身一颤停了下来，又仔细辨认了一下，赶忙朝傻三儿跑去。

八指婆大声喊道：“哎呀，这是谁弄的，孩子，你可千万别动。千万别动你的右手！”

八指婆跑到傻三儿身前不远的地方停了下来，一边朝傻三儿大声喊一边慢慢地向他靠近，神情十分紧张。而我现在正站在街角看着，只见八指婆慢慢走到傻三儿身前，轻轻地伸出手去，把手托在纸灯笼下面，眼神十分凝重，动作要多慢有多慢。

“八指婆！”我冷笑一声，从街角走了出来！

八指婆被我吓了一跳，右手微微一颤，就听“噗”的一声，灯笼里燃起一股蓝色的火焰，瞬间把纸灯笼给点燃了，接着火焰在傻三儿全身蔓延！

“孩子，不！”八指婆吓坏了，大声吼道，然后朝傻三儿扑了过去，死死地把傻三儿抱住，开始在地上打滚。

但即便是这样，火势还是很猛，把他身上的纸烧了一大半儿这才被扑灭。八指婆赶忙站起身来，把傻三儿的上半身扶起，让他坐在地上，接着和我上次救黄冲一样坐在他身后，然后用力勒傻三儿的肚子，勒了四五次，就听“噗、噗”两声，从傻三儿的嘴和鼻子里喷出来一摊东西，黏黏糊糊的！

见东西喷出来了，傻三儿这才长出了口气，慢慢恢复了呼吸。八指婆见他没什么事了，才放了心，慢慢站起身来，扭过头来看着我。

她没说话，但从她的眼神里就能看得出来，八指婆已经愤怒到了极点。

“八指婆，你露馅儿了，我没想到你这么狠，那几个孩子跟你无冤无仇，你为什么要杀他们？”我冷冷地说。

“我杀的？你有什么证据！”八指婆眯着眼睛说道。

“如果不是你的话，你为什么知道纸灯笼不能被剧烈震动，甚至连走得快一点儿也会引燃里面的灯芯。如果不是你，你为什么知道傻三儿的鼻子里会塞了这个玩意儿？”我一边说一边从口袋里掏出一个小瓶，瓶里装着一堆糨糊一样的东西。

这是把糯米和小米捣碎了，然后蒸出来的，很松软，一旦被吸进鼻子就会粘在鼻腔和嗓子里。最让人不可思议的是，这东西塞进去以后，并不会马上让人窒息，随着它在口腔里吸收水分，慢慢软化，会影响到人吸入氧气的量，然后让人一点点地失去意识，最后窒息而死。

我从黄冲口里得到这种东西后特意请教过我妈，这才明白了它的妙用。

听了我的话，八指婆狠狠地看着我说："你说这些有什么用，没人会知道，也没人会相信你。"

我冷笑了一声，然后叹了口气，接着我身后传来脚步声，一群人从街角走了出来，当先一个就是黄德公！

他身后还跟着李悦、李槐，还有镇子上的其他人，当然还有廖宇和黄冲，这些人全是他们两个请来的。我们在树林的时候已经商量好了，我会在这里利用傻三儿把八指婆引出来，让她情急之下露出破绽。

廖宇和黄冲去请黄德公他们，这才有了刚才的一幕，见了这么多人，八指婆看了看我，又看了看黄德公，闭上了双眼，无奈地长叹了口气。

"我没想到是你！"黄德公面无表情地说。

"德公，还有什么好说的，打死她！"李悦已经快忍不住了，除了黄德公家的孩子，只有他的女儿被害死了，所以这家伙二话不说，冲上去就要动手。

李槐也是一样，如果不是我们把他儿子从坟里刨出来，他儿子的下场恐怕也是一样。

"打死她，打死她！"人们呼啦一下把八指婆围了起来！

"不要打我妈！"傻三儿醒了，站起来把他妈护在身后。

见人们情绪太激动了，我和廖宇、黄冲赶紧上前把他们挡住。

"大家不要动手。既然凶手已经找到了，等我们审讯完拿到确凿的证据之后，再处置她也不迟！"我对大家说道。

"不行，不能放过她，一定要打死她！"李悦已经快疯了，冲上来给了八指婆一个嘴巴子，不过没打实。如果不是我们和傻三儿拦着，这一巴掌，恐怕直接就会把她给打死，毕竟已经是八十多岁的老太太了！

没办法，我只好向黄德公看去。黄德公站在人圈外面，神情十分激动，看他的样子，如果不是他年岁太大，估计也已经上来动手了。

见我向他求助，黄德公咬了咬牙喊道："住手！"

果然不愧是镇上最有威望的人，听到黄德公喊话所有人都停了下来。李悦和李槐也没办法，只好退了下去。

黄德功走过来看了看八指婆，对我说："你把她带回去吧，把证据都准备好，我希望你们可以替镇子上的人做主，将凶手绳之以法，替孩子们报仇雪恨。”

“您放心吧，德公，我一定会秉公处理的。”我点点头说。

“大家都散了吧！张炯会给大家一个交代的。”黄德公向大家说道。

李悦他们没办法，一个个朝着八指婆狠狠地啐了一口，然后转身走了。

我用手铐把八指婆铐上，黄冲拉着还有点儿虚弱的傻三儿向派出所走去。

我们把傻三儿安顿好，让他睡觉，然后把八指婆带到了里屋，让她休息，接着我们三个开始轮流守夜，盯着八指婆。

因为在这个时候是最容易出事的，一是八指婆的岁数已经大了，经不起折腾，二来心如死灰，容易自残或自尽，以前发生过不少这样的例子，现在是最关键的时候，所以不能出岔子！

第二天我和廖宇去了八指婆家，果然在她家的杂物间里发现了一个小石磨，都已经染成了紫黑色，一看就是加工纸灯笼灯芯里的粉末用的，接着又在里屋找到了一摞材质，一捆高粱秆，还有剪刀、裁纸刀等东西，这下可有确凿的证据了，只差八指婆的口供了。

回了派出所，我们把八指婆提到了审讯室！

“八指婆，这些东西都是你的吧！”

八指婆看着那些彩纸、石磨，点了点头。

“这么说你承认会扎纸人了，那些孩子也都是你杀的喽？”我接着说。

“没错，我会扎纸人，但孩子是不是我杀的……我不会回答你！”八指婆冷笑了一声说。

“八指婆，我有一件事不明白，你要老实回答我，扎纸人按说只有我妈会，你是从哪儿学来的，难道是偷看来的？”我有些奇怪地问。

“偷学？放屁，本来‘纸人张’的传承人应该是我，你妈学得比我晚！”八指婆一听这个，情绪一下子激动起来，大声喊道。

这下我们就糊涂了，好像她话里有话。

见我们三个有些诧异，八指婆冷笑了一声说：“张炯，你知道我为什么从小这么疼你吗？因为你长得像你爷爷，他本来是要娶我的，所以才教会了我扎纸人。后来不知道为什么他变了主意，这个负心汉，居然娶了你奶奶，之后才有了你。本来我是恨你的，可你长得跟你爷爷年轻的时候一模一样……”八指婆眼神深邃地看着我说。

我们三个听了全都说不出话来，原来还有这事。如果真是如此，那她会扎纸人也就无可厚非了，而且还可以看得出来，她对我爷爷用情至深。

“这……爷爷辈儿的事，我也无话可说，只能是造化弄人吧，我不明白那几个孩子怎么得罪你了？你为什么要杀他们？”我苦笑了一声说道。

“我已经跟你说了，孩子被杀的事情我不会否认，我也不会承认，而且我还可以负责任地告诉你，这件事远没有结束，不信咱们走着瞧。”八指婆冷哼了一声说。

“八指婆，咱们的政策，你是清楚的，您要是把整件事交代清楚，没准儿镇子上的人还能原谅你，可如果您现在这样的态度，恐怕连祖坟都进不了。”我接着劝道。

“祖坟？祖坟有那么重要吗？你知道自己的祖宗是谁吗？咱们宗族为什么有四大姓？你什么都不知道，还敢跟我提祖坟！”八指婆突然大笑了起来，十分鄙夷地看着我说。

我被她说得一头雾水，按说镇子上的人对祖坟都看得非常重，只有那些十恶不赦或者是犯过大错的人死后才会禁止入祖坟，就连他们的后代也会感到耻辱。现在看八指婆的样子，似乎并不以入祖坟为荣。

“八指婆，这些天你所做的事我们已经调查得清清楚楚，你做灯芯用的果子鸡的羽毛没有了，就让皇姑子帮你弄，黄姑子为了不引火上身，开始蒙骗李悦，让他去山上抓鸡，这样就算他被人看见，李悦也不会说这鸡是给谁的。这些事黄姑子都已经承认了，你就别抵赖了。”我接着说。

可让我没想到的是八指婆瞥了我一眼后就再也不说话了，任凭我怎么问怎么说，她都不开口，没办法，我们三个只好作罢，把八指婆又关了回去。

我们从里屋出来，想去外面吃点儿东西，顺便再带点儿回来给八指婆和黄姑子她们。

“炯哥，你们闻到没有？怎么这么臭啊！”还没出门，廖宇突然停了下来，然后用力吸了吸鼻子。

“是呀，昨天晚上我就闻到了，到底什么味儿？是不是什么东西烂了？”黄冲点点头说。

我闻了闻，确实是有一股腐烂的味道，于是我们三个左右看了看，顺着味道开始找，结果越往西院走味道越浓，等我们到了杂货间——也就是停尸房的时候，简直都臭不可闻了。

“不好，尸体腐烂了！”我大吃一惊，赶忙推门冲了进去，屋子里的味道就别提了，闻一下都能让人背过气去。

我赶紧忍住，把盖住尸体的白布掀开，李悦女儿胸口上的皮肤起了大水泡，脓水正不停地往外流，恶臭扑面而来。

可奇怪的是，其他两具尸体却没事，还是原来的样子。

“其他尸体都没腐烂，怎么这具尸体为什么会成这个样子……”黄冲奇怪地看看我们两个说道。

“不行，受不了了，先出去再说！”廖宇干呕了好几次，差点儿没吐出来，拉着我和黄冲跑到院子里。我们三个喘了半天气才恢复过来，幸好以前都经历过尸体腐烂的事，不然我们仨晚上都要做噩梦。

可现在的情况却有些匪夷所思了，明明三个人都是同样的死法，要烂的话早就该烂了，为什么直到这两天才开始有了反应，而且偏偏就她一个。

“你们说是不是跟那天晚上黄姑子在停尸房做法事有关？”我说道。

“不会吧……那她能搞出什么来？”廖宇听了直摇头。

黄冲也感觉不像，我又把当晚的情况仔仔细细地分析了一遍，突然一拍脑门儿：“对了，血，一定是血。”

我想到这儿，再一次冲进停尸房，仔细地观察了一下李悦的女儿。

只见她的胸口已经腐烂得不像样子了，可脑袋、胳膊、腿都还完好，并没有腐烂的迹象。当时黄姑子确实在她胸口抹了一些血。难道说这些血可以破坏皮肤上保持尸体不腐的那些东西而让她的尸体正常腐烂？

想到这儿，我咬破自己的手指，在李悦女儿的胳膊上滴了两滴血，然后仔细观察起来，结果不可思议的事情发生了，那两滴血液落到胳膊上没多长时间，竟然在血液周围慢慢浸渍出来一些白花花的东西，好像白蜡，这种东西很少，应该是被血液从尸体里浸出来的。

我见了赶忙找来一个小瓶子和一把小刀，把尸体上这些白花花的油刮下来放到小瓶里，这才从停尸房出来。

廖宇和黄冲看了看我手里的东西，摇摇头，都不知道这是什么玩意儿。

“尸体不腐肯定是这东西搞的鬼。黄冲，抽时间你再去一趟市里化验一下。”我把那小瓶东西交给黄冲。

黄冲答应一声，把它收了起来，我们三个把李悦女儿的尸体用福尔马林泡了起来，以防她继续腐烂，这才去买吃的。

走着走着，我突然涌出一个想法，既然每一具尸体都会不腐，那就说明他们身上全都抹了那种白油一样的东西，可在八指婆家为什么没发现呢？再有，当天晚上八指婆救傻三儿的时候，她也没在傻子身上滴血。如果这些东西真是他们弄出来的话，八指婆不可能不知道怎么把这些东西逼出来，难道说这里面还另有隐情，我越想越奇怪，就把想法说了一下，廖宇他们俩虽然也有些纳闷儿，可还是不相信八指婆是被冤枉的，因为种种迹象表明她确实是参与者，而且八指婆已经亲口承认了。

我们三个人吃过饭后回到派出所，把吃的分给八指婆、黄姑子还有傻三儿，然后就在正屋做记录给案子备案，忙活了一整天，总算把所有的事都弄得差不多了，就在这时，小英神色慌张地跑进了派出所！

“小英，你怎么来了？”我有些奇怪地问。

“快跟我来，李槐的儿子死了！”

第10章　草窝

“你说什么！”我们听了她的话大吃一惊。

“李槐的儿子死了！”小英又重复了一遍，“快跟我来！”

我们刚出派出所大门，就见远处一大群人正向我们这边走来，最前边四个人抬着一块木板，木板上躺着一个孩子，浑身上下漆黑一团，一看就知道被火烧过。

当先一个人正是李槐，满脸通红，脸上都是眼泪，正怒气冲冲地向我们走来，他旁边还有两个人，是黄德公的两个孙子，黄奇和黄林，黄林就是黄德公家死的两个孩子的父亲，而黄奇则是小英的父亲。

“张炯，你给我个解释！”李槐见我出来了，指着我大声喊道。

我看了看身旁的廖宇和黄冲心想完戏了，这下他们把这笔账又算到我头上了。

果然这群人一下子把我们几个围住，李槐上来抓住我的脖领子喊道：“张炯，你不是已经找到凶手了吗？为什么我儿子会这样？为什么！”

“你等等，让我先检查一下你儿子的尸体行不行？”我心里也是一团火，可不得不强行使自己镇定下来，对李槐说道。

“你去看吧！”李槐使劲儿把我摔到地上。那四个抬尸体的人把门板放在我面前，我上前仔细检查了一下孩子的尸身。

确实是那天我们从坟里刨出来的孩子，本来我们打算等他醒过来再去问他到底是什么人把他抓走的，他是个非常关键的人证，结果还没等我们去问，就已经死了。

“这是为什么……不可能，明明已经把八指婆抓起来了，怎么还有孩子被杀！”我心里好像刀绞一样。如果不是我这么粗心大意以为没事了，放松了警惕，如果我把孩子好好保护起来，这孩子就不会死，我又想起了八指婆看我的眼神和她说过的话。她没有承认是自己杀人，而且还说过这件事没有结束，一瞬间我身上的汗毛都立了起来，一阵阵冷汗从我身上冒出。

“张炯，就是你妈害死我们的孩子，现在还随便抓人，企图掩盖你们自己的罪行，我今天要替孩子们报仇！”

就在我愣神的时候，身旁的黄林冲上来给了我一脚，把我踹倒在地上。我疼得直咬牙，却无力反驳。不只是黄林，黄奇也冲了上来，连带着李悦、李槐等人，还有他们的亲戚全都上来了，冲着我就是一顿拳打脚踢。

“不要打人，大家不要冲动。”廖宇和黄冲赶忙上来劝，可他们两个势单力孤，哪能劝得开这么多人，片刻间我就被打得满地打滚，连遮挡都办不到了。如果再这么下去，估计用不了多长时间，我的小命也就玩儿完了。

“别打他！”就在这时小英冲了上来，一下子扑到我身上，把我死死地抱住，众人的拳脚全都落在了她身上。

见了小英这样，黄奇和黄林停了手，其他人也不好意思再打，黄林上来拉了小英说：“别添乱，你跟这小子的事已经完了，今天我非打死他不可，替你弟弟报仇！”

黄奇也上来拽小英，任凭他们俩怎么拽也拽不开。

“我不松手，我相信炯哥和阿姨都是无辜的，你们千万不能错伤好人。”小英大声喊道。

“你知道什么，赶紧回家去！”黄奇用力拉扯小英的胳膊。

小英死活就是不松手，就在这时，廖宇突然大声喊道：“德公来了！都住手。”

听了廖宇的话，所有人都回头看去。果不其然，黄德公正满脸凝重向这里走来。

人群闪开一条道，把黄德公让了进来。

“小英，快起来，成何体统！”见了小英的样子，黄德公脸色一沉说道。

小英见我没危险了，赶忙从我身上起来，然后乖乖地站到黄德公身旁。

“张炯，这件事你要给我一个解释。”黄德公看了看我说。

“德公，这件事确实是我的错，麻痹大意，凶手可能不止八指婆和黄姑子，责任我来承担，想怎么处置我，您说话！”我叹了口气，对黄德公说。

“现在惩罚你已经没必要了，人都已经死了，说什么都晚了。我还是那句，你要给我一个交代，给风铃镇一个交代，一个月的期限还有二十多天，到时候如果你查不出凶手，这笔账自然会落在你母亲头上。”

“多谢德公，我一定会尽力的！”我点点头说。

他既然还是以以前的约定为准，自然是给了我一个机会，也好让我在这段时间里查出真凶。

“不过今天的事不能这样算了，我要带你的母亲回去，从今天开始她不能离开我家，直到你找到凶手为止。换句话说一个月之后，如果你还不能把真凶交到我手里，你就再也见不到你母亲了。我想在场的人也无话可说。你可以放手去查案了！”黄德公面无表情地说。

“这……”我听了以后眉头一皱。

还没等我说话，远处突然有人冷笑了一声说道：“居然拿我来威胁我儿子，好，既然您说出来了，我就跟您回去！”

我一听这人的声音立马心头一紧，来人不是别人、正是我妈。

她分开众人，走到我们面前，冷冷地看了一眼黄德公，又看了看李悦、黄奇、黄林等人，眼神里全是冷漠。

“妈，您不能去！”我上前拉住我妈的手说。

“孩子放心，你妈我什么大风大浪没见过，这算什么。记住我的话，一定要把真凶查出来，替我洗清冤屈，也别忘了我交代你的事！”我妈一边说着，一边将一个包袱递到我手里。

我接过来问：“这是什么？”

“你回去自己看。这是我能教你的最后一点儿能耐了。好了，我走了！”我妈说完之后，对黄德公点点头，然后径直朝街尾黄德公的府邸走去。

黄德公没有说话，脸上一丝表情都没有，跟在我妈身后。其他人也无话可说了，只好散了。

“小英跟我回去，省得在这儿给我丢人现眼。”黄奇瞪了小英一眼说道。

没办法，小英现在不用再看着我妈，只好跟她爸回家了。

我和廖宇黄冲把地上的尸体抬进派出所，李槐没有说什么，毕竟是查案需要。

把尸体放到停尸间，我们三个沮丧地回了里屋，坐在沙发上，谁也没有说话，脸色铁青地生闷气，一直坐到天色擦黑。

“哎？今天傻三儿怎么没吵吵着吃饭。”就在这时廖宇突然站起来说道。

“是呀，这小子平时一顿饭不吃就嗷嗷直叫，今天午饭和晚饭都没给他，怎么这家伙一点儿动静都没有？”黄冲也有些纳闷儿。我们三个互相看了一下，向旁边锁着傻三儿的屋子跑去。

结果发现屋里空空如也，傻三儿已经不知去向了，铐在床头上的手铐已经被破坏了。

“这个愣小子。跑了就跑了吧，反正这家伙也神志不清。”廖宇说。

“他可不愣。如果我猜得不错，黄姑子肯定也不见了。”我说。

听了我的话，廖宇跑出去，一会儿又跑了回来，脸色比刚才更难看了，看来被我说中了。

“这家伙，媳妇比娘都亲，把黄姑子救走了，把他老娘扔在这儿不管。”廖宇摊摊手说道。

“现在八指婆已经被抓了，按说镇子上会扎纸人的只有我妈。如果不是我妈和八指婆，又是谁扎纸人害人呢？看来风铃镇的高手，可不少……”我苦笑着说。从小到大，在我心里扎纸人只是我们张家的手艺，没想到现在突然冒出来这么多人，这是我万万没想到的。

“那咱们该从哪儿入手？”黄冲接着问道。

我想了想从口袋里掏出那个装有白色、油乎乎东西的小瓶说：“现在这东西才是关键，只要找到会做这东西的人，应该就能查出幕后凶手。我妈虽然会扎纸人，可她扎的纸人燃烧起来对身体没有多大的伤害。那种火我亲自试过，根本不能伤人，最多让皮肤发红，与这几次咱们遇到的不一样。虽然说这些火也和我妈那种是一样的，也不会灼伤身体，但这些孩子身上却是漆黑一团。这是最奇怪的地方。我想一定是这种东西在作怪。”我开始给他们两个详细地讲了起来。

廖宇和黄冲听了全都闷不作声。黄冲思索片刻后说：“咱们这里比较偏僻，上次拿去市里化验的东西要好几天后才能去取，再加上这东西，恐怕拖的时间就太长了。这样吧，明天我再去一趟市里，在那里等着，然后找朋友帮帮忙，尽量快点儿出结果，我拿到结果之后再回来。你们继续调查。怎么样？”黄冲想了想说。

现在只能这样了，没别的办法，虽然说正是用人之际。

我点点头，把小瓶子给了黄冲。我简单地吃了点儿东西，然后端着一碗面来到铐着八指婆的房间，我把面递给她说：“李槐家的孩子死了。八指婆，这些孩子都是您看着长大的，每一个跟您都特别亲，你就忍心看着他们一个个死掉吗？如果你再不说出是谁。肯定还会有更多孩子遇害！”

八指婆听了我的话后，冷冷地看了我一眼，一句话也没说。她现在的样子和我印象里那个慈祥的八指婆判若两人。本来我不太相信那些孩子都是她杀的，但是在证据面前又不得不承认她和这件事有关，而现在她表现出来的居然是冷漠——对孩子的冷漠，这让我心里越来越不舒服。

见八指婆不说话，我只好退了出来；廖宇和黄冲见我脸色不好，问我怎么回事。

“先休息吧，有事明天再商量。”我说。

廖宇和黄冲点点头，回去休息了。我独自一人拿着包袱，从派出所出来，回到店铺里。因为派出所已经没有地方睡觉了，那里有他们俩看着，我也比较放心。而且我还有一件更重要的事，那就是我妈白天的时候给我的包袱。

我回到我的房间，把包袱打开，里面是一大堆东西，各种各样的翎管，有粗有细，但是这些翎管不知道是用什么材料制成的，很轻，跟羽毛一样，还夹杂着十几张纸。

我把那几张纸拿起来看了看，上面没有字，画的是很复杂的图形，看起来是用这些翎管穿插起来的，一个部位一张图，组合起来是人的形状。

“这到底是什么东西？”我看着这些东西有些奇怪，按理说我妈应该告诉我这东西的用处，却一个字都没写。

我想了半天最后才明白，我妈肯定是想让我自己研究，这样才能更好地掌握每一个部件的妙用，既然是扎成人的形状，那就应该是纸人内部的东西。

想到这里，我开始把这些东西按照图纸上的方法拼凑起来。一开始我还觉得没什么，以为按部就班就可以了，结果一上手却发现稍不注意就会前功尽弃。我拼了一整晚才算稍有成效。

第二天我去派出所的时候，黄冲已经走了，就剩下廖宇一个人。见我来了，廖宇过来说道：“炯哥，昨天晚上好像有人来过。我猜应该是傻三儿，后来我被惊醒了，就出去看了看，让那小子跑了。你要说他傻吧，屁事不懂，你要说他不傻吧，他还整天嘻嘻哈哈的，也不知道在琢磨什么。”

“我想他这次来肯定是黄姑子让来的，为了救他妈！”我笑了笑说。

“那怎么办？要不要找找他们？傻三儿无关紧要，可那个黄姑子太容易坏事了，一肚子坏水。”廖宇接着说道。

“当然找。我想他应该不会罢休，今天晚上可能还会来。不管怎么说，他们也是案子里比较关键的人物，尤其是黄姑子，以前不知道帮八指婆做了多少坏事，还是把他们抓回来的好。”

“行，那就按你说的办吧。抓人，瓮中捉鳖这种事我比较拿手，你就别管了。”廖宇笑着说。

我点点头，进去看了看八指婆，她老人家态度还是那么强硬，我只好放弃了说服她的念头。

这一天，廖宇开始在院子里布置了起来，我也不知道他弄了些什么东西，总之全是些盆盆罐罐、砖头瓦块这些东西。

吃了晚饭后，廖宇叫我藏到了东院的墙根底下，这里有一墙的爬山虎，我们两个藏在里面很隐蔽，而且还能看到整个院子的情况。

我们俩一直等到夜里十一点多，幸好现在蚊子已经少了，否则不把我们两个咬死才怪，院子里静悄悄的，一点儿声音都没有。

廖宇用手捅了捅我说："难道这小子变聪明了，今晚上不来了？"

我想了想说："不会，他脑筋没那么灵光，应该是黄姑子的主意，黄姑子肯定知道咱们在等他，就算是他们另改日子也没用，咱们也会天天在这儿盯着，所以今天晚上应该是她认为最安全的一天。我想应该会等到咱们都困乏了，然后才会让傻三儿来抢人。你先休息一会儿吧，我盯着，估计要到后半夜去了。"

"好吧，那我一会儿换你。"廖宇说完后靠在墙上休息，我自己盯着。

真像我猜的那样，一直等了三个小时，院子里还是没动静，没想到傻三儿和黄姑子的耐心会这么好。这时廖宇醒了，让我休息一会儿。我也确实太困了，也学着他的样子靠在墙上闭目养神。

大概休息了两个小时左右，眼看着天就快亮了，廖宇突然捏了捏我小腿；我心头一紧，睁眼向院子里看去，只见西边墙头上有个黑影慢慢爬了上来，然后趴在墙头上向院子里张望。

"来了！"我和廖宇不敢有一丝一毫放松，死死地盯着他，就这样他不动，我们也不动，这样僵持了大概五分钟，这家伙才慢慢从墙头上溜下来。

接着这家伙又蹲在墙根向院子里张望了一会儿，确认了安全后，他才贴着墙根站起来，慢慢地向里屋靠近，从他瘦小的身形来看，这人应该就是傻三儿，只见他来到里屋门口，先向里面看了看，见没人，一掀门帘走了进去。

第11章　人油

见傻三儿进去了，我和廖宇从爬山虎里出来，慢慢向里屋靠近，然后一左一右站在门口。

我探着头向里屋看去，只见傻三儿已经进了关押八指婆的房间，过了没多长时间，这家伙就十分沮丧地走了出来。我和廖宇见了他的样子差点儿笑出声来。因为现在八指婆身上至少铐着五副手铐，分别铐在暖气管、茶几和床头上，这家伙要想把他妈救出去除非来个大搬家。

只见傻三儿懊恼地往外走，看样子应该是她妈跟她说了些什么，让他赶紧离开，这家伙刚出门，我和廖宇同时大喊："傻三儿！"

傻三儿被吓了一跳，一脚踩空从台阶上滚了下去，可没想到这家伙反应还挺快，到了下面爬起来就跑。

我和廖宇赶忙冲上去抓他，傻三儿直接跑到院门口，想开门，可门已经被我们锁死了，他用力往回拉了两下，结果院门纹丝不动，这家伙只好朝刚才他跳下来的墙头跑去，一路上叮当乱响，那些廖宇事先放好的破罐子、砖头全被他给踢翻了，疼得他一边跑一边惨叫连连。

傻三儿身体素质本来就好，再加上墙头也不高，他冲过去猛地一跳，扒住墙头翻了出去。

其实我和廖宇真要想抓住他很简单，但是我们现在的主要目标并不是傻三儿，是他的幕后主使黄姑子。这家伙太狡猾了，并没有露面，所以我们只好把傻三儿吓跑。我和廖宇打开院门冲了出去，远远地跟在他身后。

傻三儿朝上次我们抓住他的那个柳树林跑了过去。

等我们赶到的时候，傻三儿不知道从他那个草窝里抱出来个什么东西，藏进了怀里，然后疯了似的往远处跑。

这里根本没黄姑子的影子，她已经算到我们会跟来，所以根本就没在这儿等傻三儿。树林里太黑，岔路又多，我和廖宇追了一会儿就不见了傻三儿的踪影。这家伙对这里轻车熟路，也不知道跑哪儿去了。我们俩只好放弃了抓他的念头，往回走去。

"咱们先去他那个草窝看看，既然这里对傻三儿这么重要，说不定会有什么线索，对咱们了解他和黄姑子有帮助。"我对廖宇说。

廖宇点点头，跟我一起往回走，等我们回到草窝的时候，天已经亮了。

从草窝外面看去，这里其实就是一个土坑，上面长满了草，如果不注意看的话，根本不知道下面还另有乾坤。

我拨开窝边的草，把洞口弄大，往下一看大吃一惊，没想到在草坑下面居然是个十几平方米大的土坑，地上铺着被褥，弄得还挺干净，再往里看好像还有专门吃饭的地方，放着简单的家伙什，看来这两个家伙经常在这儿苟合，俨然已经把这里当成他们自己的家了。

我和廖宇互相看了看，钻了进去，开始在里面找了起来，翻来翻去居然什么都没找到，只有一些破衣服、烂被子什么的，我们两个有点儿沮丧。

"烔哥，咱们走吧，这里味道有点儿大！"廖宇咳嗽了两声，说道。

"走吧。"我们往外走去。就在我们刚要出去的时候，我突然发现他们睡觉的地方，原本铺着一条毯子，毯子上是一床被褥，还挺干净。

可在被褥上有几个黑乎乎的脚印，不用想肯定是刚才傻三儿踩的。

我走过去摸了摸褥子，很硬，用手一敲还有回声，把被子轻轻掀了起来。

"廖宇，你看这里。"我对廖宇说。

廖宇过来一看，也很高兴，和我一起把被子和毯子，拉到一边，在下面露出了一个一米见方的木板。廖宇把木板掀开，下面是一个很大的盒子，盒子里装着很多瓶瓶罐罐。

这里太暗，看不清楚，我和廖宇把这些东西全都搬了出来，放到草坑外面，现在再看，这些东西我熟悉得很，有刻刀、剪子、彩纸、石磨，各种各样的配料，还有十来个空瓶。这些空瓶已经被染成了紫黑色。最让我惊喜的是还有一大包很轻的东西，一根根细小的翎管，和我妈给我的那些一模一样。我明白了，这些就是他们扎纸人的东西。

“终于有证据了，这群害人精，这次一定要把他们绳之以法。”我咬着牙说。

“这傻三儿还是有点儿脑子的，知道这里的东西很重要，居然想到跑来拿走，不过还是给咱们留下了证据。”廖宇说道。我点点头说：“嗯，不过这些证据里唯独缺少那种白油。如果说傻三儿拿走的那包东西真是那白油的话，那就说明白油对他们很重要，或者是为了隐藏某些线索。因为在李槐的孩子死的时候，他们三个全都在派出所，却有人杀了李槐的孩子。我想一来是他们为了达到不可告人的秘密，二来是告诉我和镇子上的人，我抓错人了，杀人的并不是他们三个，他们三个只能算是帮凶。”

廖宇把地上的东西全都包起来，和我一起往回走。我们不能在这里耽误太长时间，尽管八指婆身上铐着那么多手铐，可耽误时间长了，万一被他们全都打开，那我们就得不偿失了。

我们回到派出所后八指婆还铐在那里，也没有人进来的迹象，我们放下了心。原本我想让廖宇休息，然后我继续研究那些翎管，可就在这时，一个人从门外走了进来。我和廖宇一看，这人我们都认识，是距离风铃镇二十多里远的常平镇上的民警，王平。

同样是比较偏僻的镇子，尽管离得这么远，我们之间还是经常会有一些联系，所以大家都很熟。王平一见到我有些诧异，说道：“张炯，你回来了？”

“嗯，回来查一件案子，你怎么到这儿来了？”我问道。

“我来送点儿东西，想让你们帮忙留意一下线索。”王平从公文包里取出一份文件，还有一些照片。我们拿过来一看，原来是协查通告，说是有人在常平镇杀了三个人，每个人都死得很惨，从照片上可以看得出来，他们好像被人炙烤过，一个个浑身红彤彤的，好像烤乳猪一样，每个人的表情都十分痛苦……

王平叹了口气说：“他们是被人活活烤死的，我们那里一点儿有用的线索都找不出来，甚至连第一现场都找不到。我们精力有限，也就两个小民警，所以只能到处张贴悬赏通告，然后再请你们帮忙留意一下线索了。”

“好，没问题，不过我们这里也有点儿事想请你帮忙。”我尴尬地笑了笑，然后把风铃镇上发生的事，向他详细地说了一遍。

王平听了长叹了口气说：“没想到你们那里也不太平，哎，这年头，怎么邪门儿事越来越多。好吧，如果我们有什么线索，一定通知你们。”

“好，辛苦你了。”我和廖宇同时答应道。

王平回去后，我和廖宇坐在沙发上，谁也没有说话。廖宇看着手里的协查通告，还有那些照片愣神。我闭目养神，把从回到风铃镇到现在所发生的事情，一点点捋了一遍。

“炯哥！”我身旁的廖宇猛地一拍我肩膀。

我给吓了一跳，问他：“你干什么，想把我吓死吗？”

“炯哥，你看这是什么？”廖宇把一张照片举到我面前，然后用手指着照片上的一处让我看。我顺着他的手指看去，照片上是一个女人，因为已经被烤焦了，根本看不出多大年纪，浑身上下漆黑一团，就在廖宇指着的地方，也就是这个女人的肋骨那里，有一团白乎乎的东西。我一见这玩意儿，头发都奓了。

“白油！”我失声喊道，“绝对是白油，跟咱们见过的一样。烤焦的尸体上面怎么会有白油呢？难道说这两件案子有着某种联系？”

我看着廖宇。廖宇点点头说：“十有八九！”

“好，你在这里看着八指婆，我去一趟常平镇。”我想了想说。

廖宇点头答应。我简单收拾了一下，出了风铃镇。由于我们这里都是崎岖的山路，汽车根本无法通行，所以只能靠走路去了。

按说我跟王平走的是一条路，可我赶了一个多小时，也没看见这小子，看来他走得比我还快，常平镇上的案子也够棘手的。

天快要黑的时候，我赶到了常平镇派出所。我进门时，王平正在办公室吃饭，一见是我，站起来问：“你怎么来了，有什么事吗？”

他一看我的样子，就知道肯定是出了问题。

“我想看看你们那三具尸体，不知道行不行！”我说道。

“你看他们干什么？挺恶心的……”听了我的话，王平很是诧异，咧着嘴说。这也难怪，他正吃饭呢，现在提这种事，他肯定是有点儿抵触。

我把我的目的给他说了一下。王平听了以后皱起了眉头，说道：“照你这么说，这两件案子很可能是一伙人做的？”

我点点头，没有说话。

“好，跟我来。”王平是个稳重的人，知道事情的严重性，马上答应了我的请求，带着我向他们的停尸间走去。我来到停尸间，一股让人十分不舒服的味道传进了鼻子里，那是烤焦的尸体的味道。停尸房并排停放着三具尸体，由于都被烤焦了，一点儿水分都没有，所以他们没担心尸体会腐烂，并没有做什么处理。也幸亏他们这样，尸体还保持着原样。

我把盖尸布掀开，见到了照片上的那三具尸体，不过他们身上并不是随处都有那种白油。

我开始仔细找了起来，最后，只是在廖宇给我指的那具尸体上，找到了指甲盖那么大的一小块。我赶忙向王平要了一个小瓶子……

“你要的就是这个？”王平仔细看了看白瓶里面的东西，奇怪地问道。

“嗯。”我点点头，“你知道这是什么吗？”

王平摇了摇头。

“一开始我也不知道，不过看了他们三个的样子，我好像明白了。”我笑着说。

“这到底是什么？你就别卖关子了！”王平有些着急。

“以前，我看过一个新闻，说是在境外某些地方，一些犯罪分子会去抢一些活人回来，然后用特殊的手法慢慢炙烤这些人，将他们身上的油脂慢慢地烤出来。你见过烤鸭吗？烤的时间长了，鸭油就会流出来，人也一样，只要掌握好火候！”我开始给王平讲解起来。

“那他们要这些油干什么？”王平奇怪地问。

“你知道吗？秘鲁曾经发生过一件真实的案例，一伙黑帮杀害了六十个人来炼人油，然后卖到欧洲做化妆品。这东西虽然恶心，却对皮肤非常好，万万没想到他们让尸体不腐就是把那些孩子身上涂满了这种人油，然后，让这些人油渗透到身体里面达到不腐的目的，用油脂浸透一些肉类，只要达到一定比例，确实可以长年不腐，再用纸人的火炙烤，或许还添加了什么其他东西，所以才会让孩子变成那样！”我冷笑着说。

“原来还有这种事，你不说我都不知道，那咱们是不是可以合并成一个案子来处理了。”王平点了点头，说道。

“嗯，我这次来一是想确认一下尸体身上的白油到底和我们得到的是不是一种，二是想让你帮忙注意两个人，一个叫黄姑子，一个叫傻三儿。”我把黄姑子和傻三儿的样貌跟王平说了一下，并交给他两张照片，“他们两个在风铃镇已经待不下去了，要是逃跑的话，首选肯定是常平镇，其他地方只有一些非常穷的山村，他们生活起来会非常不方便，所以十有八九会来这里。”

“没问题，不过这里的案子我要向上级汇报一下。我们这儿不同于你们风铃镇，毕竟宗族之间的事情处理起来太麻烦。我们这儿就不一样了，只要有你一句话，我立马拉人，那两个家伙不来便罢，只要来了，哪怕他藏在老鼠洞里，我也能把他们给掏出来。”王平点头说道。

我明白他的意思，现在这件案子已经上升到了疯狂的地步，不仅是杀孩子，而且还专门抓大人来炼人油。我长这么大，当了这么多年警察，还从来没见过这么残暴的案子。

事情谈完了，我赶回了风铃镇，把那边的情况，还有我调查到的线索都跟廖宇讲了一遍，廖宇听了很高兴，现在总算有些眉目了，虽然说还是查不到究竟是谁干的，可最起码已经有方向了。

既然人油已经查出来了，我就让廖宇给黄冲打了个电话，让他赶紧回来，现在正是用人的时候，因为我们要把镇子上剩下的那十几个孩子全都保护起来，只有我和廖宇的话，人手还不够。让我万万没想到的是没等来黄冲，居然等来了一个女人。

第12章　阳谋

这天一大早，我找廖宇商量下一步的调查方向，我们两个把前些日子做好的记录以及所有的证据全都放在了桌子上，从头到尾把整个案情都理了一遍，现在和先前略微有了一些变化，主要的精力放在三方面：一、想办法让八指婆吐露实情。二、找到黄姑子、傻三儿，他们两个是这件事的直接参与者。尤其是黄姑子，她知道的事情比别人要多，只要抓到她，应该可以得到更有价值的线索。三、把镇子上的孩子都保护起来，这件事最难。因为现在镇上所有人都对我们有敌意，到时候肯定不配合，所以这件事还要等黄冲回来以后由他出面协商。毕竟他是外人，处理起来方便一些。

商量完以后，廖宇把证物全都放了回去。我把从傻三儿草窝里拿回来的翎管留了下来，放在桌子上仔细观察。这些东西太多了，足足一大包，各种各样形状的都有，比我妈给我留下的要复杂得多，而且这东西的材质都很轻，也不知道是用什么玩意儿做成的，看起来好像是某种动物的骨骼或者羽毛。

我正研究着，突然有人冷笑了一声说："堂堂警察，居然还钻研起这些封建迷信的东西了，真是够可以的，难怪破不了案子。"

我听了眉头一皱，这人说话怎么语气这么怪，而且还是个女人的声音。我抬头一看，门外站着一个身材高挑的年轻女子，也就二十岁多一点儿，青春靓丽，看上去让人怦然心动。

"你是……"我站起身来问道。

我从来没见过这人，她不是风铃镇的，听她说话的语气怎么这么熟悉呢？

“你又是谁？在警局工作，为什么不穿警服？”她反问了我一句。

“哦，我已经不是警察了，是过来帮忙查案的！”我只好解释了起来，然后把廖宇叫出来。

廖宇也不认识这个人，见我们两个气氛有些尴尬，赶紧说道：“你是干什么的？我是这儿的负责人，廖宇。”

“我是黄冲的姐姐，我叫黄灵！”她一屁股坐在沙发上说道。

“什么！你是他姐姐？”我和廖宇听了以后大声喊道。难怪我刚才感觉这人的语气这么熟悉呢，那种嚣张的气焰，简直和黄冲一模一样。看她的样子，也是个挑事的主，弄不好和黄冲一样死板。我和廖宇互相看了看，看来他和我想法一致。

“对啊，我是他姐姐，反应不用这么大吧，是他让我来帮你们查案的，他要留在市里等化验结果，求了我两天我才勉为其难答应，打了报告赶来的。这是我的证件和介绍信。”黄灵说着把她手里的东西递了过来。我赶忙伸手去接，可没想到她往回收了一下，把东西给了廖宇。我明白她的意思，我不是警察，无权看她这些东西。看来她对我的成见不浅呀。

“真是稀客，以后有什么要我们做的，您尽管吩咐！”看完黄灵的材料，廖宇立马换了一副表情，把材料递了回去。我看见廖宇这副样子很是奇怪，她是来帮忙查案的，不至于对她这样低三下四吧，弄得好像来当局长一样。

廖宇见我瞪眼，把我拉到一边，然后小声说：“省里的破案冠军，三届省散打冠军，长跑冠军，你自己去琢磨吧！”

我听了以后眼珠差点儿没瞪出来，没想到这么年轻的女孩儿竟然会有这么大的来头，难怪黄冲的身手那么好，看样子，她姐姐更不好惹。

“行了，咱们既然是同事，就不用这么客套了，以后咱们通力合作，赶紧把案子破掉就行了。你们这里的情况，黄冲已经给我简单介绍过了。我有件事想要麻烦你们！”黄灵见了我们的表情，脸上十分得意。看她的样子，我就能看见黄冲，这姐弟俩简直是一个模子刻出来的。

“有什么事尽管说！”廖宇点点头说。

“麻烦您二位现在带我到镇子上转一转，看一看这里的风土人情。”黄灵说道。

“行，没问题，咱们这就走！”廖宇点点头说。

黄灵二话不说，转身向外走去。我虽然气有点儿不顺，可碍于黄冲，还有一直跟我挤眉弄眼的廖宇，只能把这口气咽下去，跟着走了出去。

原本应该是我们带她转的，可没想到出了门以后，她竟然顺着大街往北边走去，而且走得还挺快，拐了两道弯后，直接来到了镇子北边。我和廖宇有些纳闷儿，怎么这家伙跟回自己家后院似的，这么轻车熟路。

我们俩也没多问，廖宇在前面简单地给她介绍镇子上的一些情况。眼看就要走出镇子了，廖宇说道："前面没什么东西可看了，咱回去吧。其他地方还有不少名胜古迹，据说都有好几百年了，我带你去看看。"

“不用了，我想去你们的祖坟看一看！”黄灵看着镇子北边山梁说道。

“行，那咱们走吧。”廖宇只好点头。

这我可有些纳闷儿了，按说她应该没来过风铃镇才对，怎么知道我们的祖坟在哪儿呢？看见我的眼神不对，黄灵冷笑了一声说："选坟，一定要藏风聚气，背山面水，左青龙右白虎……这些东西我还是明白的。你们的祖坟就在镇子北边那个山梁子下面，古人最信这些东西，怎么样，走吧！”黄灵说完，直接朝着山梁走去。我和廖宇都听傻了，只好跟在她身后，没想到这个小丫头还懂这些。我们走了没多长时间，来到了山梁下面。黄灵说得没错，我们的祖坟就在这里，从小的时候我就爱到这边玩儿。因为这儿有条河，就在山梁下面，里面有鱼有虾。

在离河岸不远的地方，有一片开阔地，山梁子正好把这片开阔地给环抱了起来，在开阔地的正北中间的位置，有四座大坟，这四座大坟正好在山梁子凹进去的四个山坳之中！

从桥上过去，我们三个继续往前走，大概十多米远的地方，有一座二十平方米左右的平台，是用花岗岩砌成的，有台阶可以上去，上面是一座汉白玉雕刻成的供桌，供桌上还有香炉，里面的香火是常年不灭的，还有四时干果，用来供奉老祖宗。

站在祭坛上可以看见，四座十来米高的大坟，坟的下半部分用青砖垒砌，上半部分还是黄土。

在每座坟前都立着一块两米来高的石碑，石碑上刻着很多字，那是介绍风铃镇四位老祖宗的墓碑。就在我们刚走到祭坛边上时，猛地看到最左边那座大坟前竟然还站着个人。

我们三个没有说话，径直走了过去，等走到那人身后，从他的身形我才看出来，这人正是黄德公。

这倒是让我挺意外的，没想到他会在这儿。听到身后的动静，黄德公转过身来，见到我们几个也有些意外。

“德公，没想到您也在这儿！”我笑着跟黄德公说。

“唉，家族不幸，我过来转转！”黄德公叹了口气说。

“德公，给您介绍一下，这位是黄冲的姐姐黄灵，也是省里派下来的警察，来帮咱们查案的。”我给黄德公和黄灵介绍。

黄德公听了后微微一愣，然后笑道：“原来是黄冲的姐姐，最近家门不幸，给你们添麻烦了。”

“德公说的哪里话，这是我们的职责。不管凶手多么狡猾，我们一定会将他们绳之以法。”黄灵点点头说道。

“我有些累了，先回去了。你们聊吧。”黄德公笑着说。

我们几个点点头，目送他离开。黄灵见黄德公走了，转过身来，围着四座大坟都看了看。尤其是黄家老祖宗那座坟墓，黄灵围着转了一圈又一圈，也不知道她在看什么，好半天后才叫上我们两个回到镇子里。

由于派出所里已经没有房间了，我只好把她安排到了“纸人张”店铺去住，而我和廖宇就留在派出所里。

晚上的时候，我们给黄冲打了个电话，结果这小子一个劲儿地夸他姐姐多么多么能干，说一定能帮我们破案。可直到现在，我还没看出他姐姐到底要怎么查。黄冲那里也有了进展，小孩儿的皮肤上确实有一层油的成分，而且含量还很大，不过化验结果很不理想，除此之外还有很多其他东西，化学成分很复杂，还要几天才能分析完。看来现在我们只能继续等下去了。

第二天一大早，黄冲他姐姐黄灵就到了派出所，给我和廖宇还带来了一些吃的，给我们和八指婆分了一下。

我把昨天和黄冲通电话的情况跟她说了一下。黄灵点了点头，然后问我："黄冲在我面前经常夸你，说你办案很厉害，那你说咱们下一步该怎么办？"

我想了想，说："现在最关键的是把黄姑子和傻三儿抓住。只要他们归案，根据咱们现在掌握的情况，一定可以撬开黄姑子的口，可这两个人已经销声匿迹了。前几天他们来救过八指婆，不过没有得逞，最后不知所踪。除非他们再来，否则短时间之内想要抓住他们十分困难……"

"这好办呀，既然他们要救八指婆，那就让他们来救不就得了。"听了我的话后，黄灵不屑地说。

"我也想他们来，可又谈何容易。这两人现在是惊弓之鸟，怎么可能再跑过来犯险！"我苦笑道。

"这好办，只要咱们把八指婆拉出去给大夫看病，他们肯定会得到消息，接着咱们来个瓮中捉鳖！"黄灵笑着说。

"别逗了，好端端的八指婆怎么会病！"我听了她的话，感觉有些可笑。

"怎么不会呢？她这两天拉肚子了，你们听着……"黄灵还是那么趾高气扬。

就在这时，只听里屋"哎哟，哎哟"的声音传来，是八指婆。我听了以后浑身一紧，赶紧跑过去；只见八指婆捂着肚子，趴在床上，一阵阵恶臭传来……

八指婆的裤子都湿了。我见了大吃一惊，对黄灵说："你把她怎么了？"

"没什么呀，这两天她有些便秘，我买了些通肠胃的药给她吃！"黄灵笑着说。

"你！"我指着黄灵，被气得说不出话来、

一旁的廖宇慌了神："你知道八指婆都多大岁数了？八十多了，万一拉坏了怎么办？她可经不起这么折腾。要是有个好歹，你就是杀人凶手！"

“你们两个不用这么紧张，我当然知道她多大岁数了，给她服用的剂量很小，没事的。”黄龄不屑地看着我说。

“我原以为你办案会像黄冲一样，讲规矩、讲纪律，没想到你就是这样查案的，如此不择手段，难怪你破案率会这么高，像你这样得来的荣誉，让人不齿！”我对着黄灵喊道。

“是，你不耻，但是你们要知道，如果再不抓到凶手的话，镇上还会死孩子，到时候是你们来负责，还是我来负责？”黄灵瞪着我们说。

我和廖宇听了，咬了咬牙，把八指婆身上的手铐解开，然后扶着她往镇子上的诊所赶去，幸好离得不远，也就隔着十来家店铺。

诊所里的大夫见了八指婆非常冷淡，根本不想给她治，廖宇只好把他拉到一旁，给他阐明了利害，大夫这才帮她开了止泻药，然后找护士帮八指婆处理了一下裤子，八指婆这才舒服一些。

为了以防万一，我们只好把八指婆的手铐在病床上。

“这下可惨了，案子查不了，还要来照顾她。炯哥，黄灵这丫头太不像话了，咱们是不是把她给打发回去。”廖宇把我拉到一边说。

我想了想，摇了摇头，说：“这样，黄冲那里面子就太不好看了。以后盯着她点儿，别让她再乱来就行。咱们该怎么查还怎么查。”

“唉。”廖宇叹了口气，坐到一旁。

这一天时间算是白白浪费了。幸好八指婆身体也还算硬朗，没什么事。

第二天一大早，我们正在照顾八指婆，突然黄灵跑了进来喊道：“不好了，派出所着火了！”

我们两个听了大吃一惊，跑到街上一看，派出所火光冲天，已经烧起来了。

“我和黄灵去救火，廖宇留下看着八指婆。”我见形势不妙，吩咐道。

派出所里可全是证据，还有那些孩子的尸体，如果被烧掉的话，那是无可挽回的损失。

这把火来得突然，我不用想就知道肯定是傻三儿和黄姑子干的，这两个家伙想给我来个调虎离山。

所以我只能把廖宇留下，玩命地往派出所跑，黄灵一边跑一边招呼街上的人帮我们去救火，可没一个人肯帮我们。我们现在已经彻底把全镇子的人得罪了，他们依然认为凶手除了八指婆之外还有我妈，所以他们是绝对不会动手帮忙的。

“别叫了，快去打水。”我朝黄灵喊道。

黄灵看了看周围冷漠的人，一跺脚说：“这都是些什么人呀，唉！”

她说完赶紧跑到院里拿了两个桶来，然后到水管去接水，我站在院子里看了看，里屋和西院都着火了，火势蔓延得很快，但是都是房顶还有窗户这些地方，一看就是被人浇了汽油，我接过黄灵打过来的一桶水浇在身上，然后冲进最里面的一间屋子，拼尽全力把一个锁着的柜子拽了出来。

这里面放的是这些天拿到的所有证据，还有笔录，如果被烧了那就坏了，好不容易才把柜子拉到院子里，我又和黄灵一起接了几桶水泼在西屋。

等温度稍稍降了一点儿，我冲进去把里面那几个孩子的尸体抱了出来，这才开始救火。好不容易把火扑灭，我二话不说朝诊所跑去。黄灵见我脸色不对，跟在我身后。

“你怎么了，跑这么急干什么？”黄灵问道。

“你看你干的好事，这才来了一天，派出所就因为你被烧光了。”我无奈地对黄灵说。

“照你这么说，这把火是黄姑子和傻三儿放的？”黄灵皱着眉头问。

“他们用的这是阳谋，逼着咱们不得不来救火，而且知道没人会来帮咱们，他们现在肯定会大张旗鼓地去诊所救人。”我苦笑着说。

“大白天的怎么可能，他们应该晚上才去吧，街上这么多人，他们也敢？”黄灵听了大吃一惊！

“我猜得不错的话，现在过去已经晚了。如果廖宇能拦住他们还好，拦不住的话，不但八指婆会被救走，连廖宇也会有危险。”

第13章　跳崖

听了我的话，黄灵脸都白了，跟着我向诊所跑去。

等我们两个赶到的时候，原本在诊所里面的大夫和护士全都跑到了街上，一个个瞪大眼睛，恐惧地看着诊所里面，见我来了，这些人让开一条路让我们过去。

我一看他们的样子就知道情况不妙，来不及问，冲了进去，等我进了诊所一看，原本铐在病床上的八指婆已经不见了。

病床上还留着半只手铐，看样子手铐间的链子是被斧子砍断的，而在病床旁的地上，廖宇四仰八叉地躺在那儿，胳膊上正在哗地往外流血。我见状冲过去把廖宇胳膊上的伤口死死按住，然后大声喊道："廖宇，你没事吧！你醒醒！"

廖宇咳嗽了几声，慢慢睁开眼睛："炯哥，刚才傻三儿来过了，我挨了他一斧子，被踹了一脚，他把他妈救走了！"

一旁的黄灵见廖宇胳膊上血止不住，跑出去把大夫拽了进来，让他给廖宇治伤。廖宇和镇里人的矛盾并不大，他们主要是针对我，再加上廖宇的伤势的确很重，所以大夫没说什么，开始给廖宇包扎。

"快跟我走！"我对黄灵说道，然后转身从诊所里跑了出去。

黄灵跟我跑出来，然后追上我问："你知道他们往哪儿跑了？"

"大概吧！"我没好气地说，然后一直跑出镇子，朝着常平镇的方向追去，"别说话，保留体力，赶紧跟我追。如果我猜得不错的话，傻三儿肯定会把他妈带到常平镇。因为那里最近发生的一件案子很可能和咱们镇子上的案子是同一伙人所为。他们已经在风铃镇没法立足了，所以常平镇一定有他们落脚的地方。”

黄灵只好紧跟在我身后，她知道自己犯了大错，所以不敢多说话，我一直跑到远处一座大山下面，通常情况下我们去常平镇应该上山，这样路还好走一点儿，比较平坦，但是现在为了抄近路，我直接拐向了山旁边的山沟，这里坑坑洼洼非常难走，到处都是乱石，我和黄灵连滚带爬地转到大山的另一头，然后在一个十几米高的山涧里藏了起来。这是我们最后的机会了。如果傻三儿他们真像我猜的那样，肯定会从这里去常平镇。

我们藏好以后，黄灵喘着粗气问我：“你能确定他们会从这里走吗？”

我摇了摇头说：“不能，但这是咱们唯一的机会。我知道你身手好。如果他们来了的话，一会儿你要全力出手，把傻三儿给我制服。剩下的黄姑子和八指婆交给我。”

黄灵点点头，刚要说话，我伸手捂住她的嘴巴，然后指了指山上下来的小路。黄灵顺着我的手指看去，眼睛立马瞪得老大，因为山路上正有一个人快步走过来，他的背上还背着一个老太太，这人正是傻三儿，背上是八指婆。让我奇怪的是黄姑子竟然没在，看来这家伙只是吩咐傻三儿来救人，而自己则不知道藏在了什么地方。

傻三儿的出现，也让我更加肯定了常平镇的案子和风铃镇的案子都是八指婆他们所为。

我松开捂着黄灵嘴巴的手，说：“一会儿听我命令再动手。”

黄灵慢慢把双手按在地上，身体微躬，准备随时跳出去。

没多长时间，傻三儿背着八指婆走到了我们前面不远的地方。

“妈，你没事吧？”傻三儿傻呵呵地问道。

“没事，吃错了东西肚子有点儿疼。别说话，省点儿力气，快点儿走吧。”八指婆叹了口气说。

“哦。”傻三儿答应一声，接着赶路。

“动手！”我大喊了一声，跳了出去。

没想到我身边的黄灵比我动作还快，“嗖”的一下直接从我身旁窜了出去，瞬间到了傻三儿跟前，猛地用手抓住他腰间的衣服，然后用脚一别傻三儿的腿，手上轻轻一拉。

傻三儿双手还扶着她妈的腿，根本无力反抗，一个趔趄向前面摔去；我冲过去把掉下去的八指婆接住，要这样让她摔在地上，不摔死才怪。

就听“扑通”一声，傻三儿趴在了地上，原本插在他腰里的斧子也掉到了一旁。

我没想到黄灵的身手这么好，不愧是拿过三届散打冠军的人物，只见她冲上去一脚把斧子踢下山涧，然后想去抓傻三儿的胳膊把他制服。

可没想到傻三儿这小子也有股子蛮劲儿，手刚被黄灵抓住，只听这小子“嗷”了一嗓子，然后使劲儿一甩胳膊，竟然把黄灵的手给甩开了，猛地站了起来，使劲儿推了黄灵一把，黄灵后退了几步，差点儿掉下山涧。

“儿子别管我了，快跑！”被我抓住的八指婆见势不妙，大声朝傻三儿喊道。

“不行。”傻三儿愣劲儿犯了，冲过来要抓我，我只好抱着八指婆往旁边闪开，这时黄灵已经跑回来了，上去一个绊子把傻三儿绊倒在地。可是傻三儿这小子太愣了，任凭怎么摔都以最快的速度爬起来，然后向我这边冲。

就在这时，我的胳膊上突然一疼，我一咬牙，原来八指婆正狠狠地咬着我的胳膊，这个家伙也开始发疯了，还没等我反应过来，胸口又是一疼。

没想到八指婆手里还攥着一把小剪刀，看样子应该是从诊所里拿的。

我一疼，手立马松了劲儿，八指婆连滚带爬地跑到了傻三儿身边。傻三儿把八指婆抱起来就跑。

“快追。”我一边喊一边追过去。这要是被他们跑了，那整条线索就断了，我们所有的努力也就白费了。

黄灵见了也赶紧追去，她跑得比我快，没多长时间就到了傻三儿身后，八指婆见了，大声对傻三儿喊：“儿子，你快跑，别管我了。”

“我不，我就不。”傻三儿摇着脑袋说。

“你要不跑我就死给你看。”八指婆突然把她手里的小剪子举了起来，抵在了自己脖子上。傻三儿见他娘这个样子，“哇”的一声哭了出来，又回头看看追上来的黄灵，这小子是真急了，大叫一声：“妈，我不让他们杀你，我不！”

喊完以后，傻三儿竟然朝着山涧那边跑了过去。我见了大吃一惊，朝黄灵喊道：“快拦住他，他要跳下去！”

黄灵也慌了，全力向傻三儿扑去。

傻三儿已经到了山涧边儿上，连停都没停，直接跳了出去，黄灵正好扑到傻三儿身后，一把抓住他的脖领子，傻三儿下坠的力量太大了，直接脱了手，眼看着傻三儿和八指婆掉下十几米深的山涧。

“完了。”我心里一沉，十几米深的山涧，他们俩掉下去肯定活不了了。

我脑袋嗡嗡直响，直接坐在了地上。黄灵趴在前面，两眼直勾勾地看着山涧，一点儿表情都没有，脸色煞白。

“你就是这么查案的？我原以为你和你弟弟一样，没想到你和他正好相反。这件事你怎么给我交代？怎么跟风铃镇老老少少交代，说咱们把罪犯逼死了？”我真的被气坏了，站起身来指着黄灵喊道。

黄灵没有说话，还是两眼空洞地看着山涧下面。我没再管她，绕了半天山路才下了山涧，这里的情况比我想象的复杂得多，到处都是乱石，上面长满了杂草，别说从那么高掉下来了，就是平地里摔个跟头都能把身上磕破，娘儿俩不粉身碎骨才怪。我来到刚才他们跳下来的地方，仔细找了找，没多长时间就在一个乱石堆旁发现了傻三儿的尸体，浑身上下都是血，骨头都散架了，早就没气了。

不过他的尸体还保持着抱着八指婆的姿势，是平躺着摔下来的。

“八指婆呢？”我看了看四周并没有八指婆的尸体。

“八指婆没死。”我在四周找了起来。如果八指婆跑掉的话，会比她摔死在这里还要难办。傻三儿是她的心头肉，傻三儿死了，她肯定会疯狂地向我们报复，不只是我们，还有风铃镇上的老老少少，都会是她的目标。

找了半天，结果让我很失望，整个山涧下面根本没有八指婆的影子。我想象不出她一个八十多岁的老太太从那么高的地方摔下来还能跑掉。

就在这时，我身后传来了响动，我回头一看原来是黄灵。

“怎么样？找到他们了吗？”黄灵问道。

“傻三儿死了，八指婆不见了！”我叹了口气说。

“这怎么可能？她那么大岁数，从这么高的地方掉下来都没死？”黄灵听了大吃一惊，左右看看，然后和我一起又找了一遍。结果让我们两个很失望，八指婆确实不见了。没办法，我们俩只好回去把傻三儿的尸体找个地方埋好，在上面堆了一堆石头。

傻三儿的尸体已经摔成一摊烂肉了，根本带不回去，而且他也不是本案关键的人物，埋在这里也算是最好的结果了。

我们俩从救火到跑来山涧，又和傻三儿缠斗了一会儿，然后又下来寻找尸体，等我们回到风铃镇的时候，已经站都站不住了。我躺在诊所的病床上，无力地给廖宇讲了一下经过。

廖宇也无奈地叹了口气，我知道他也有气，也想指责黄灵几句，看了黄灵失魂落魄的样子，又有些不忍。我们休息了一会儿，总算缓过来一些。

廖宇除了左臂上有一道伤口外并没有什么大碍，于是我们三个从诊所出来，把派出所那些证据还有尸体都搬到了“纸人张”。

派出所的房子已经被烧毁了，别的地方又不能去，只能拿“纸人张”当临时办公的地方了。

好好休息了一晚，第二天一大早我刚一开门，没想到家又被镇子上的人给围住了。

“张炯，你们是怎么办事的？居然让八指婆跑了，村子里的人怎么办？孩子们怎么办？万一有谁家孩子出事你们负不负得起责任！”当先一人正是黄奇，也就是小英的父亲，指着我大声喊道。

“这件事我无话可说，不过我会尽我最大的努力保证大家的安全。”我对黄奇说道，

“你这些日子查出什么来了？自从你回来，镇子上哪天安生过？还不是一样有孩子被人害死。对了，还有你们不知道从哪儿找来那个女人，来了就搞事，派出所也被烧了，八指婆也被你们给弄没了，把她给我交出来！”黄

奇还是不依不饶，大声喊道。

“这件事跟她无关，所有的事情都是我决定的，你们有什么话冲我说。”我说道。

黄奇还没说话，突然我身后有人喊道：“没错，这些事都是我参与的。你们想怎么办吧，我今天就在这儿了！”

我回头一看原来是黄灵，拦住她：“你出来干什么，赶紧回去！”

我一听她说话心里就“咯噔”一下，没想到这小丫头火气还挺旺。可能是以前嚣张惯了，她可不知道这群人的厉害；这么跟他们说话，绝对不是什么好事。

果然，黄奇的脸“刷”就变了，指着黄灵说：“你个小丫头片子，这里没你说话的份儿，我们族中的事情我们自然会解决，你算个什么东西？把她给我轰出去，赶出镇子！”

黄奇急了，大喊了一声后上来开始抓黄灵，他身后那几十个人也是一样，冲上来开始推推搡搡，把黄灵往镇子外面赶。

黄灵从小到大什么时候吃过这种亏，一咬牙，用手一抓黄奇的褂子，脚下一使绊，就听“扑通”一声，黄奇摔倒在地，接着这丫头又出手把离她近的人全都扔了出去。

这下可捅了马蜂窝，人们全都疯了似的向她涌过来。黄奇从地上爬了起来，一把搂住了黄灵的腰。这下黄灵动不了了，虽然她身手好，可也不能一下对付几十个人，眨眼间就被他们打倒在地。

他们可不管这是个二十来岁的小丫头，哪怕是年纪再小一点儿，也能被他们活活给打死。

我就一愣神的工夫，黄灵已经开始惨叫了起来。我见势不妙，冲上去把众人推开，廖宇听见动静也出来拦着，可他们死活就是不停手。

我一把抓住黄奇说：“有什么事冲我来，我是这儿的负责人。要杀要剐，我听你的！”

“好，这是你说的！”黄奇指了指我，“住手！”

那些人还真听话，往后面退开。

我看了看地上已经鼻青脸肿的黄灵，对廖宇说：“把她扶进去！”

“炯哥，你想干什么？”廖宇见了我的样子，赶紧问道。

“别废话，把她扶进去，关上门！”廖宇看了看黄灵，跺了跺脚，把她扶了进去。

临进去的时候，黄灵深深地看了我一眼；我朝她笑了笑，没有说话。

见他们进去了，我对黄奇说：“来吧！”

说完后，我往地上一躺用手护住自己的脑袋！

“打，给我往死里打！”黄奇大喊一声，上来给了我肚子一脚，疼得我浑身发抖。其他人见了，也开始上来拳打脚踢。

我浑身上下没有一处不在挨打，我只能拼命用双手护住重要部位，也不知道他们打了多久，也不知道最后事情是怎么解决的，更不知道他们什么时候离开的，总之我醒来的时候已经躺在床上了，浑身上下没有一处不疼，不知道是谁狠狠给了我嘴巴几脚，脸都肿了，连话都说不出来。

黄灵站在我床边，两只眼睛哭得通红。我现在看见她就有气，张嘴想说她几句，可嘴太疼了，一个字也说不出来！

“炯哥，我知道你什么意思，你想让我以后再稳重一点儿，别再那么嚣张跋扈，我答应你以后一定不再乱说话，不再乱做事，你好好养伤吧。”见了我的样子，黄灵说道。

能听她这么说，我总算稍微欣慰了点儿，点点头，不再张嘴。

廖宇看看我，咬咬牙，说：“这个黄奇下手太狠了，不分青红皂白就打人，也不想想咱们是为了谁。现在可好，还怎么查呀……”

黄灵也无精打采地说：“没办法了，只能先等你们两个把伤养好再继续查了。”

我看看黄灵，又看看廖宇，挣扎着抬起手来比画了几下。廖宇明白我意思，说道：“炯哥，你是要纸吗？想给我们写字，是不是？”

第14章　围剿

我吃力地点了点头。廖宇把纸和笔拿过来。我挣扎着把纸笔接在手里，歪歪扭扭地写了几个字。

“黄灵，你是不是来过风铃镇？”

黄灵看了后摇了摇头，说：“我以前从没来过。你为什么这么问？”

我接着写道：“没什么，那就是说你有事瞒着我们……”

黄灵神色变得凝重起来，说道：“炯哥，按理说有些事我不应该瞒着你，但是我觉得还没到说的时候，你给我点儿时间，我会把我知道的事情全都告诉你。”

我接着写道：“我相信你有苦衷。”

黄灵看了以后点点头，没有说话。我接着写道：“廖宇，最近这段时间一定要特别注意，千万要保护好镇子上孩子们的安全，另外咱们三个也要小心。因为我总感觉有些不安，别看八指婆是个老太太，黄姑子也只是个女人，可她们心狠手辣，所以没有紧急情况，尽量白天查案，晚上回来。”

廖宇和黄灵同时点了点头。

“炯哥，你放心吧，你这伤我刚检查了，全都是皮肉伤，休息两天就没什么事了。”廖宇接着说道。

听他这么说我就放心了，把纸和笔还给他，然后开始休息，第一天是最难熬的，尤其是当天晚上，浑身上下说不出的难受，疼得我直咬牙。

黄灵和廖宇一直在旁边照顾我，可我连饭都没法吃，只喝了一点儿粥，总算熬到第二天，身上的疼痛才减轻了一些，不过还是说不了话，浑身上下酸软无力。

案子还是没有什么进展，不过镇子上却出奇地安静。八指婆和黄姑子好像人间蒸发了一样，并没有露。这让我稍稍宽心。再休息两天，我应该就没事了。

这天晚上我吃了点儿东西，很早就睡了。廖宇和黄灵昨天也很累，再加上照顾了我一晚上，现在也都去休息了。

店铺里有三间房，我们每人一间。不知道怎么，我晚上睡着睡着突然感觉有点儿不对，眼前好像有影子在晃。我身上比较疼，睡得轻，所以有一点儿动静我就醒了。

就在我刚一睁眼的瞬间，一束淡淡的蓝光进入我的视线，我浑身一颤，身上的汗毛都立了起来，这种蓝光我太熟悉了，就是纸灯笼里射出的那种细小的蓝光。

我顺着蓝光看去，我发现一个一米来高的纸人正站在窗台前，是个童男，他手里拎着一只纸灯笼，灯笼里闪烁着淡淡的蓝光。不过让我不寒而栗的并不是这些，而是它的右手握着一把尖刀，刀刃闪着寒光。

紧接着这纸人居然动了起来，慢慢向我走来……

“不好，这东西要杀人！”我心中大惊，现在我浑身酸疼，虽然能勉强动一动，但是下床还做不到，想张嘴喊人，可喊了半天，只能发出呜呜的声音，别说隔壁的廖宇他们了，就连我自己听着都费劲儿，只能眼睁睁看着纸人一点点地朝我走来！

这下我可急坏了，忍着身上的痛拼命挣扎，想从床上坐起来，哪怕滚下去也好，纸人只会按照扎它的人设计的动作行动，只要滚下床就安全了。

可努力了半天，我却根本动弹不了，就这么一会儿的工夫纸人已经走到我面前，把手里的尖刀举了起来，慢慢地向我胸口扎了下来。

一定是她，八指婆，她怕自己进来杀不了我，弄出动静被廖宇他们发现，所以扎了个纸人，把它放进院子里，让纸人进屋来杀我，我顺着窗户向外看了一眼，虽然我看不见八指婆，但是我能感觉到一股强烈的杀气正从墙头散发出来。

就在这时，纸人手里的尖刀慢慢地向下插，抵在了我的胸口，然后开始用力，这把刀太锋利了，纸人根本没费多大的力气，尖刀就扎进了我的胸口，而且还在继续往下插，疼得我浑身直冒汗。

“不行，不能再这样下去了，否则今天非被它扎死不可。”我心里开始急了起来。现在是指望不上廖宇和黄灵了，我现在哪儿也不能动，只能双手微微往上抬一点儿。看着眼前的纸人，我真不知道怎样才能让它停手。

我突然冒出一个想法，为什么每个纸人要动之前灯笼都会点燃，难道说他们的这些动作会跟这个灯笼有关。我仔细回想了一下我妈教我扎纸人的时候，的的确确是对灯笼比较侧重，而且制作灯芯的步骤非常烦琐，只是为了点灯，完全没必要这样。

这些纸人有给我指路的，有给我斟茶倒水的，现在又有一个想来杀我，每一个纸人的动作，都不一样，可他们为什么会听从制作人的命令，很可能因为灯笼里的蓝色火焰燃烧起来热气传进翎管，通过特殊手法扎在一起的翎管会按照特定的轨迹扭动，做出不同的动作，所以关键还是灯笼里的灯芯。

想到这里，我终于有了办法，轻轻地把手慢慢抬起来，现在纸人的尖刀已经在我胸口扎进去两三厘米了，如果再这样下去的话，没多长时间就会扎破我的心脏，到时候一切都晚了。我咬咬牙用手指在纸人手里的灯笼上轻轻拨弄了一下，就听“噗”的一声，灯笼猛地爆燃了起来，一股蓝色的火焰，瞬间把灯笼吞没，接着纸人身上的彩纸也被点燃，片刻间纸人化成了灰烬，将刀留在了我的胸口上，我总算保住了性命。

我把头转过去，看向院子边的高墙，那股杀气还是没有消退。正在这时听见动静的廖宇和黄灵跑了进来，一看我这边的架势和胸口上的尖刀，把他们俩吓了一跳，跑过来给我把尖刀从胸口拔出来，又处理了一下伤口。

我咬着牙示意廖宇给我拿支笔，廖宇不明白我什么意思，给我拿过来，我在纸上写了一行字；廖宇一看，抓起纸人留下的尖刀往外面冲去。

我让他去追八指婆，不过很可惜，最后他失望地走了回来。“被她跑了。我出去的时候，大街上一个人都没有。她也太狠了。幸亏纸人自己烧掉了，否则炯哥可就危险了。”廖宇叹道。

听了廖宇的话，我心里只能苦笑，纸人自己烧掉？如果刚才不是我用手动了一下纸人手里的灯笼，灯芯在震动下全部爆燃把纸人烧掉，那我就真的被它杀死了。也幸亏我当时反应快，想到了这种东西的不稳定性，我才能化险为夷。

这下廖宇和黄灵不敢走了，在我屋里的沙发上坐了下来。好在没多长时间天就亮了。黄灵去准备吃的。廖宇继续做笔录，整理资料，看看有什么我们以前疏忽的线索。

我们刚吃完饭，就有人砸门。廖宇开门一看，原来是黄德公，身后跟着黄奇。

他们两个进屋后，先看了看我伤势。黄德公说：“张炯，我这次来是带着黄奇给你道歉的。我以前保证过，这个镇子上的人不会再为难你，让你好好查案，可没想到他竟然带人打了你，还把你打得这么重，是我疏忽了。”黄德公说完狠狠地瞪了黄奇一眼。

黄奇现在就像个被吓坏的小鸡，过来对我说：“是我鲁莽了，对不起，以后我保证不会再为难你，你放心大胆地查，其他人也不会再来招惹你，而且会积极配合。咱们争取把杀人凶手早一天绳之以法。”

我不能说话，只好用纸笔写了几句客套话，不过看今天的阵势，事情总算是有好的转变。因为我要把那些孩子都保护起来。既然黄德公这样保证了，那些人应该不会阻挠我。

就在这时，黄灵突然说：“德公，我有个请求，不知道您能否答应？”

黄德公问道：“你有什么请求？。”

“我想见一见张炯的母亲，不知道可不可以？”黄灵看了看我说道。

其实我也是这个意思，我有很多话要对我母亲说。

黄德公看了看我，又看了看黄灵，点了点头说：“好吧！今天我就破例一次，下不为例，等你好了来找我！”

见黄德公答应了，我和黄灵都很高兴。把黄德公和黄奇送了出去，我们三个还继续做自己的事情，我的任务是养伤，可以见我妈了，心情好了许多，伤势也好得快，又过了两天，我已经可以下地活动了，说话也没问题了，于是我和黄灵来到了黄德公家。

我要见我妈是因为有事要问，主要是关于纸人的事情，可黄灵为什么要见她我就不明白了。我也问过，可黄灵不说，我只好作罢。这丫头心里有事，而且很可能跟“纸人张”有关，这是我在和她接触了几天后得出的结论。

见过了黄德公，他带着我来到了他们家的后院，这里有一个单独的小房子，本来是客房，现在就让我妈住在这里，平时也没人来打扰她老人家。

见我妈生活得还算不错，我也就放心了。我妈已经从黄德公口里知道我要来见她了，所以很高兴。简单说了几句话以后，我对我妈说：“我好像明白了，纸人之所以能动，完全是因为他手里的纸灯笼，那些细小的翎管也有它的妙用，通过不同的穿插来控制纸人做出不同动作，和纸灯笼扎在一起才能给纸人提供动力，我说的没错吧！”

“孩子，这是一种十分需要耐心的活儿，扎一个纸人没那么容易，想要它随自己心意去做事，更不容易。你说对了一部分，但其中的关键你还要自己去摸透，以后没准儿能派上大用场。”我妈听了我的话后很高兴，拍了拍我肩膀说。

我明白她的意思，熟能生巧。黄灵似乎对我妈很亲切，拉着我妈的手简单问候了几句，然后扭头对我说：“我想跟阿姨单独说几句话，可以吗？”

我看看我妈，她似乎也有这个意思。我只好从房间里走出去，在院子里坐下。过了没多长时间，我妈把黄灵送了出来，可看我妈的脸色似乎有些凝重，和刚开始见到我的时候完全不一样，而黄灵也好像满怀心事。

“你们两个聊什么呢？”我奇怪地问道。不过话一出口，我就后悔了，既然她们要背着我，现在又怎么可能告诉我呢？

果然，我妈什么都没说，只是摇了摇头，挥手让我们走。黄灵跟我妈别过，转身朝外面走去。我搞不明白她们到底在搞什么，只好辞别了我妈，跟着黄灵往外走。

出来以后，我们没有见到黄德公，找了一圈也不见人，所以我们只好往回走。

一路上黄灵什么都没说，看来和我妈聊得不太好，我也没多问，她的心事藏得太深，只能等以后她想明白了再跟我说了，但是我能确定一点，黄灵绝不简单，而且和风铃镇有着千丝万缕的联系。

我们两个朝“纸人张”走去，还没到店铺的时候，突然看见前面有人正急匆匆地走来。

“王平，怎么是他？”我心中一动，说道。

“他是谁？”听了我的话后黄灵问道。

“他就是我给你说过的常平镇的同事。”我一边给黄灵解释，一边朝王平走去，抬手向他招了招手。

王平一看是我，跑了过来，急匆匆地说：“我们那边有消息了！”

“真的？”我听了精神一振。

“没错，群众举报，有一伙人在山沟里点火。因为怕引起山火，我们就派人去看了一下，结果发现他们竟在山沟里一个山洞中烧了一大堆的木头，最后烧成了碳，还有架子等东西，同时还有两个人。不过很可惜，这两个人已经死了，是被捆在架子上活活烤死的。为了避免打草惊蛇，我们没有惊动他们，准备今天晚上，动手将他们一网打尽。正好我出来公干，所以过来报个信。”

“太好了，先跟我回去吃点儿东西再过去。”总算是有消息了，我一下子精神了起来，拉着王平向家走去。

等进了店铺里我把刚才王平的话对廖宇说了一遍，廖宇开始准备东西，我们现在要去的话就不能留人在店里了，因为抓这些人需要人手不少，而常平镇只有四个警察，所以今天晚上我们三个都要过去，还有黄冲，他离常平镇稍微近点儿，我给他打了个电话，让他先赶过去。

至于家里的证据，我让廖宇锁进一个木头箱子里，然后埋在了后院，那些尸体也一起埋了起来，省得再出什么问题。一切都安排妥当后，我们几个出了风铃镇向常平镇赶去。二十多里山路可不近，我们在天黑前才赶到常平镇派出所，王平的人都已经准备好了，黄冲也已经赶到了，一共两把枪，加上廖宇带来的两把，王平拿了一把，他的手下一个大个子，拿了一把。我这边廖宇刚把枪交到我手上，就被黄冲抢了过去。

我刚要说什么，黄冲狠狠地瞪着我说：“炯哥，虽然你办案有两手，可你毕竟不是警察，没有用枪的权利，不好意思了！”说着黄冲把手枪收了起来。没办法，他说得对，我和黄灵还有另外两个警察只好每人拿了一个镐柄。

准备好后，我们八个人趁着夜色悄无声息地离开了常平镇，那个大个儿，就是上次去踩点儿的兄弟带着我们几个，一头扎进了深山，本来我以为离得不会太远，可一直在山沟里转了两个多小时才到地方，我们眼前是一条河，并不宽，也就十米左右，在河的对岸，有很多乱石，而且都很大。

一看路就不好走，而且到处都是杂草、乱树，在夜色下显得格外瘆人，我们几个卷起裤腿慢慢蹚过河，然后在乱石堆前停了下来。

王平指着一个非常隐蔽的小路说：“这里是进出那个山洞唯一的一条路，吴英、吴波，你们两个守在这里，万一我们没能抓住他们，你们一定要在这把他们拦住。”两个人答应一声，一左、一右藏在小路的草丛里。

第 15 章　舍身相救

我们几个继续往前走。这条小路太窄了，一个人过还要侧着身子，否则就要被荆棘挂到，像这样的地方如果不是事先知道的话，根本不可能找到。

大个儿走在最前面，后面就是王平，我第三个，廖宇、黄冲和黄灵在最后，我们顺着这条羊肠小路弯弯曲曲走了十多分钟。前面是一座六七十米高的峭壁，直上直下，左右两边根本没有出路，就在我们的正前方黑乎乎的好像有个洞口。

我们几个没敢再往前走，怕他们留有暗哨。王平对我们说："你们几个在这等着，我去探探路。"

说完王平半蹲下来想往前走，这时我身旁的黄灵突然伸手一把抓住他的肩膀说："你们留下，我去。"

说完不等王平答应，黄灵"嗖"地一下窜了出去。王平微微一愣，看了看我，我向他点了点头，王平只好作罢。

我之所以这样放心是因为我见识过黄灵的身手，那不是一般的好，探路这种事她去再合适不过。她观察了一下前面，见没什么动静，"嗖嗖"地往前冲了过去，眨眼间跑到一块巨石后面，然后贴在上面听了一下，一分多钟以后确认了前方是安全的。黄灵三步跳到那个黑黑的洞口前，竟然没有发出半点儿声音。

见到黄灵如此身手，王平向我比了比大拇指。只见黄灵探着脑袋向山洞里看了看，然后一闪身钻了进去。

说实话，我们的心都提到嗓子眼儿了。王平把手枪拿了出来，枪口向下，半蹲着身子；我紧握手里的镐柄。

没多长时间洞口人影一闪，黄灵又钻了出来，然后向我们招了招手。我们几个赶紧跑过去。

“里面情况怎么样。”我小声问道。

“和王队长说的情况一样，里面确实有人在烧炭，那两个被杀死的人已经烤干了。”黄灵擦了擦额头上的冷汗说道。

一看她的样子就知道已经被吓坏了，这么惨无人道的事情，别说是看了，就是听也能让人不寒而栗。

“还有其他人吗？”我接着问道。

“有，里面有一个男的，两个女的，其中一个女的我认识，是八指婆，另外一个五十多岁，没有见过！”

“既然八指婆在，那另一个应该就是黄姑子了。对了，那男的是谁？你见过吗？”我接着问道。

“那男的，唉，我万万没想到会是他，一会儿自己去看吧……”

我听了黄灵的话眉头一皱，按理说这个时候了，她不应该给我卖关子，可看她十分为难，说也不好不说也不好。

“行吧，咱们这就冲进去。不到万不得已不要开枪，一定要抓活的。”我吩咐道。

王平等人点点头，我和黄灵在前面，身后是王平和大个儿，廖宇和黄冲在最后，进了山洞后发现这洞随着山势拐了两个弯，然后暗淡的光线从洞的深处射了出来，应该是火光，来回晃着。

拐了几道弯，火光越来越亮，我们几个把速度放慢，一点儿一点儿靠近，不敢弄出一点儿声响，生怕被里面的人听到，又走了十来米，山洞越来越宽，一股焦煳而且腥臭的味儿扑面而来，熏得我喉咙直发痒，只能用手捂住自己的嘴，不让自己咳出来。

“过来，搭把手。”就在这时，洞里突然有人说道。

我赶紧停了下来，探着头向里面看去，只见在我前面不远的地方站着两个人，刚才说话的人我最熟悉不过了，就是我这次来这里的主要目标，八指婆；另一个人我也认识，是黄姑子。和我事先料想的一样，这件事他们都是参与者，而且常平镇的人都是他们杀的，用来烤取人油。

八指婆和黄姑子把已经烤干的死人从架子上放下来，然后把插在他们身上的铁管子抽出，放在一边，另一个人也是一样，原本一百多斤的大活人现在就被烤成一副骨架的样子，一点儿油脂都没有了，不过还能看出他们痛苦的表情，是被活活烤死。想想就让人不寒而栗。

把死人放下来以后，黄姑子从架子下面拎起一个焦黑的油桶，晃了晃，然后嘿嘿一笑，把里面的油脂倒进一个塑料桶内，盖好盖子。

看来这就是他们烤好的人油。见到她的表情，我再也忍不住了，喊道："不许动，举起手来！"

我当先冲了进去，身后的黄灵、王平等人也全都往里面闯，一下把他们全都围住。也许是我们来得太突然了，也许是他们太镇定了，八指婆和黄姑子一点儿反应都没有，抬头冷冷地看了我们一眼。

而我也看见了她们身旁不远的那个男人，当我看到他脸的时候，脑袋"嗡"的一声如遭重锤，这个人不是别人，正是黄奇，小英的父亲，黄德公的孙子。

前几天他还因为我查案不力，打了我一顿，没想到会出现在这里。一瞬间我终于想明白了，为什么他会突然带人来打我，为什么很快八指婆得到了消息，然后晚上用纸人来杀我，原来都是他搞的鬼。

"你怎么在这儿？"见了黄奇后，我身旁的廖宇吃惊地问道。

黄奇先是一愣，旋即把两手背在身后，笑了笑说："我怎么就不能在这儿，没想到你们查得还挺快，不过可惜呀，太可惜了！"

我听他话里有话，冷着脸说："可惜什么？"

"可惜你们今天就要死在这儿了？"黄奇哈哈大笑起来。

我不明白他什么意思，其他人也都是一头雾水。王平用枪指着黄奇说："把双手举起来，蹲在地上。"

听了王平的话，黄奇看看八指婆，然后他们三个竟然冷笑了一声，十分不屑地看着我们，根本没有要举手投降的意思。

“张炯，你害死我儿子的账，今天我要跟你好好算算，还有那个臭丫头，我要扒了你的皮，抽了你的筋，让你跟他们一样的下场。”八指婆指着被她烤死的人，对我和黄灵说道。

“八指婆，你别痴心妄想了，镇子上那么多孩子都死在你们手里，现在你们居然一点儿悔意都没有，和畜生有什么区别？黄奇，不管怎么说，黄林的孩子都是你的侄子和侄女，你居然这么狠心对他们两个下手，到底是为什么？”我听了他们的话，狠狠地说。

“这你就管不着了，总之你问什么我也不会回答你，你们还是担心一下自己吧！”黄奇冷笑了一声，用手指了指我们头顶。

我心里没来由地一紧，顺着他指的方向看去，结果当我看清头顶的东西后，赶紧喊道：“大家都不要动，千万别带起风来。”

其他人也都看到了头顶上的东西，知道我不是在开玩笑。因为我们头顶现在有十几架弩机，都是用老辈儿的手段打造出来的，弩机上的弩箭正对着我们几个，而弩机的扳机被绑在一根根细绳上，这些细绳都连到了我们左右两侧的纸人手里。

由于光线的原因，刚才我们进来的时候根本没注意那些纸人，每个纸人手里拿着一根细绳，不用说了，这些弩机都是它们来控制的，如果我们乱动的话，它们手里提着的灯笼就会爆燃，那样纸人就会烧毁，它们手里的细绳就会松开，到时候十几架弩机射出来的弩箭会把我们瞬间洞穿。每个纸人的动作都是由扎它的人来设计的，所以我们不能轻举妄动。

“怎么样？张炯，我早就知道你们会来，所以给你们准备了这份礼物。放心吧，它们会让你们死得很痛快。”黄奇冷笑了一声说道。

八指婆挥了挥手，黄奇退到了后面。八指婆从旁边拿过来一个黑布口袋，然后慢慢走到我面前不远的地方，说道：“张炯，别说我没给你机会，这里面的东西可以救你一命，但最后能不能活着从这里出去就完全看你了。如果逃不出去，让你死在自己手里，那会让我更解恨。”

八指婆说完慢慢地把手里的包袱放在地上，退了回去，接着拿起一块石头轻轻地向我们这边扔了过来，就听“啪”的一声，石头砸在地上，紧接着周围所有的纸人手里的灯笼，全都冒出一股蓝火，不过纸人并没有走动。

我知道，再过一会儿，纸人燃烧起来，我们就危险了。我没说话，看着他们几个，心里开始盘算起来：现在开枪的话，剧烈的冲击波会让纸人瞬间烧毁，那我们这些人全都会死在这里，但不能保证将他们全部击毙。

见我不说话，黄奇、黄姑子、八指婆冷笑一声，拿起他们的东西往后退了一段距离，飞快地向山洞深处跑去，眨眼间不见了踪影……

原来这条山洞还有其他出口，看来我们这次被他们算计了。

为什么他们不直接杀了我们？要说八指婆良心发现想饶了我，那绝对不可能。唯一的解释就是这里的纸人现在发动攻击可能会导致山洞崩塌，到时候他们也跑不了，所以他们并没有立即杀了我们，而是让我们自生自灭。

“炯哥，现在怎么办？”我身后的廖宇有些着急。

“你们别动，我想看看包袱里有什么。”

要说八指婆放了我，我是一百个都不相信。可现在已经没有其他的办法了，要跑没时间，更不能乱动，于是我慢慢地向那个包袱走去，好不容易来到包袱跟前，把包袱打开，里面全是彩纸、高粱秆、剪刀等东西。他们为什么要给我这些扎纸人的东西呢？我很困惑，但已没时间细想了。

看样子只能先扎纸人，然后灯笼里放足够我们逃出去的灯芯的量，用纸人替换真人才能逃出去。

可眼前有十几条线，要扎这么多纸人根本不够时间。这可把我难住了。

见我不说话，我身后的黄灵问道：“炯哥，怎么样？那些东西是什么？”

“唉！全是一些没用的东西。我要同时把这十根线都拽住，咱们才有时间逃走，可这根本没法办到。”我无奈地叹了口气。就在这时，我猛然间发现那些细线从弩机上引出来后，先是汇集到我头顶上的一个铁环里，然后再分出来十几道攥在这些纸人手里。

我心中一动，赶忙小声对身后的众人说：“大家不要说话，不要打扰我，更不要动，坚持一下，我想我有办法了。”

我开始动手，先用高粱秆扎了一个人形，然后将那些翎管按照特殊的编排一根根接在一起，在上面贴好彩纸，不过现在时间紧迫，我弄的彩纸没有那么细致，只是把纸人表面糊好，保证没有漏风的地方。

接着我扎了一个比平时大四五倍的纸灯笼，将那盒子里的灯芯全都放了进去，控制好燃烧的量，让它慢慢烧，给我们争取时间。

就在这时，只听“噗噗噗”几声，旁边的纸人全都开始燃烧了起来，大伙儿见了脸上开始冒汗，再不把这些细线拉住的话，那我们就会被扎成筛子。如果我们现在冲上去，只能让纸人燃烧得更快，到时候死得更惨。因为这些弩机覆盖了我们能活动的所有地方。

总算全部扎好了，我用手轻轻弹了一下灯笼，就听“噗”的一声，纸灯笼燃烧了起来，由于里面是一个封闭的空间，所以热气先是传进了纸人体内，接着开始往上走，连带着纸人也开始飞了上去。

很快纸人就到了我们头顶，这时所有纸人全都烧完了，那些细绳再也没有了拉力，全都弹了回去。在这关键的时候，我刚扎的那个纸人伸出手去，一把将铁环里的细绳抓在手里！

成功了。所有人都长出一口气。我扎的纸人一时半会儿不会烧毁，这段时间应该足够我们逃出去了。可就在这时突然“嘣”的一声脆响，一个弩机竟然动了。原来纸人并没抓住所有细绳，最后还是有一台弩机射出了弩箭。

就在这时我突然感觉身上一暖，接着一阵香气扑来，好像有人把我抱住了，然后就是一声闷哼，抱着我的人松了手，身子软软地倒了下去。

不用想也知道，离我最近的是黄灵，刚才弩机射出的弩箭正好向我射来，最后关头黄灵替我挡了下来。

我把黄灵接住一看，弩箭已经射穿了她的肩膀，箭头都透了出来，鲜血直往外冒。

我不敢大声喊，拍了她两下，可黄灵已经没有了反应。我赶紧把她抱起，然后招呼众人一声，顺着来路退了出去。

“黄灵！黄灵！”等到了山洞外面，我焦急地喊道。

黄灵慢慢地睁开眼睛，忍着疼说：“放心吧，我没事，就是有点疼！”

王平看了看黄灵的伤势说：“大个儿，你先送她回去，我们去追嫌犯。”

大个儿答应一声，想来接黄灵。

“现在追已经来不及了，咱们对这里不熟，再说他们早有准备，先把黄灵送回去吧，抓他们的事回头再说。”我对那几个人太了解了，对王平他们说道。

王平点点头，跟着我顺着原路往回走，然后叫上那两个埋伏在草丛里的兄弟，回到常平镇。王平先带我们去了镇上的小医院，开始给黄灵做手术。

我们几个全都闷不作声地坐在手术室外面，这次可以说我们败得一塌糊涂，不仅被他们跑了，还把黄灵伤成这样。唯一庆幸的是我们找到了幕后帮着八指婆的人。只是我不知道这件事怎么去向黄德公说，因为她是小英的父亲，更是黄德公的孙子。

手术进行了两个多小时，总算把黄灵身上的弩箭取了出来。医生说虽然没伤到内脏和筋骨，可毕竟是贯穿伤，一时半会儿不能进行剧烈运动。

我听了总算是宽慰了一些，没有生命危险就好，她这一箭可是替我受的，如果真有个好歹，我根本没办法向黄冲交代。

黄冲这下也放心了。我们几个进去看了看黄灵，她虽然脸色煞白，不过气色比刚才好多了，只是在看到我的时候，她的脸上闪过了一丝红晕。

第16章　扮猪吃虎

见黄灵没事了，我把大伙儿都叫出来，对他们说：“现在八指婆他们在常平镇和风铃镇都无法立足了，我想他们肯定会另外找个地方。八指婆和黄姑子我不知道，但是黄奇我很了解他，如果要走的话肯定会带上小英，所以他们一定会返回风铃镇。王平，你带着你的几个兄弟在这儿帮忙照看一下黄灵。我们三个回风铃镇抓人。”

王平听了我的话，点点头说：“你们小心点儿，那几个人都没人性，有什么事给我打电话！”

“好。”我答应一声，带着黄冲和廖宇从医院出来，直奔风铃镇。

我们赶回风铃镇，镇上没有什么变化，人们该干什么还干什么，我们三个直奔黄德公家。

奇怪的是黄德公家大门紧闭，敲了半天，门里面一个应声的都没有。黄冲看看我们说：“门是在里面锁上的，可敲这么半天门都没人答应，那只能是一种情况了！”

“没错，肯定是有人故意锁的，黄奇应该已经回来过了，弄不好黄德公现在已经知道了黄奇干的事，没准儿他们已经闹翻了，咱们翻墙进去看看。”我想了想说。

黄冲和廖宇点点头，跟着我来到西墙下；我们三个身手都不错，很轻松就翻了进去。我们在黄德公家找了一圈，一个人都没有，小英、黄德公、黄林、我妈全都不见了。

正在我们不知所措的时候，突然黄冲指着他们家后门方向说：“你们看那是什么？”

我们顺着他的手指一看，原来地上有一条纱巾，我过去捡了起来，这条纱巾是淡紫色的，非常漂亮。

“这是小英的，前年我临走的时候送给她留作纪念！”我说道。

“这么说是她故意留下来的，告诉咱们他们从后门走了。”廖宇说道。

“追！”我们三个打开后门追了出去，后面的街上只有一条路，直通镇子西口，我们顺着街道直接出了风铃镇，这里又是岔路，可就在右边那条路旁，我们见到了一只辫子套。

这一定是小英给我们留下的线索，于是我们顺着路追，一直上了西边的翠微山，这是我们风铃镇最高的山，山上到处都是苍松翠柏，景色非常漂亮。

我们三个拼尽全力爬到半山腰，正在这时，我突然发现前面四五百米远的地方有几个人影。

我指着那几个人影对廖宇和黄冲说：“他们在那儿。看来他们想翻山逃走。你们两个从东西两边绕过去截住他们，我在后面跟着。”

黄冲和廖宇点点头，一左一右包抄了过去。我加快脚步向那几个人影全速追赶，没多长时间我就到了他们后面，果然是黄德公一家，黄奇、黄林、黄德公、小英、我妈，全都在，另外两个人就是八指婆和黄姑子，不过他们走得并不快，主要是因为黄德公年纪太大了。黄德公一边走着一边大声骂道：“黄奇，我没你这个孙子，你的阴谋不会得逞，总有一天你会遭天谴。”

“爷爷，这事可不能怪我，又不是我一个人干的，我只不过是帮八指婆点儿小忙罢了。”听了黄德公的话，黄奇冷笑着说。

“呸，你个不要脸的东西，你不配做风铃镇的人，你就是个畜生。”黄德公狠狠地骂道。

这时黄林也忍不住了，可他的双手被反绑着，想动手也没办法，狠狠地骂了黄奇两句。黄奇根本不当回事，用绳子牵着他往前走。

我现在不是他们的对手，所以不能出去救人，只能等黄冲和廖宇包抄过去，三个人一起才能把黄德公他们救下。所以我只能压住心里的火气，跟在他们身后。

走了大概半个小时，我们绕到了山的另一边，眼看着就要出风铃镇的地界了，小英站住回头看了看，眼神十分焦急。

我知道她在等我，可我现在不能出去，否则就会前功尽弃。

“爸，您别执迷不悟了，行吗？我求求你了。”小英拉住黄奇的胳膊哀求道。

“你知道什么？跟爸爸去享福吧，还留在这个穷镇子干什么，爸爸带你去大城市，五光十色，灯红酒绿，要什么有什么！”黄奇拍了拍小英的手说。

“爸，我不要那些东西，我就想在风铃镇待着，我哪儿也不去。”小英摇头说。

“我知道你还对那小子放不下，等过阵子爸给你找个比他更帅的更好的，行吧。”黄琦笑着哄小英。

“您知道女儿不在乎这些，为什么你要强求我呢？还有太爷爷和叔叔都是一家人，你不能这样对他们。”小英拉着黄奇的手，不让他走，可黄奇根本不听她的。

黄德公狠狠地瞪了黄奇一眼，对小英说，“小英，别求他了，他已经不是黄家的人了，他就是个畜生，畜生！”然后又看向我妈，“我错怪你了，族人们也错怪你了，唉！”

我妈没说话，只是冷冷地笑了一声！

“太爷爷，我求您饶了我爸这一次吧！叔叔您也饶了他吧！我知道他对不起你，他害死了弟弟和妹妹，可他也是被别人给蒙骗了，您就原谅他吧。”小英开始哀求黄德公和黄林，可黄德公和黄林根本不听她的，现在在他们眼里黄奇已经不再是孙子和兄弟了，而是凶手，杀害自己亲人的凶手。

黄奇没说什么，黄姑子可忍不住了，走上前冷笑了一声，指着小英说：“小英，别在那废话了，你以为这种仇，是两句话就能解开的？赶紧走！”

说着黄姑子使劲儿把小英拽开，拉着她往前走。

黄奇见了虽然有些不高兴，可也没说什么。一行人往后山走去，没多一会儿，他们到了后山的山梁上，这里一直通向西北。我算算时间，廖宇和黄冲应该已经在前面埋伏好了，于是我悄无声息地向黄德公他们开始靠近。

现在他们的气氛有些凝重，谁都不再说话，这样一来给我带来了很大麻烦，所以我只能尽量不弄出声响。

又往前走了五十米，眼看就要上山梁子了，突然走在最前面的八指婆停了下来，我找了棵大树藏在树后，就在这时八指婆回过身看看四周，然后对黄姑子和黄奇说：“再往前走就离开风铃镇了。如果你们跟我走的话，以后就再也不是宗族的人，你们两个要想好！”

“八指婆，你看看我这些年活得有个人样吗？族里有人理过我吗？好几次我都差点儿饿死，没有一个人给我一口吃的。我已经在二十年前就不把自己当成族里人了！”黄姑子说道。

八指婆听了她的回答，满意地点了点头，然后看着黄奇。黄奇深吸了口气，看着小英说：“我现在唯一在乎的就是小英，其他人我根本没放在眼里，死不死跟我都没关系，我连爷爷和兄弟都可以不要，族里那些人都死了才好。”

黄奇十分不屑地看了黄德公和黄林一眼，眼神里一点儿感情都看不出来。

“好，既然这样，那咱们走吧！”八指婆点点头，转身走上山梁，黄奇拉着黄德公他们走在后面，最后是黄姑子。

就在他们走上山梁的一瞬间，左右两边的草丛中突然“嗖嗖”两声冲出来两个人，左边的是廖宇，右边的是黄冲，廖宇直接扑向八指婆，八指婆毕竟是八十多的老太太，就算看到廖宇也躲不开了，直接被廖宇扑倒在地；而黄冲的身手自然不用说，上去一脚踹在黄奇的肚子上

黄奇“哎哟”一声，捂着肚子蹲了下去。黄冲用力一按他的后背，黄奇直接趴在了地上，被黄冲死死压住。

“你们……”在最后面的黄姑子见了大吃一惊，刚要上前去帮忙，我已经冲到了她身后，一把勒住她的脖子，然后用力别她的腿，想把她摔倒。万万没想到在我眼里一直是最弱的黄姑子，突然用手抓住了我的胳膊，然后腰身一拧，顺着我的力量，轻轻一别我的后腰，我“扑通”一声被她摔倒在地，摔得我两眼直冒金星。

“不好！”我心中大吃一惊，没想到被黄姑子这家伙隐藏这么深，一直以为她只是跑得快，没想到身手也这么好，连经过特殊训练的我都架不住她一招。

还没等我爬起来，黄姑子已经三跳两跳从黄德公他们身旁窜了过去，直接抓住了黄冲的头发，然后一探身，把脚抄在黄冲的前面，肩膀狠狠一撞他后背，黄冲惨叫一声扑了出去，重重地趴在了地上。

两招，就把我们两个人给放倒了，黄姑子隐藏得太深。眼见我和黄冲趴在地上起不来，廖宇站起身来伸手拔枪，可他刚把枪对准黄姑子，黄姑子的手腕子已经翻了上来，一把抓住了枪把，上前半个身位，把脚插进廖宇两腿中间，然后右手狠狠地打在廖宇的小肚子上……

廖宇惨叫一声往后退去，可黄姑子的腿还架在他的脚踝那里，廖宇一个趔趄翻身倒地，手里的枪也掉到山沟里去了。

谁都没想到黄姑子会这么厉害，在场的人全都震惊了。黄德公瞪大了双眼，看着黄姑子说不出话来。

就在这时“啪”的一声枪响，黄姑子一闪身跳到一旁，不过她的右手正捂着自己的左肩，手指缝中有鲜血流出来，原来是黄冲开的枪！

黄姑子没想到我们有两把枪，惊讶地看了看黄冲。黄冲可不管她受伤没受伤，又是一枪打了过去。不过这次黄姑子已经有准备了，全力向旁边跳开，躲开子弹。

黄冲没有停手，再一次瞄准了黄姑子，然后扣动了扳机，就听“啪”的一声，命中目标，可让所有人没想到的是，被打中的竟然是八指婆！在最后关头黄姑子把她拉起来替自己挡了一枪。八指婆那么大的年纪，被一枪打在胸口，惨叫了一声当场命丧！

“我看你是疯了！”黄奇见势不妙撒腿朝山梁下跑去，可还没跑两步，我冲上去一脚踹在他的后腰上；这家伙直接趴在地上，想起都起不来了。

廖宇过来用手铐把他铐上。另一边，黄冲已经站了起来，再一次瞄准了黄姑子。黄姑子没办法只好向旁边闪开，结果正好跳到小英身旁。

黄姑子面色一狠，直接掐住了小英脖子，把她挡在自己身前。

“住手！”我和黄姑子几乎同时喊道，不过我们的意思不一样。

黄冲的反应也很快，把手指从扳机上放了下来。

“都不要动，谁再动我就掐死她。”黄姑子见我们有所顾忌，脸上露出十分凶悍的表情。

“黄姑子，你放开我女儿！”一旁的黄奇脸都白了，对黄姑子大声喊道。

“黄奇，为了活命我也是没办法。如果今天他们敢对我开枪的话，我就让小英给我陪葬！”黄姑子冷冷地说。

“你敢，现在收手还来得及，如果小英被伤到一根汗毛，我发誓一定让你不得好死。”我咬着牙对黄姑子说道。

“这就由不得你了！”黄姑子见我有所顾忌，冷笑一声，“把路让开！”

黄姑子一边说着，一边狠狠地掐了小英脖子一下，小英两眼一翻差点儿晕过去，我们只能慢慢往后退去。

“我跟你拼了！”就在这时我们身后突然传来了黄林的声音。众人回头一看，只见黄林已经掐住了黄奇的脖子，要跟他拼命，可相比较起来黄林比黄奇要瘦弱不少。黄奇开始剧烈挣扎，但是苦于他的双手被铐住，根本挣不脱。两个人在地上滚了起来，结果一不小心两人居然从山梁上滚了下去，直接掉进了三十多米深的山涧里。

“爸！叔叔！”小英见了两眼一翻晕了过去。黄德公也两腿一软瘫在了地上，浑身上下不停地发抖。

黄林和黄奇是黄德公的直系后代，最后两个男丁，这下全都毁了。

趁着这个机会，黄姑子拉起小英就跑。

“站住！”我大喊一声，想把他们拦住，就在这时“啪”的一声枪响，黄冲开枪了，正好打在黄姑子身前一棵树上，黄姑子见了不敢再往前跑，只好拽着小英继续往后退，而她全身都缩在小英身后，让小英挡在自己身前。

“你们不要逼我，否则我和她同归于尽。”黄姑子回头看了看，自己已经被逼到了山涧边儿上，现在站的地方是一块岩石，已经没退路了。

“黄姑子，你现在放人还来得及，否则今天你想活命都难。”我往前走了两步说。

黄冲慢慢向旁边走开，想调整角度瞄准黄姑子的脑袋。

黄姑子早就看出了他的意图，黄冲走一点儿，她就把小英朝向那边。

黄冲一时还没有下手的机会。黄姑子看了看我们，没有说话，手上又加了两分力气。小英张大了嘴巴，开始拼命挣扎，现在她已经吸不进气了，如果再这么下去，不出三分钟小英肯定会被她活活掐死。

就在这时，一直默不作声的黄德公走了过来说：“黄姑子，你把小英放了，我当你的人质。”

现在小英是他唯一的后人了。我们都明白他的意思，不想让黄家绝后。

廖宇上前拦了一下，可黄德公根本不听，用力把廖宇推开，然后慢慢向黄姑子走去。黄姑子看了看黄德公，冷笑一声说：“这自然好，你是族长，比这个臭丫头分量重多了，你背对着我慢慢走过来。”

“好，我全听你的，但你要保证小英的安全。”黄德公咬着牙说。

黄姑子嘿嘿一笑，把手慢慢松开，小英这才舒服了一些；黄德公见了，把身子慢慢转过来，然后开始后退，走上岩石。

我们所有人都把心提了起来，现在是关键的时候，虽然说在交换人质的时候黄冲有机会开枪，可一旦失手，那黄德公和小英都会有生命危险，这个后果可非常严重的。

我看了看黄冲，他现在满脸都是汗，手中的枪指着小英身后的黄姑子，然后深吸了口气，做好了准备。

可让所有人都没想到的是，就在黄德公刚刚踏上岩石的一瞬间，黄姑子突然用手推了小英一把，小英已经恢复了神智，眼见自己要掉在三十多米深的山涧里，惨叫一声，吓得脸都白了。

可我们看得清楚，不知道什么时候小英的双手已经被黄姑子用一根绳子绑住了。

而绳子的另一端，已经在推出她的瞬间被套在了岩石突出的部位上……

第17章　洗冤

这下把所有人都吓了一跳，谁都没想到黄姑子会把小英推下去。

见我们都大叫了起来，一直背对黄姑子的黄德公奇怪地回头看了一眼，就在这时黄姑子已经冲到了黄德公身后，几乎就一眨眼的工夫，黄冲根本连动手的机会都没有。

与此同时黄姑子拿出了一个黑乎乎的圆球，有拳头那么大，上面还有一个黄色的小管，这家伙用牙咬住小管，然后轻轻一拔，只听“哧”的一声，原来这东西是个引信，而引信已经燃烧了起来。

“不好，土雷。”我见了吓了一跳。这东西我见过，虽然个头不大但威力不小，只见她把土雷引燃后轻轻放在了脚底，然后拉着黄德公往旁边跑去，就听“嘭”的一声巨响，土雷爆炸了。

激起的无数碎石和尘土打得我连眼都睁不开，赶忙就地一滚，其他人也是一样。等我们再站起来的时候，黄德公已经被黄姑子拉着跑到了山梁的另一边。黄冲二话不说追了过去。

“炯哥，快看。”我身旁的廖宇突然指着刚才爆炸的地方对我喊道。我一看原来挂着小英的岩石已经被炸得松动了，而且裂缝还在慢慢变大。如果这么下去的话，估计没多长时间小英就会随着岩石掉下山涧。

原来黄姑子早就已经算计好了，让我们有所顾忌不能去追她，这家伙也太狡猾了。

我看看远处的黄姑子，她已经钻入山林；黄德公被她狠狠地打了一拳，趴在地上不动了。

黄冲冲到山林边儿，往里面看了看，已经不见黄姑子的影子了，只好把黄德公扶起来，慢慢向我们走过来。

既然她已经算计好了，我相信黄姑子肯定还有别的逃生之法，而且小英情况危急，我们只能放弃追赶。

我们现在的处境很不利，想把小英拉上来只能走到岩石的另一头，可那样的话这块已经被炸得松动的岩石根本经受不住我们的重量。

别说我们了，就是一个十岁的孩子走上去也会把岩石踩塌，所有人都一筹莫展。

我妈上前拍了拍我肩膀，说：“怎么样？有办法吗？”

“我倒是有一个想法，可现在根本办不到……”我无奈地苦笑。

“什么办法？”我妈问道。

“现在只有扎一个纸人上去，然后用绳子拴住小英身上的绳子，把她拉上来，可我手里没有扎纸人的东西。”我叹了口气说。

“知道作为‘纸人张’的传人，要做到哪一点吗？”我妈笑了笑说。

“什么？”我皱着眉头问。

“要纸不离身，刀不离手！”我妈说着从怀里掏出来一堆东西，有彩纸，刀剪，还有细小的翎管和成捆的高粱秆，都是扎成捆的那种。

“太好了！”我见了这些东西立马兴奋了起来，“那是您动手还是我来！”

“自己的事情自己办，我已经教了你这么长时间了，不要什么都靠我。我相信你能把小英救上来！”我妈退到了后面。

“小英，你还好吧？”我大声向岩石下面喊道。

“我没事！”小英一边哭一边回答道。

“我这就救你，记住千万不要乱动。”

“我知道。”小英答道。

我把彩纸裁剪好，然后用最快的速度将高粱秆和翎管扎好，再把纸灯笼也扎好，将它们组装在一起。

廖宇已经把黄德公他们手上的绳子解了下来，一头拴在身后的一棵大树上，另一头递给我。我把绳子放到纸人的手里，然后用手轻轻一弹纸人手里的灯笼，就听“噗”的一声，灯笼里冒出一股淡淡的蓝光。

纸人慢慢动了起来，一点点走上岩石。谁也没有说话，都紧张地看着纸人身下的岩石，生怕岩石被踩塌，不过还好，纸人上去以后岩石似乎并没有受到多大震动，松动的速度也没有加快，我这才稍稍松了口气；岩石上很光滑，坑坑洼洼的，纸人歪歪扭扭地往前走，我们的心又被提了起来。

眼看着纸人已经走到了岩石尽头，慢慢蹲了下去，将手里的绳子向岩石上的那根绳子下面穿了过去，也幸亏岩石上有很多坑，所以绳子虽然勒得很紧，但还是被纸人很轻巧地把绳子穿了过去，然后拽过来在上面打了两个结，结刚刚打好，就听“噗”的一声，纸人身上的灯笼着了，纸人片刻间也烧成了灰烬。

我们这才松了口气，现在两个绳子虽然拴在了一起，可还有一根勒在岩石上，如果现在岩石掉下去的话，一样会把绳子拽断，所以我必须冲过去把绳子从岩石上摘下来，才能把小英拉上来。

“炯哥！我去吧，我比你轻一点儿。”黄冲上来说道。

“不用了，你们在这儿等我。”我笑着拍了拍他肩膀。

因为现在已经没有多余的绳子了，所以我只能就这样上去！做好准备后，我深吸了口气，然后用最快的速度跑上岩石，我的脚刚一落到上面就听“咔嚓”一声，岩石猛地往下沉了一下，看来就要掉下去了，我顾不得那些，全速冲到岩石的最前端，然后拼尽全力拉住绳子，用力往上一提，把勒在岩石上的绳子拽了下来，几乎是同时，我脚下的岩石塌了下去。我双脚狠狠地踹了一下岩石，接着把小英往外抖了一下，岩石正好擦着她的后背落了下去。我拼命拽住绳子，这才没坠入山谷……

廖宇他们见了，把我们两个拽了上来。小英踩到实地立马抱着我哭了起来。黄德公这会儿已经不像刚才那么疼了，过来摸了摸小英的头，老泪纵横。

一天之内，小英没了父亲，黄德公的两个孙子也没了，对于他们两个来说，这是无比沉重的打击。我真不知道怎么劝他们才好，只能回头看了看我妈。不过就在这时，我心里忽然涌起一种莫名的错觉，我不明白为什么同样的一件事情反复发生在我身上，而且是在每一次遇到危险的时候。

在我上次被误解的时候，我妈给了我扎纸人的东西让我好好学习。去山洞围剿八指婆他们的时候，明明我们已经陷入了死地，可八指婆又给我留下了一条逃生之路，同样也是扎纸人。

而今天在小英生命攸关的时候，黄姑子一样给我出了这样的一个题目，不同的是这次是我妈给我东西。这些人似乎都在做着同样一件事情，那就是让我扎纸人的手艺越来越好。

为什么会这样，为什么一定要通过纸人来解决这些事情。恍惚间这两年发生的事情全在我眼前闪了一遍。因为扎纸人，我不能和小英在一起，我不能留在风铃镇，被赶了出去；回来以后我明明是来查案，却开始接受扎纸人这门手艺，然后用它来解决了一个又一个的困难，而我竟在潜移默化之中成了一个手艺人。

现在我扎纸人的手艺已经不下于我的母亲“纸人张”，这究竟是为什么？我想不明白！

“琢磨什么呢？”就在这时我妈过来，笑着问我。

“哦，没事，就是有些事想不通。”我说道。

“想不通就别想了，你看小英和黄德公现在都需要好好休息一下，这件案子你要跟镇上的男女老少有个交代，警局的事情你也要帮着处理，一定要注意身体！”我妈语重心长地说。

“嗯。”我点点头说道。

于是我们把掉到山沟里的手枪找了回来，又从山涧底下找到了黄林和黄奇的尸体，加上八指婆这次一共死了三个人，我们背着他们从山上下来，往风铃镇赶去。

黄奇一伙的劣迹曝光后，整个镇子都轰动了，人们把派出所围了个水泄不通。我和黄德公、小英还有我妈一起将整件事情的经过向镇子上的人讲了一遍，谁也没想到凶手居然是黄德公的孙子黄奇、八指婆、黄姑子和傻三儿。

不过镇上的人没有人怀疑黄德公的话，所以我妈的嫌疑算是彻底洗脱了。

李悦等人也给我妈道了歉，我的心里也舒服了很多。现在人们所关心的只有一个，那就是黄姑子的下落。

现在只要抓到她，这个案子就可以结案了。

自从回来以后，小英整天恍恍惚惚的，第二天我去黄德公家看她，得到一个更加不好的消息，黄德公病倒了。

怎么说他老人家都已经是九十岁的高龄了，根本经不住这么沉重的打击，再加上昨天被黄姑子打了一拳，现在正躺在床上。

黄德公见我来了，朝我点了点头，现在的他已经坐不起来了，脸肿得老高，话都快说不出来了，挥挥手示意我坐下。

“德公，你没事吧？”我关切地问。

“没事，主要是小英她……唉！”黄德公叹了口气，十分虚弱地说。

我看了看坐在旁边的小英，她两眼无神地看着门外，眼泪不停地往下淌，说实话看她这样我心里难受极了。

“张炯，你们两个的事我不拦着了，我只是希望你以后好好照顾小英，不要让她再受苦。”黄德公抓住我的手说。

“德公，您放心，我一定好好对她。”我听了黄德公的话，心里别提多高兴。这么多年了，我对小英的心终于有了回报。

“还有一件事，我要拜托你，一定要抓住黄姑子。她是族中的败类，不能让她逍遥法外，知道吗？”黄德公接着说道。

“黄姑子害了咱们镇上这么多人，我绝饶不了她，一定把她带回来绳之以法！”我咬着牙说。

黄德公看着我没有说话，好半天后才点了点头，闭上眼睛继续休息。

我站起身来带着小英从黄德公家出来，现在问她什么也不说，让她跟我走她就跟在我身后。我知道她心里苦，所以想带她去外面走走，散散心。

刚走出镇子，远处两个人走了过来，是王平和黄灵，我没想到是他们，按说黄灵从受伤到现在也就三天时间，她的伤势可不轻，怎么会合王平一起来风铃镇。

“王平，你们怎么来了？”我奇怪地问道。

王平看看黄灵说：“昨天廖宇给我打个电话，说你们已经把他们绳之以法了？”

我点点头说：“八指婆和黄奇都已经死了，再加上前几天死的傻三儿，现在只剩下黄姑子一人逍遥法外了。”我又侧身对黄灵说：“黄灵，你的伤势还没好，这一段路可不近，跑过来干吗？我们把案子处理得差不多了，回头再抓住黄姑子就彻底完结了。你好好养伤吧！”

黄灵摇了摇头，苦笑一声说：“我也不想过来，可我有件重要的事想跟你谈谈。”

黄灵的样子看上去非常郑重，我从来没见她这样过，联想起她先前身上的古怪，我点了点头。

王平听了扶着小英去了一旁，让我们单独聊一聊。我扶着脸色惨白的黄灵在一块石头上坐下，问道：“你有什么事，说吧，我一定知无不答。”

“我听我弟弟说你现在扎纸人的手艺可以和你妈媲美了，这是真的吗？”黄灵问道。

我听了以后点点头：“差不多吧，昨天我问过她老人家。她说现在我的手艺虽然还不像她那么精湛，不过已经相去不远了。有什么问题吗？”

黄灵听了我的话后，沉默了下来，眼睛看着远处。我越看她的样子越奇怪，这丫头不知道整天在想什么，从她一开始来风铃镇我就感觉她不对劲儿，再后来办案的过程中她似乎又对我有一些隐瞒，现在又来问我扎纸人的手艺，她心中藏着的事肯定不简单。

就在这时，黄灵抬起头来看着我说：“你能跟我回一趟家吗？”

“你说什么？这是什么意思……”我不明白她的意思，非常意外。

“我想让你跟我回一趟家，去见一个人。”黄灵十分郑重地说。

我看着她没有说话，我们两个就这样对视着，直勾勾地看着对方，好半天后我点头说道：“好，我跟你去。”

黄灵见我答应了，这才松了口气，说道：“那咱们现在就动身。你谁都不要通知。王平自然会把小英送回去，然后照顾她和黄德公。案子的事情我已经吩咐我弟弟和廖宇去处理了！”黄灵说道。

“原来你都安排好了。”我笑了笑说。

黄灵并没有否认，点了点头。

“你们去吧，我先扶小英回去。”见我们谈妥了，王平笑着说。我和黄灵点点头，目送着王平和小英回了风铃镇。我扶着黄灵向镇子南边走去。

走了三十里的山路，我们终于坐上了汽车，直奔黄灵的家所在的城市。

上了车后黄灵的脸色才好了一些，我并没过多地问什么。我知道她一定有很多话也想对我说，只是碍于某些原因，无法说出口，从她的眼神中我可以看得出来，这样做对我有好处，对我目前的困境有好处。

虽然案子已经明朗，可我心中的疑问比以前更重。说不定黄灵带我去见的这个人，能帮我解开谜题。

坐了五个小时汽车，我们终于来到一座繁华的都市。黄灵把我带到城市边缘的一座小别墅前。从外面看去，这座别墅很是气派，光是院子就有十亩地左右，里面假山、泉水、草地、树林等什么都有，还散养着不少鸡和兔子，在院子最里面是一栋五层小楼——就这栋别墅的规模，绝对不是一般人能住的，没想到这就是黄灵和黄冲的家。

黄灵见我站在门口直皱眉头，拍了一下我的肩膀，说道：“快走啊，我都累坏了。”

我扶着她朝大门走去，门口的保安一见黄灵马上跑了过来。

“原来是小姐，您这是怎么了？”保安问道。

“没事，我爸在家吗？”黄灵说道。

“老爷在家，现在应该在二楼休息！”保安答道。

“行，我们自己进去吧！”

第18章　一份大礼

“你要让我见的是你爸爸？”我们两个一边往里面走，我一边问黄灵。

黄灵点点头说：“我这次去风铃镇，一是我弟弟叫我来帮忙，二是我爸爸托关系让我去的。他从我弟弟那里了解过风铃镇上的案子。他吩咐我，如果你扎纸人的手艺能够达到‘纸人张’的水平，就带你回来见他。”

我听了以后感觉有些不可思议，一个八竿子打不着的老人，就算是关心自己孩子的工作也没这样插手的道理，可我没办法再问，因为看黄灵的样子，她似乎也不明白她爸爸为什么要这样做。

于是我没再开口，跟着她来到别墅一层的客厅。黄灵让我坐下休息一会儿，然后自己上了二楼。

没多长时间黄灵下来叫我上去。不知道为什么我的心里开始咚咚跳了起来，十分紧张，我自嘲地笑了笑，深吸了两口气跟在黄灵身后。

到了二楼，眼前是一个很典雅的待客厅，仿古式的红木家具，到处都古香古色的，在我正对面的茶几后方，一个五十多岁的中年人端坐在椅子上喝茶。

看样子这就是黄灵的爸爸，我远远看去，他的长相非常普通，如果走在大街上，根本不会引起任何人的注意，略微有些花白的头发，国字脸，牙齿很白，身上穿着很朴素的衣服，唯一有些特别的是他的眉心上有一道四五厘米长的伤疤，伤疤不像是刀伤，好像是被什么钝器砸的。

他正满脸微笑地看着我。

“爸，他就是张炯——张炯，这是我爸。”黄灵给我们两个介绍。

“叔叔，您好！”我向这位中年人打招呼。

“不用客气，我早就听说过你的大名。我是黄灵和黄冲的爸爸，我叫黄四海。”黄灵她爸站起身来，伸出手。

我上前跟他握了握手，然后站在一旁。

“都别客气了，坐吧。”黄四海见了我拘束的样子，笑了笑，说道。

我点点头，和黄灵一起坐到旁边的椅子上。

“这次我叫你来，你是不是很意外？”黄四海打量着了我片刻，说道。

“嗯。”我点点头，答道。

“你是不是在想我为什么对你们风铃镇的事情这么关心，还特意要把你叫过来，你甚至怀疑我们跟风铃镇有什么关系，对不对？”黄四海接着说道。

“我确实正是这么想的，希望叔叔能明示。”我点点头说。

“好，那我就不兜弯子了。黄灵你也听好，今天我所说的事非常重要，也非常复杂，你也不要吃惊。因为你要复述给你弟弟听！”黄四海站起身来十分郑重地对我和黄灵说道。

我和黄灵互相看了看，不明白他是什么意思；黄灵只好点头答应了一声。

“我也是风铃镇的人，你现在明白我的身份了吗？”黄四海笑着说道。

我听了以后大吃一惊，黄姓在风铃镇上可只有黄德公家一支，难道说他也是黄德公的后人，那这样的话黄冲和黄灵算得上是小英的叔叔了。

黄灵也很意外，不可思议地看着我，不过她不敢打断父亲的话，把手放在我胳膊上，用力攥着，我能感觉到她的紧张。

“由于某些原因，我已经出来二十年了，这二十年时间我没有回过风铃镇，所以这次小灵回去的时候我让她替我去了一趟祖坟，也算是我这个不肖子孙去给祖宗们赔罪了。”黄四海接着说道。

原来是这样，我说怎么黄灵一到风铃镇立马就去祖坟转了一圈，原来是黄四海吩咐的。不过黄灵当初也不明白他是什么意思。

“我听说你们已经把利用纸人来害死孩子的案子破了？”黄四海问我。

“没错，已经破了，是黄姑子、八指婆还有黄奇做的。不过现在除了黄姑子以外，其他人都已经死了。”我点点头说。

“年轻人做事毛毛躁躁，可以理解，但是我要问问你：他们杀人的目的到底是什么？”黄四海接着说道。

就这一句话，问得我哑口无言。是呀，他们真想杀那些孩子，直接把孩子骗到一个没人的地方杀掉，然后再埋起来不就得了，何苦还要弄得那么复杂，把这些孩子都糊在纸里面，要说一个人报复社会去杀人、抢东西杀人、因为某种见不得人的目的杀人，都可以找到杀人逻辑，可要说无冤无仇，吃饱了撑得，好几个人一起费这么大的劲儿把孩子给弄死，而且弄死孩子之前，还杀那么多成人来炼人油，让这些孩子尸体不腐，这就有些说不过去了。

其实这些天我也一直在琢磨这些问题。因为我总感觉所有的事似乎都围绕着我展开，就连这次来见黄灵的爸爸也是一样，要等我学会扎纸人才带我来见他。这就让我有些想不通了。

黄四海见我十分困惑，笑了笑说：“孩子，如果你想弄明白整件事的原委，就收下我给你的一件礼物。”

“什么礼物？”我听了有些纳闷儿，问道。

黄四海笑了笑，拿起桌子上的电话，说：“把他带上来。”

黄四海放下电话没多长时间，就听见有人顺着楼梯上了二楼。我和黄灵扭头一看，只见上来的是两个保安，带着一个人朝这边走来。我一看这个人，顿时浑身上下的汗毛都立了起来，猛地站起来朝她冲了过去。

“黄姑子，原来你在这儿。”我大喊一声，直接扑到黄姑子身前想抓住她，可黄姑子身手太好了，往旁边一闪，三转两转跑到了黄四海的身后。

黄四海笑了笑，对我说：“别费劲儿了，你抓不住她。”

我看看黄姑子，又看看黄四海，指着他说：“原来你们是一伙的。你们到底有什么阴谋，为什么把我骗到这里？”

黄灵也愣了，站起来：“爸爸，这是怎么回事？为什么你会和她在一起？她是杀人凶手，风铃镇上那么多孩子都是她杀的。”

黄四海听完大笑了起来，把我和黄灵弄得不明就里。

“年轻人办事就是容易冲动。你们也不想想我这么家大业大，以我的实力想弄死几个人，别人根本不会知道。为什么我要掺和到这种事里面？再说了真要是我干的这种事，掩盖都来不及，我会主动向你们坦白？”黄四海大笑着说。

我和黄灵一愣，确实是这样，他完全没有必要这么做。就算要找我寻仇，只要找人把我悄悄弄死就完事了，为什么还要弄到家里。

黄四海咳嗽了几声，看他的样子似乎身体有些不太好，坐下后说道：“张炯，我刚才已经跟你说了，这是我送给你的礼物——她会乖乖跟你回去，就当是投案吧。”

我没想到黄四海居然会这么说，这下我更不明白他的意思了。

“黄姑子，我是怎么吩咐你的？”黄四海冷冷地看了一眼黄姑子。

黄姑子点点头说：“跟张炯回去归案，绝不反抗，要杀要剐随他们。”

我和黄灵互相看看，全都傻眼了，按说现在黄姑子想跑的话应该谁都拦不住他。为什么她要听黄四海的话，跟我回去送死呢？

黄四海见我有些不解，笑了笑说：“你们不用奇怪，我自然有我的办法让她心甘情愿听你的。不过这件事并不能按照正常的程序走，也就是说你们不能带她回风铃镇上，只要把她带到镇子外就可以了，接下来案子结束后，她自然会跟你回去，到时候如何判她，她都不会有怨言。如果你要把她带回风铃镇，立马将她收监的话，一些事情将会被打乱，而且你们永远不会查明事情的真相。”

“您说的这些我相信。因为我也感觉这件案子有问题，就像八指婆说的那样，这件事远没有结束。”我点点头说。

“你很聪明，我可以给你再透露一点儿事情，希望你听了以后不要惊讶，那就是像现在这样孩子被杀的事情，二十年前同样发生过，当时一共死了八个孩子。”黄四海叹了口气说。

“你说什么？”这下我可着实被吓着了，一下子站了起来，“我从小长在风铃镇，为什么从来没有听人提起过？再说了，如果以前真的发生过，那这次为什么没人向我反映。好像全镇的人，都不知道一样？”

“那是因为，当时那八个孩子是同时死的，而且没有人在场。为了隐瞒这件事，我亲手将他们埋在一间倒塌的房屋里，伪装成了房子倒塌把他们砸死的。因为这件事我惹上了大麻烦，所以离开了风铃镇。没想到这么多年过去了，竟然又会发生这样的事情，而且看凶手的样子似乎不达目的决不罢休。所以这次你们一定要把杀人凶手挖出来，绳之以法。”黄四海接着说。

我和黄灵不可置信地跌坐在椅子上。我没想到事情竟然会是这样，难怪我总觉得心神不宁，感觉这件案子并不是表面上看起来那么简单，原来竟然隐藏得这么深。

“好，我答应你带黄姑子回去。”我说道。这件事并不是循规蹈矩就能解决的。尽管我现在恨不得把黄姑子扒了皮，可黄四海的话让我打消了这个念头。

不知道为什么，我就是特别相信黄四海，也许是因为他是黄冲和黄灵的父亲，也许是因为他也是风铃镇的人。

“对了，这东西你拿着，说不定对你有用。”就在这时，黄四海拉开抽屉，从里面拿出来一个小册子，也就巴掌那么大，已经发黄了，然后扔给了我。

我下意识地接在手里，打开一看顿时大吃一惊，这上面全是图画，而且画的东西竟然和我妈上次给的那几张纸上面画的东西一模一样。

旁边还有一些注释，我简单翻看了一下，比我妈给的那些要全多了，全是对扎纸人手艺的各种理解。

“您怎么会有这个？”我奇怪地问。

“哎，这是多年前我一个老朋友托付给我的，他让我帮忙交给‘纸人张’的后人。这也是我让黄灵叫你来的另外一个原因。”

“您的朋友？”我想了想，能和黄四海做朋友的，岁数肯定跟他大小差不多，而且还是风铃镇的人，手上还有制作纸人的秘法。我想到这儿突然浑身一颤，呼吸都开始紧张起来，看着黄四海问：“难道这人是我父亲？”

黄四海笑着点了点头：“到此为止，后面的话你不用问了，我也不会告诉你，日后自会见分晓。”

我知道就算我再怎么问他也不会再说了，只好把那本小册子收了起来。我从小就没见过父亲是什么样子，我妈也从来不给我说，镇上的人更是只字不提，好像从来没有这个人似的，所以他在我的脑海里是一个谜，一个问号。今天突然得到他的消息，不得不说对我的冲击是很大的。

“行了，现在没什么事了，你们回去吧。你们出来的时间太长，镇子上可能不会那么太平了。”黄四海无奈地叹了口气说。

接着他又把头转向黄姑子，狠狠地瞪着她：“你最好放聪明点儿，我对你的承诺不会食言，我也希望你不要坏我的事，否则后果你承担不起。”

“您放心，我一定照您的吩咐办事。”黄姑子连忙点头说道。

她似乎非常怕黄四海。以黄四海的能力，我自然相信他有实力让黄姑子折服。现在我已经对黄四海吩咐黄姑子的事产生了浓厚的兴趣，为什么非要她参与进来?

我们三个辞别了黄四海，然后坐车赶往风铃镇。本来我想让黄灵在家休息的，可她不同意，黄四海竟然也没有留她的意思，所以我只好让她跟着。

一路上我和黄灵都没搭理黄姑子，她也没和我们说话，就这样一直坐车到了距离风铃镇三十里的一个岔路口，在这里下了车后向风铃镇赶去；将近天黑的时候，我们到了风铃镇的镇子口。

“你走吧，记住不要再作奸犯科，否则我饶不了你，”我狠狠地瞪着黄姑子说道。

黄姑子点点头，倒是没有反驳，转身钻进了西边的深山里。我和黄灵往“纸人张”店铺走去。

我们一到店里，廖宇他们都问我们两个去哪儿了，看来王平没跟他们说我和黄灵的行踪。我们俩只好找了个借口说去山上转了转。他们几个都用奇怪的眼神看着我们俩，我倒是没什么，脸皮比较厚，可黄灵弄了个大红脸。

趁着现在有时间，我把廖宇、黄冲和王平叫到一旁，然后把我对这件案子的想法告诉了他们，不过关于黄四海和黄姑子的事，我只字未提，不是不相信他们，而是走漏了风声有可能就会前功尽弃。

廖宇最了解我，知道我不会随意乱说，所以他没有发表什么意见，只是点了点头。黄冲和王平认为我的怀疑虽然有一些道理，却又说不通。因为整件案子从我们开始查一直到最后八指婆和黄奇死掉，这是一个完整的犯罪链，就算其中有些原因解释不通，估计那也是罪犯心理上的问题。总之，凶手也有了，证据也有了，抓住黄姑子，就可以正式结案，现在可以停止调查了。

跟他们两个说不通，我索性不再说了，日后让黄灵做一做黄冲的工作就可以了。至于王平，他是常平镇的警察，和我这边工作关系不大，并不妨碍我们。

第二天一早，王平回了常平镇。我在照顾小英之余开始翻看那本小册子，一通百通，学起来很快，掌握了扎纸人不少的妙用。

这天晚上我们吃了饭后黄灵叫我出来走一走，我们两个在街上转了转，黄灵带着我走到没人的地方。

黄灵问我："你说这几天，黄姑子在干啥？"

我摇了摇头说："不知道。不过你爸爸肯定不会让她闲着，说不定她就在附近！"

第19章　祖宅

“背后议论人可要烂舌头的！”就在这时我们身后突然有人冷笑了一声说道。

我和黄灵回头一看，原来是黄姑子，不过现在的她身上穿着一件很松散的衣服，戴着帽子，半张脸都藏在领子里。如果不是她抬头让我看了一眼，我还真没认出她来。

“你来干什么？”我奇怪地问。现在这家伙在风铃镇是过街的老鼠，被人见到不打死才怪，就算她身手再好，也架不住人多。

“我来带你们去一个地方，不要问，跟我走。”黄姑子说完转身向着镇子正中心走去。

我奇怪地看看黄灵，不明白这家伙是什么意思。黄灵也和我一样，小声对我说：“既然我爸保证她不会出问题，那咱们还是跟她去看看吧！”

我点点头，和黄灵跟在黄姑子身后。黄姑子带着我们两个沿着镇子最长的大街一直来到镇子的正中心。我们的镇子和其他地方有些不一样，正中心的位置按说应该是最繁华的，可我们这儿是一座很大的废宅。听老人们说，这里以前是我们风铃镇祖上的祖宅，最开始来风铃镇的四大家的老祖宗就住在这个宅子里，当时真是不分彼此，除了姓氏不一样简直就是一家人，可后来不知道为什么宅子被废弃了，一直锁着。我很小的时候和几个小子曾经爬进去过，但是后来被大人狠狠地打了一顿，其实里面也没什么特别的，到处都是杂草，还有就是很久以前那种建筑风格的房子，就没有什么别的东西了，甚至连家具都没有。

黄姑子带着我们来到老宅的西墙下，然后爬了上去，坐在墙头上招呼我们两个。我不知道她去老宅干什么，既然到这儿了，只有跟她进去看看，于是我先爬上去，然后和黄姑子一起把黄灵拽了上去。原本黄灵的身手比我更好，可她现在肩膀受了伤，行动有些不方便，所以只能让我们两个来帮忙。

从墙头上跳下去，我看看四周，很久没来过了，这里还和以前一样，随处可见一人来高的杂草，四周静悄悄的，屋子里也黑洞洞的，再加上这种很老很旧破破烂烂的宅子，整个场景看上去有点儿瘆人。

“你带我们来这儿干什么？”我问黄姑子。

黄姑子看了看四周，说：“你们一会儿就知道了，跟我来。”

黄姑子带我们去了廊檐下面的一丛杂草后藏了起来。

我和黄灵互相看看，不明白她什么意思，可过了没多长时间，突然墙头上传来了几声轻响，我和黄灵朝墙头上看去，只见两个黑乎乎的人影慢慢爬了上来。

原来黄姑子早就知道有人会来，所以才带我们过来看。这两个人从墙头上往下看了看，然后跳到院子里。我们早就藏好了，他们根本发现不了。这两个家伙拨开杂草朝正屋走去。

离得太远，看不清他们的脸，等他们到了跟前，我一眼就认出这两个家伙，竟然是李槐和李悦。

这两个人大半夜跑到这儿来干什么？

黄灵也很奇怪，不可思议地看了看我。就在这时李槐说话了：“哥，你说今天晚上咱们能找着吗？”

“你废什么话，你要害怕就回去，反正我要救我女儿。”李悦狠狠地瞪了李槐一眼，说道。

他们两个算是表亲，以兄弟相称。可这两个家伙话里的意思好像还是和他们的儿女有关。我听到这儿有些啼笑皆非，上次李悦就是因为要救他女儿，听信黄姑子的鬼话，这才上了道，怎么现在又搞这些玩意儿。

“哥，我不是那个意思，我不也是着急嘛，我这就去找。”李槐说道。

李悦没再理他，进了里屋，从袖子里抽出一个小铁锤，开始在墙上和地上慢慢敲打起来，每一寸都敲得很仔细，李槐也是一样。看他们的样子好像在找什么东西。我看看黄姑子，小声问道：“他们这是在干吗？”

黄姑子小声说：“他们要找的东西可厉害了，能起死回生、返老还童。”

“别扯了，你也相信这种事？”我冷冷地说道。

我说完以后，想站起来，进屋抓住他们两个好好审问一下，问问他们到底是怎么回事。

可就在这时，李槐好像敲到了什么东西，就在西边那面墙上，似乎里面是空心的。李槐满脸兴奋，又敲了几下，然后小声喊道：“哥，我好像找到了，这里面好像有东西。”

“啊，你说什么？”李悦站起来问道。

“就是这里。”李槐指着他面前的墙皮说道。

李悦过来用手在上面轻轻敲了一下，眼睛一亮，从身后抽出一把改锥，开始在墙壁上挖了起来，没多长时间就被他们两个挖了一个一平方米左右的大洞……

可以看到在洞里一个一米多长、三十厘米宽的包袱。这两个人兴奋坏了，把包袱从墙皮里弄出来，放在地上。

“哥，咱们有希望了。”李槐笑着说。

“别愣着了，快打开看看啊。”李悦上手把包袱打开，结果等这两个人往包袱里一看，瞬间愣在那里不动了，好半天后两个人同时喊道：“妈呀！”

他们俩爬起来就往外跑。我们几个看了奇怪，不知道什么东西把他们吓成这样了。

不过现在可不能让他们跑掉。我冲上前去把门堵住，这两个家伙正好冲到门口，突然见有人跳了出来，吓得他们腿都软了，“扑通”摔在地上，然后哆哆嗦嗦朝我看过来。我是背对着月光的，他们看不见我的脸。

李槐结结巴巴地说：“你……你是谁？”

“你们两个大半夜的不睡觉，跑这来干什么？”我说道。

他们两个听到我的声音，长舒了口气，说：“原来是张炯呀，可把我们吓坏了。我们，我们没事……然后出来溜达溜达……不知道怎么就到这儿了……”李悦不想把他们的事说出来，开始编瞎话。

“放屁，你不知道德公不让来祖宅吗？我就知道你们两个没好事，见你们鬼鬼祟祟往这边来，所以跟过来看看。说！你们在这里找什么？”我见他们不说话，开始大声吓唬他们。

“张炯，咱们平时乡里乡亲的，关系也都不错，虽然说上次我们错怪了你，可事情已经澄清了，我们也给你妈道过歉了。今天的事，看在咱们往日的情面上，就不要怪我们，不要跟德公说了，我们俩这就回去了，行吗？”李槐和李悦被吓得够呛，给我求饶，站起身来想溜出去。

我还是挡住门口不让他们出去。

李槐和李悦见实在没办法了，互相看了看，“扑通”一声给我跪下了。这倒是让我有些措手不及，没想到他们两个竟然会向我下跪。

“你们两个这是干什么？快起来！”我说道。

“张炯，我们这么做都是为了孩子，我们的儿女，被八指婆他们害死了，我们的心有多难受别人根本体会不到。我求求你了，你就饶过我们这一次吧！”他们两个竟然开始给我磕起了头。

我上前把他们两个搀起来，说道：“孩子已经死了，你们怎么做都已经没用了，你们这是何苦呢？”

“不是，你不知道，我们这次有把握，一定能把孩子救活，不信你看看这个！”李悦一边说着，一边从口袋里掏出来一张已经发黄的黄绢。黄绢上面好像还有字。我接了过来，只见上面密密麻麻地写了很多东西，而且是繁体字，大部分我还能认出来。

不过太多了，我现在可没时间去琢磨它。李悦接着说道：“这是我从家里找到的，看上面的内容好像是我们李家老祖宗留下来的，说当时有几个孩子不明不白地死了，死时那种症状和我们的孩子一模一样，后来有一位老祖宗，不知道从哪里求来的一种仙法，据说可以把那些死去的孩子救活。孩子被救活以后，这种仙法就被藏在了宅子里。”

“你说什么？”我听了李悦的话大吃一惊，老祖宗那时候到现在少说有几百年了，那时候就已经发生过用纸人杀孩子的事情了？

一想到这儿，我浑身直起鸡皮疙瘩。如果这是真的话，从有了宗族以后，孩子们就不断地被伤害；二十年前也有，让黄四海隐瞒了起来；现在又开始不断地发生。这究竟是怎么回事？

想到这儿，我赶忙查看黄绢的内容，果然在中间偏下的地方记录着一段话，大概的意思确实和李悦说的一样，而且看着黄绢破破烂烂的样子不像是假的，少说也应该有几百年的历史了，那时候纸还是很贵的，所以有重要的事一般都会写在黄绢上。

“你们两个先回去吧，这件事不要对任何人说。黄绢，我先收起来，等我回去研究研究再给你们。不过我要提醒你们，不要总相信这些子虚乌有的东西，人死不能复生，你们还要好好生活，趁着现在年轻再要一个孩子吧。”

李槐和李悦听了我的话，脸上的表情越来越痛苦。我知道这是他们最后的希望，哪怕是根本不可能达成的事，他们也愿意为此付出努力。我让开路。他们俩面无表情地走了出去，然后爬上墙头翻了出去，各自回家去了。

这时候黄姑子和黄灵走了出来看了看我手里的黄绢。黄姑子说：“看来这里还真有事，弄不好还真能起死回生，永驻青春。”

“别废话了，先看看里面的包袱是什么，怎么会把他们俩吓成那样。”我瞪了一眼黄姑子，然后走进屋子把那个包袱拎了出来。我们三个打开包袱里一看，顿时倒吸了口凉气，原来包袱里包着的是一个十来岁的孩子，双目紧闭，浑身上下一团漆黑，躺在那里一动不动，没有呼吸。我们三个谁都没想到这里竟然还藏着个死孩子。

“这是谁干的？”我看着黄姑子问道。

黄姑子“哼”了一声，站起身来：“你问我干什么？反正不是我。我已经答应黄灵他爸了，来这里只是为了帮他做事，并不是来杀人的！”

“你说没杀就没杀？你用什么来保证？”我身旁的黄灵瞪着她问道。

“黄灵，你还不知道你爸的神通吧？他可不像你们想象得那么简单。以前他可是一个非常厉害的刑警，后来一直做到局长，辞职后下海经商，才有了现在的实力。我佩服他，我也有把柄在他手里，所以我是绝对不会违背他的意思的。这一点你一定要想明白，否则日后出了问题，你爸也不会原谅你。”黄姑子冷冷地看着黄灵，说道。

黄灵微微一愣，看她的样子，似乎她也不知道黄四海到底要干什么。

见黄灵不说话了，黄姑子冷笑一声说：“还有一件事我可以告诉你们，希望你们能承受得住这个打击，上次我、八指婆还有傻三儿被你们同时抓起来的时候，按说没有作案时间了吧？可这时李槐的孩子死了，死法和以前那几个都一样，你们是不是一直以为是黄奇干的？告诉你们吧，不是！黄奇虽然跟我们一起做事，可他只会炼人油，他从来没做过扎纸人杀孩子的事情。”

“你说什么？”我听了以后浑身上下冷汗直冒，“这么说除了你们之外，另外还有人在做这件事？”

“没错，当时我们也奇怪，所以才会在山洞里布置下那些埋伏。本来我们以为他会找上我们，可没想到你们先来了。只能说一切都太巧合了。一直到现在我都不知道到底是谁在背后帮我们，而这个人也正是黄灵你爸爸要找出来的那个人。”黄姑子接着说道。

“这么说你回来就是为了找他。”黄灵问道。

“没错。”黄姑子说道，“看样子这个孩子应该是他杀的。你们应该把剩下的孩子好好保护起来，现在镇子里的人对你们已经不那么抵触了，你们可以把孩子集中到某个地方看管起来，等抓住这个人以后再把孩子各归各家，否则你们根本没有那么大的精力去照顾他们，只要稍微有一点儿疏忽，孩子就会被掳走。”

“我有一点不明白，你们究竟是怎样做到的，为什么要把孩子都弄成这副样子。”我接着问道。

“对这件事，我也不清楚。黄奇是唯一知道的人，可他已经死了，就连八指婆也只会听他的命令行事。我只知道他们在图谋一件大事，现在看来这件事并不是他们两个人能图谋得了的，很可能从老祖宗那时到现在就没停止过。如果我以前知道会是这个样子，我压根儿就不会掺和进来，弄得现在自己人不人、鬼不鬼，生死两难，就连……唉，不说了，我先走了。这里的事情你们看着处理一下吧。”黄姑子叹了口气，转身翻墙走了。

我和黄灵从震惊中缓了过来，商量了一下，觉得还是不动这具尸体为妙，如果现在抬回去弄不好整个镇子都会轰动，到时候又会出乱子，还是先放回原处，然后盯紧这里。如果那个人真像黄姑子说的那样，他肯定还会回来的，到时候只要抓住他就能真相大白。

于是我和黄灵把包袱裹好塞进墙洞里，然后用砖填回去，虽然不能做到和原来一样,可也只能这样了,都弄好以后我和黄灵从住宅里跳出来,回了家。

我们回来的时候，廖宇和黄冲正在门口等着。我把他们两个叫到里屋，把现在的情况跟他们仔仔细细地说了一遍。黄冲和廖宇听完以后也感觉到了事态的严重。

我给他们两个安排了任务，让他们去以前统计过的那些有孩子的家里走访一下，看看谁家的孩子不见了，另外和他们商量一下能不能把这些孩子送过来一起看管，就说为了防止黄姑子狗急跳墙再去伤害孩子。

第20章　偷尸

第二天一早，黄冲刚要和廖宇出去，电话响了；黄冲接了以后脸色大喜，说化验结果出来了，不过成分有些复杂，只能让他过去拿一趟。

于是我就让廖宇自己去那些孩子家然后再去老宅子那里盯梢，我晚上再去接他的班。

等他们都走后，我让我妈照顾黄灵，然后翻看了一下那张黄绢，上面写的大部分东西没什么用，基本上都是这个人对族长的不满，唯一有价值的就是昨天李槐让我看的那一段。

我见没有什么别的东西了，就把它收了起来，然后从家出来去黄德公家看一看，他老人家最近病得不轻，也不知道现在怎么样了。小英这几天恢复的还算可以，已经能自己做饭料理家务了，就是有时候会愣神，而且不能在她面前提她父亲，否则就会哭得很伤心。

到了黄德公家，小英见了我笑了笑，我陪她说了几句话就去见了黄德公。黄德公的气色比前两天要好很多，可还是不能下地。

“德公，我这次来，是有事要问您！”我坐到床边，对黄德公说道。

“你说吧。”黄德公点点头说。

“有件事我不明白，就是咱们祖上的老宅子，为什么会废了呢？”

黄德公听了我的话后微微一愣，然后吃惊地看着我：“你怎么会想起问这个。那个宅子从我记事起都没有开过。据说那宅子建好没多长时间就被废弃了。祖上传下规矩，任何人不能在里面住。有什么问题吗？”

“哦，没什么问题，我就是今天路过，觉得有些奇怪，所以胡乱问一下。德公，您好好休息吧！过两天我再来看您，我先回去了。”我站起来对黄德公说道。

“行，你去忙吧！对了，你要尽快找到黄姑子，一定要将她绳之以法，替孩子们报仇。”黄德公说。

“德公，您放心，我一定会抓住她的！”我说完以后辞别了黄德公；从里屋出来，小英正端着午饭进来。

我和她聊了两句就回了家。等到晚上的时候，我从家里出来，去换廖宇的班。

大概是晚上十点多，街上没什么人，我刚走到祖宅前，突然远处胡同里传来一声闷响，接着一个人飞速向远处跑去，跑得特别快。

“不好。”我向胡同跑去，等我到胡同口一看，只见廖宇已经趴在地上了，脑袋上还流着鲜血。我看了看正在飞速逃走的那个人，咬了咬牙，俯身把廖宇抱起来往诊所跑去，看样子廖宇挨了一闷棍，脑袋上起了老大一个包，鲜血从包上开始往外流，没多长时间就把我的胳膊染红了。好不容易跑到诊所，我敲开门后大夫一看廖宇的伤，被吓了一跳，赶紧给他包扎。

没多长时间廖宇就疼醒了。大夫检查了一下说没什么大碍，看着吓人，其实就是外伤，脑袋可能受了点儿震荡，不过也无关紧要，休息两天就好了。听到大夫这么说我也就放心了。

我问了问廖宇当时的情况，原来他连那人的影子都没看见就被从身后打了一棍子。

我想了想，让大夫帮我照看廖宇，然后向祖宅跑去，跑了没多远，突然发现黄灵正急匆匆地赶来。黄灵见了我以后，赶紧招手让我停下来，说：“廖宇怎么了？我刚正在店门口坐着，看着你抱着他去了诊所。”

“他盯梢的时候被人偷袭了，我想那个人肯定先把他打晕，然后进祖宅把尸体搬走，可后来见我来了他就跑了。如果我猜得不错的话，他现在肯定会折返回来，否则他就没机会再拿到那具尸体了。所以我现在要过去看一看。”我说道。

“我跟你去。”黄灵说道。

“你凑什么热闹，你身上的伤还没好，万一再撕开伤口就不好愈合了。”我摇头说。

“不行，快点儿走，去晚了的话，可就抓不着了。”黄灵不由分说向祖宅跑去，我只好跟在她身后。

没多长时间，我们到了祖宅，从外面看去宅子里非常安静。我和黄灵慢慢地走到宅子的西墙下，还是上次爬过去的地方。我先悄悄爬上墙头，探着头朝里面看了看，见没什么动静，这才把黄灵拉上来，然后顺着墙头下到了院子里。我们刚落地就听“嗖”的一声，身旁不远的地方猛地蹿起一个人，背上还背着个包袱。这家伙一下子抓住墙头，翻身骑了上去。

他脸上蒙着一块黑布，看不出他的样子。

“不好，他要跑！”我向那人冲了过去。

那个人动作太快了，一偏腿就要往墙那边跳，可还没等他翻过去，突然一个黑乎乎的东西砸了过来，“啪”的一声，正好拍在他脸上。这家伙“哎哟”一声停了下来。危急关头是黄灵从地上捡了块砖给了他一下。这时我也赶到了，用手抓住他的脚踝狠狠一拽，直接把他从墙头上给拽了下来，重重地摔在地上。

他背上的包袱也掉地上了，从里面滚出来一个死孩子。

这死孩子就是上次我们见过的那个。要是换成别人从这么高的墙头上掉下来估计一时半会儿起不来，可这小子不知道从哪儿来的力气，爬起来就跑，冲向院子对面。

我和黄灵在后面追。这次可没上次那么幸运了，这家伙在杂草里根本跑不快。他在前面蹚着走；我在后面顺着他的脚印追，跑起来要快得多，没多长时间我就把他追上了，狠狠地把他扑倒，在草地里打了个滚，结果被这小子打了几拳，疼得我直咬牙。不过他也好不到哪儿去，被我死死地掐住了脖子。黄灵也追了上来，看准机会给了他两脚。黄灵的脚可不是一般人能承受的，省散打冠军，就算现在受了伤那一脚也能把骨头给踢断。

那人闷哼了几声，看准机会，拼尽全力把我甩到一旁，然后爬起来又跑，可黄灵紧跑两步，冲到他身后，右手一把攥住了他的脖领子，然后猛地往后一拉，左腿膝盖用力顶了他后腰一下，那小子“哎哟”一声跪了下去。趁着这个机会，黄灵松开了他的脖领子，一把抓住他脸上的黑布，扯了下来。

我在黄灵身后看不见那家伙的样子，只能隐约看到他回了一下身；就在这时，黄灵浑身一震，站在那里不动了，接着就被那家伙一脚踹在肚子上。

黄灵疼得身子弓了起来，而那个人趁着这个机会转身跑到墙根下，猛地蹿了上去，然后逃之夭夭。

我从地上爬起来，扶住黄灵问道：“怎么样？你没事吧！”

“没……没什么！”黄灵好像非常紧张，摇摇头，说道。

“你怎么了？是不是被他伤到哪儿了？”我见了她的样子很奇怪，看了看她身上。

“你别问了，咱们先回去吧。这尸体不能留在这里了，先带回‘纸人张’藏起来吧！”

我点点头，把孩子用包袱包好，然后从祖宅里出来，回了家。

我们到家后把这个死孩子和其他那些都放到一起，黄灵的样子还是有些魂不守舍。

任凭我怎么问，她就是不说；问他那个人长什么样子，她也只是摇头。这倒让我有些想不明白了。休息了一晚上，第二天一大早我去找黄德公，风铃镇上没有保存尸体的条件，八指婆和黄奇、黄林他们三个人的尸体并不能总这么放着，现在已经有味儿了，所以我和他商量着能不能先把这三个人安葬。

黄德公琢磨了一下说，黄林可以埋在风铃镇，八指婆和黄奇，随便找个山沟埋了就行了。我答应了下来。

我回家后开始准备把他们三个下葬。按照族里的规矩，我给黄林准备了两个纸人和他一同安葬；八指婆和黄奇，我把他们两个埋到上次傻三儿死的那个山沟里，把他们三个葬在了一起。

又过了一天，黄冲回来了，带回了化验报告。黄冲拿着化验报告给我们解释，从孩子的皮肤里检测出了浸入性的人类脂肪，而且这脂肪不是属于孩子的，也就是说这些东西是人油。

这是孩子不会腐烂的一个先决条件，再有就是从里面检测出来了一种非常复杂的物质，是由很多种元素组成，化验员经过多日奋战，终于弄明白了，原来这是从一种虫子身上提取出来的毒液。这种虫子生长在淮南，只要毒液毒到人，人必定会被毒死，与此同时自己也会死掉。这种虫子叫陨虫，非常罕见。而这种毒素经过特殊提炼和加工后，会将它的毒素缓慢释放出来，让孩子的身体内部一点点腐烂。

这个腐烂的过程有可能十年甚至二十年，或者说上百年都有可能，孩子的身体会越来越轻，到最后只会腐烂到剩下他的躯壳。因为它的躯壳有人油保护，所以会一直保持死时候的模样。

这种毒素的性质相当稳定，就算抹在皮肤上，它也不会侵入，只有在低热的情况下，才会突然活跃起来侵入皮肤，这种低热只是比人身体上的温度高出 3 度到 5 度。

听完黄冲的解释，我终于明白了，为什么她们会用纸人来杀人，一来是把这件事搞得神神秘秘，鬼鬼祟祟，让人害怕，如果放在过去的话，只会把孩子的死归咎于鬼神邪说。

二来纸人身上的那种蓝色的火焰并不能灼伤皮肤，燃烧起来只是有一些温热，如果在孩子身上同时抹上人油和陨虫的毒，在火焰灼烧之下，毒素就会侵入孩子的身体，然后慢慢腐烂他的内脏和肌肉，还有骨骼，而她的皮肤却还保持着和生前一模一样的状态。

“这些人也太狠了。这么邪性的法子到底是谁想出来的？”廖宇摇着头说道。

表面没事，内部全部腐烂。我突然想到一件事，那时我还小，有一天我在院子里玩儿，我叔叔突然歇斯底里地看着我家院子的大树笑了起来。

当时我不明白是怎么回事，问他他也不说，最后我竟然见他直接把那棵大树从地下拔了出来，然后抱走了。当时我也就十来岁的样子，常听人说书说什么倒拔垂杨柳之类的事，还以为我叔叔也是力气大。后来我看到留下的树桩内部都空了，以为是被虫子啃的，于是我认为叔叔是骗人的。从那一天以后，我就再也没见过我这个叔叔。现在想想，好端端的大树，而且是绿油油的，为什么中间会空了呢？这种空和被虫子吃空完全不一样。

我想到这里，赶紧跑出去找我妈……

“妈，我曾经有个叔叔，您还记得吗？”

我妈听了一愣：“是啊，他是你爸的亲兄弟，十几年前也不知道为什么离家出走，直到现在也没回来。”

“那我这个叔叔是干什么的？”我接着问道。

“他呀，整天游手好闲，什么也不干，东逛逛、西逛逛，反正在镇子上的口碑不好。如果不是他，你爸也不会那么操心，年纪轻轻就没了。”我妈说到这儿眼睛已经有些发红了。

“妈，你别伤心了，都过去的事了。咱可不能总是胡思乱想。”我劝了劝我妈。

“我没事，你去忙你的吧！”我妈笑道。

我答应一声回了自己的房间。廖宇他们不知道我什么情况，都奇怪地看着我；我把我叔叔的事给他们说了一遍。

黄冲不可思议地说：“炯哥，你不会是怀疑自己叔叔吧？”

“我还真怀疑他。因为这是我亲眼所见。如果不是他的话，那他把那棵树弄成那副样子就说不通了。”我说。

就在这时，我看到黄灵正盯着自己的手，看她的表情十分犹豫，似乎有什么想说又不知如何开口，就和那天晚上去抓那个蒙面人的时候一样。

“黄灵，你怎么了？是不是有话要说？”我看着她问道。

“我……”黄灵刚要说又把话咽了下去。

“你是不是看到那个蒙面人的脸了，有什么话你就直说吧。我知道你可能有些顾虑。我们现在可以答应你，不管你说出任何事情来，大伙儿都不会冲动。”我笑着说。

廖宇和黄冲也奇怪地向她看去。见我们这样，黄灵只好叹了口气说：“你们猜那天晚上我看见谁了？”

“谁？”所有人都紧张了起来，看着黄灵。

“我爸爸！”黄灵脸色有些惨淡地说。

“你说什么？”我和黄冲、廖宇同时大声喊道！

黄四海，怎么可能？为什么会是他？难怪黄灵当时会愣神，难怪这几天她一直都犹犹豫豫不肯把话说出来。

“我爸爸？”黄冲有些不可思议地说，“姐，你别瞎说，咱爸跟这件事有什么关系？他怎么会跑到这儿来！”

黄灵看看黄冲，说：“弟弟，有些事你不知道。前些天你找我来风铃镇的时候，我去跟老爸商量；他听说以后十分支持我来帮你，还帮我托关系让我很顺利地来了这里，而且还说在特定的时间下想见见张炯。前几天我已经带张炯回去过了，我们聊了很多……”黄灵面无血色地说。

见廖宇和黄冲都看着我，我朝他们点了点头，说道：“没错。因为有些情况没法跟你们解释，所以我们两个人当时没有跟你们说实话。不过这次太出乎我的意料了，本来我还以为是我叔叔，怎么可能会是你爸爸呢？”我摇着头说。

“这你们就错怪我爸爸了！”黄冲听了我们的话，突然大笑起来，“听你们说那个人的身手还不错，还打了我姐，这怎么可能？姐，有件事我也瞒着你。其实老爸早就已经病了，他得了很严重的风湿病，身体的关节很多地方都已经回不过来弯了，这些都是我亲眼见到的，他不让我告诉你，现在怎么可能会跑到这儿来抢尸体，我看你一定是看错了！”

第21章　人灯

“你说什么，爸爸什么时候得的风湿病？”一旁的黄灵脸色“唰”地白了，一把抓住黄冲问道。

“有半年多了吧。你没发现他最近几个月很少出去走动吗，连站起来走路都很少，那是因为他的两条腿都已经直不了了，骨头都变形了。这可我亲眼所见的。”黄冲叹了口气，答道。

黄灵听了这些，不说话了，眼泪不自觉流了下来。

我看了看廖宇，他也正在看我。现在的情况太复杂了，一开始我们怀疑这个人是我叔叔，结果他长得和黄四海一样，而黄四海又绝不可能跑到这儿来，难不成他还有什么兄弟不成，否则怎么可能会和他长得一模一样，连黄灵都看不出来！

不过这一点随后也被黄冲和黄灵否决了，他们从来没听说过黄四海还有兄弟；黄冲还给黄四海打了个电话，得到的答复是一样的！

“先不用去猜他的身份了。反正这家伙的目标是这些死掉的孩子，所以他一定会留在风铃镇。把他抓住后自然会真相大白的。”我说道。

其他人都同意我的观点，点了点头。

“对了，炯哥，你不是让我去统计的那几家走访一下吗，镇子上没有孩子失踪。看来这个孩子不是咱们镇子上的。我让他们把孩子交给咱们看着，他们说商量一下再做决定。”廖宇说道。

“好，这件事你要抓紧，一定要赶在那个人前面办妥；黄冲，你去联系一下附近几个镇子，打听一下有没有十岁左右的孩子失踪。”我说。

“我这就去办！”黄冲点点头，开始给附近几个镇子的派出所打电话。

结果让我们很意外，方圆几百里并没有孩子丢失……

“这可太奇怪了，难道说这孩子是这个人从很远的地方带来的？他为什么要费这么大劲儿呢？”黄灵看着我问。

“我想他一定是不想引起咱们的注意，或者这个孩子是很早就已经杀掉的，因为尸体不会腐烂，就算放上十年二十年也看不出来。”我答道。

我们几个正商量着，突然有人敲门，原来是我妈。

“妈，您有事吗？”我开门后问道。

“德公刚才来过了，说让你去他那一趟！”我妈说道。

“好，我这就去！”我眉头一皱，德公的身体还没康复，按理说还不能下床，可他居然会亲自来叫我过去，肯定有什么急事，再有就是为什么不让小英来呢？

想到这儿，我给廖宇他们说了一声，然后急匆匆地赶往德公府邸。

等我进门后，发现小英并没在，于是我直接去了里屋。黄德公正躺在床上休息，脸色有些不好。

“德公，您叫我来有什么事吗？”我上前问道。

黄德公见我来了，非常激动，挣扎着坐起来：“小英不见了！”

“啊？怎么回事？”我的心一下子沉了下去，难怪黄德公这么着急。

“你扶我起来！”黄德公要下床。我赶忙过去扶住他，然后跟着他来到小英的房间。

“你看看这个！”黄德公指着房间的西墙说。

我顺着他的手一看，浑身上下的汗毛都立了起来，原来在小英房间的西墙上有个洞，看上去是被人新挖出来的，一米来长，里面塞了个黑包袱！

眼前的场景我太熟悉了，前两天才在祖宅里见过，没想到现在小英的房间里也会来这么一个，尤其是那个黑包袱，如果不出意外的话，那里面肯定是个死孩子！

“这东西您动过没有？”我没有马上上去把黑包袱打开，而是问黄德公。

“没有。我发现小英不见了就赶紧四处找，后来才发现了这个；我就知道小英出事了，所以直接去叫你了！”黄德公摇了摇头说。

我点点头，把黑包袱从窟窿里拽出来：“这东西我先拿回去。小英的下落我大概清楚了，我一定把她平安带回来！”

“你小心点儿！”黄德公知道事情的严重性，而且他怎么说也九十多岁高龄了，见过的事太多了，所以并没有多问。

我从黄德公家出来，抱着黑包袱回了家，黄冲他们见了全都大吃一惊，目瞪口呆起来。

我给他们说了一下事情经过，把黑包袱打开，果然和我猜的一样，里面是个死孩子，而且看面相是个女孩儿，面生得很，应该不是风铃镇的人。

“看样子小英是被那人抓走的。”我叹了口气说。

“小英和他无冤无仇的，又这么大了，为什么要抓她？”黄灵奇怪地问。

“看来这件事是冲着我来的。你们去把镇子上十岁左右的孩子都带到这儿来保护好，然后不要到处乱跑，我去一趟祖宅！”我想了想，对他们三个人说道。

他们三个人也想跟着，我没有同意；时间紧迫，他们没再多问，各自去忙自己的事情。我从“纸人张”出来，直奔镇子上的祖宅。

由于我现在不是警察，所以不能用枪。刚才出来的时候黄冲神神秘秘给了我一样东西，说让我防身用，我就收了下来，是一把手弩，套在手腕子上的。

到了祖宅，我翻墙跳了进去。那个人在小英房间的墙上弄个窟窿，目的就是提醒我来祖宅。我到处查看了一下，最后在正屋墙上那个窟窿里发现了一张纸，上面写着三个字——翠微山！

我二话不说，出了镇子后朝翠微山赶去，直到太阳下了山我才爬上山顶。这里四处陡峭，伸手不见五指，非常难走。

“也不知道他把小英带到哪儿去了……”我一边找一边想，同时紧了紧自己的左手，只要有什么危险，就先一弩箭射过去！

我在翠微山的山顶上转了一圈，没发现什么。这下我可想不明白了，这人明明是要我来这儿，却又避而不见，搞不明白他到底是什么意思。

一直转到夜里十一点多，看起来那人应该不会露面了，我只好朝山下走去，和大伙儿商量救小英的办法。

走着走着，我总感觉有些不对劲儿，好像自己被什么东西盯着，四处看看，也不见有人。

“既然都来了，干吗鬼鬼祟祟的！”我停下来，看着四周大声喊道。

我的声音向四周传开，却一点儿回声都没有。没办法，我只好继续往山下走。

可走了没两步，我突然感觉浑身上下有一种毛骨悚然的感觉，汗毛也奓了起来；我回头一看，就在我身后四五米远的地方，竟然站着一个十来岁的孩子！

这孩子闭着眼睛，身上穿着很普通的衣服，和我以前见过的那些纸人或者黑包袱里的死孩子完全不同，这是个真真正正的人！

唯一不一样的是他的皮肤上竟然散发出来荧光，而且看上去应该是从他身体里面透出来的！

我倒吸了口气，这个孩子只剩下一层躯壳了，里面应该跟纸灯笼里灯芯燃烧时发出的光一样！

“比起你扎的纸人怎么样？”

就在这时，那孩子身后传来一个人的声音。

“你用的是陨虫的毒，加上人油，才把这个孩子弄成了这样，没什么好自豪的，不过这倒是可以说明你这个人毒蝎心肠，竟然对一个孩子下这样的毒手！”我冷哼一声，说道。

“不错，不错，果然不愧是‘纸人张’的传人，眼力还可以！”那人放声大笑起来。

“你到底是谁，为什么要让我看这个，小英在哪儿？”我大声问道。只要这家伙一现身，我就会发射弩箭。这是一个心狠手辣的人，所以不能给他任何机会。

可他就是不出来，笑了笑说：“没想到你还真喜欢那个臭丫头！”

“这个你管不着，快把她放了！”我说道。

“不要着急，我放不放她完全取决于你，你先消消火气，听我慢慢说！”那人大笑两声，“眼前这个孩子你也看见了，它和你以前扎的那些纸人不一样，可以长时间活动，因为他体内的火至少能燃烧一个小时，而且他的身体更为灵活，力气也比一般的纸人大很多，而且这东西还有一种妙用，不过这妙用是什么我就不能告诉你了。你要想救小英，只有一个办法，那就是把你从小英房间拿到的那个孩子也做成这样，三天后带到这里。如果我满意的话，自然会放了小英，否则你就等着给她收尸吧！对了，忘了提醒你，千万不要冲动对我动手。因为我死了的话，你们永远找不到她，最后她会被活活饿死！”

“你敢！”我大怒，朝他大声喊道。

可那人不说话了，而那个孩子也突然转过身去，开始向山后跑去，速度非常快，这家伙身体里面是空的，一蹿就是四五米远，我想追也追不上，眨眼间就消失在山壑里了！

现在只剩下我还愣在原地，他就这样走了。出乎意料的要求令我的脑袋嗡嗡直响，好半天后我才向山下走去。

为什么，为什么又是这样，和前几次一样都是让我来学习这些古怪的东西，从扎纸人开始，到现在开始将这些手艺用在真人身上，好像一切都是安排好的一样！

我不知道我是怎么回的家，到了店铺后，黄灵他们围上来问我怎样了，我不知道怎么回答，一句话没说拉着我妈，拿着那个黑包袱进了她的房间。

我妈见我不对劲儿，问道：“孩子，你怎么了？小英呢？”

“妈，那个人想让我把这个孩子像扎纸人一样扎好，然后才能放小英！”我看着眼前的尸体说道。

“这……”我妈皱了皱眉头，说不出话来。

“妈，我一直想问你，为什么您非要让我学扎纸人的手艺不可？八指婆、黄姑子，现在还有这个人，都想让我学这个，到底是为什么？我不管您有什么难言之隐，今天一定要告诉我！”我死死地盯着我妈问道。

我妈长叹了口气说：“孩子，妈给你说句掏心窝子的话，让你学这些手艺完全是出于维护全族风俗，你知道咱们宗族人死之后都要纸人殉葬，让纸人动起来也是因为自会有它的妙用，比如上次在悬崖救小英的时候，如果不是纸人，小英肯定会掉下去。可是现在用真人来扎，我从来都没见过，更不会让你学，查案归查案，这种伤天害理的事你不能做！”我妈深吸了口气，然后义正词严地说。

“这么说你和他们的目的不一样？”我接着问道。

“当然，我害谁也不能害自己的孩子呀！”我妈点点头说。

我现在总算明白她的心思了，顿时松了口气，可小英怎么办，如果不把这个孩子扎好给那个人，三天之后小英肯定要遭毒手。对于那个人来说，杀死小英估计连眼都不会眨。

“对了，我刚才看那个孩子好像身体很轻，皮肤下面是空的，所以才能在里面动手脚。而这个孩子这么重，内脏什么的肯定没有腐烂干净。为什么他要让我对这个孩子动手呢？”我突然想起一个问题，对我妈说道。

我妈看了看黑包袱里的孩子，对我说：“拿根针来！”

我点点头，找了根缝衣服的针，我妈接了过去在那个孩子身上轻轻扎了一下，“噗”的一声，一股酸臭的气体喷了出来！

这股臭气虽然很难闻，但是和一般的尸体腐烂气味不一样，还夹杂着一种发霉的味道，好像几十年没开窗的老房子里的气味。

臭气放完里面又流出来一些黄褐色的液体，尸体也干瘪了下去……

我现在终于明白了，原来这孩子已经不知道死了多长时间，身体里面的陨虫毒把她内脏和骨骼都腐蚀掉了，由于皮肤有人油保护，所以还保持着活着时候的样子。

这时候，黄冲他们闻到气味，全都冲了进来，见到眼前的孩子，一个个都愣住了。

我把那个人对我提的要求给他们说了一下，他们仨也不说话了。要说把这孩子弄成那个样子，对我们来说是万万不能的，可如果不那样的话，小英怎么办？

我妈叹了口气说：“别琢磨了，时间不早了，先去睡觉吧。”

说着，她把孩子包好，然后放到后院专门停放尸体的那间屋子里。

我们几个也都去睡觉了，这一整晚我都没睡踏实，虽然身上很累，可脑袋里全是今天发生的事，尤其是那个干瘪的孩子，我到底要不要把它扎成纸人，然后交给那个家伙！

第二天起来后，廖宇先去谈好的那几家把孩子带到了派出所，虽然这里正屋和西屋都被烧了，可东屋没事，院子也大，店铺实在住不下这么多孩子，更何况有几个家长也要跟着，所以只好安排在那里了，等把这件事查清楚抓到凶手，他们就可以回家了。

黄冲和黄灵在院子里搭了两个简易房，也要过去帮忙看着，我独自一人在家里看着那个孩子愣神，这一愣就是一整天……

不过晚上的时候黄德公来了，我把情况跟他说了一下，没想到黄德公听完以后"扑通"就给我跪下了。

"张炯，我求求你救救小英，她是我唯一的亲人了，这孩子总归是死了，你先把小英救回来，我给这孩子厚葬，给他披麻戴孝也行，你可千万不能不管呀！"黄德公一把鼻涕一把眼泪地说。

"德公，您这是干什么，赶紧起来！"我被他这一跪吓了一跳，把他扶了起来。

黄德公坐在床上直抹眼泪。看着他的样子，我心里也很难受，小英不能不救，可一想到被人牵着鼻子走，我心里就非常愤怒！

好半天后，我咬了咬牙，说："德公，您放心吧，我一定把小英救出来。我先送您回去，然后立马动手扎纸人！"

"这么说你答应啦？太好了，德公欠你的太多了，以前还那么对你，唉……"黄德公听了大喜，握着我的手说。

"这您就见外了。我扶您回去！"我说道。

"不用，这几天我腿脚好了不少，自己回去就行了，你别耽误了正事。我走了，不用送我！"黄德公站起身来，蹒跚着朝外面走去。

我答应一声，没有跟出去，等他走了后，我来到后院停尸房。

我妈正在门口等我，见我神色凝重，问道："你决定了？"

“嗯，救人要紧！”我点点头说。

“好，那妈就不拦着你了。不过妈要提醒你一句话，不管你做什么，一定要小心，不能被人利用，记住！”我妈说道。

“我记住了！”我点点头说。

“好，你忙吧。”我妈转身走了。

我深吸了口气走进停尸房，把那个已经干瘪了的孩子抱了出来，放在我房间的桌子上，然后拿出扎纸人用的东西，开始琢磨起来，一连两天时间我都没出过屋，等我最后把浸湿的灯芯塞进孩子身体后，终于长出了口气，这时候已经是第三天夜里了，按照约定我该去翠微山了。

第 22 章　桃林山村

还是和上次一样，我自己独自一人带着那个已经被我扎好的孩子去翠微山，可我刚从风铃镇出来，就见前面有个人正从山上下来，而且看样子就是冲着我来的，我一看原来是黄姑子。

“你来干什么？”我奇怪地问她。

“你是不是要带着这个死孩子去救小英？”黄姑子问道。

“你怎么知道？没错！”我点点头说。

“不用去了。这两天我在调查的时候，见她被人带到前面不远的一个宅子里面。”黄姑子说道。

“你可看清楚了？”我听了以后大喜，问道。

“怎么说我也是从小看着小英长大的，怎么可能不认识她。我调查的那个人行踪太诡秘了，如果不是黄灵她爸不让我和这个人正面冲突，我早就把她救回来了。跟我来吧！”黄姑子说道。

我想了想，就算我现在带着纸人上翠微山，把他交给那个人，他也不一定会放小英，与其这样还不如相信黄姑子跟她去看看。

我跟在黄姑子后面，她带着我一直顺着小路往前走，拐了几道弯后来到一片果园，这里我曾经来过，就是上次跟踪傻三儿来的。

再往前走了没多长时间，就发现已经到了村子边儿上了，有几栋民宅在村子外面。黄姑子带着我向那几栋民宅走去，现在天色已经黑了，这几户人家都没亮灯，看样子应该没人。

我们俩来到最外面这一处房子前，黄姑子指着里面说："小英就在里面，白天我亲眼见到她被带进去，不过这个人非常多疑，不知道现在还在不在，咱们进去看看再说。"

黄姑子一翻身，扒着墙头跳了进去。我也翻上墙头，朝里面看了看，院子里很黑，只有三间正房，房子上的玻璃都碎了，到处都黑咕隆咚什么也看不见。我看看四周没有什么危险，也就跳了下去。

"小英，你在里面吗？"我和黄姑子慢慢走到正房门前，然后向里面喊道，可一点儿声音都没有。

我的心沉了下来。黄姑子也很奇怪，闪身钻进了屋子，我也跟了进去，结果我们俩在屋里转了一圈一个人也没有，不过在地上散落着一些食品的包装袋，看样子有人在这里待过，应该就是小英。

"不好，小英肯定被那个人带上翠微山了！"黄姑子擦着额头上的冷汗说道。

"如果小英有什么三长两短，我饶不了你。"我立即翻墙出来，朝翠微山上赶去。

我现在去的话，应该还来得及，只要把这个死孩子交到那个人手上，还是有机会救回小英的。

黄姑子见我神色慌张，不再说什么，紧紧跟在我身后。我知道她什么意思，这次的事被她搞砸了，万一小英有什么三长两短的话，那她可不好跟我交代。如果真出了什么乱子，那她更没法跟黄四海交代。

我们两个一路狂奔，大概半个多小时的时间终于跑到了翠微山。

山上还是像我上次来的时候那样安静，到处静悄悄的。我没让黄姑子上山。因为那个人太谨慎了，发现我还带着人的话，没准儿会把他激怒，到时候就得不偿失了。

我抱着孩子，跌跌撞撞向山顶跑去，来到上次我见那个人的地方四处看了看，一个人都没有。

“有人吗？我把孩子带来了。”我大声喊道，声音传了出去，在山谷里回荡了起来，可没有回声。

那人可能已经走了，我心里开始急了起来，只好继续往前走，可刚走了没多远，突然发现前面一块石头上好像躺着一个人。我紧了紧手里的弩，向他走过去。

走到跟前，再一看这个人的脸，我差点儿没背过气去。

“小英！”我大喊一声冲了过去。

石头上躺着就是小英，一动不动，直挺挺躺在那里，我用手探了探她鼻息，居然一点儿气都没有。我把她扶起来，然后像上次救黄冲的时候一样，用力勒她肚子，大概有十来次后就听“噗、噗”两声，从她的鼻子和口中喷出了三团黏糊糊的东西；小英这才深吸了口气，胸口开始起伏起来。

见她没事了，我才注意到小英身上穿着的不是她原本的衣服，而是贴了一层彩纸，手里还拎着个纸灯笼，不过纸灯笼并没有烧起来。我赶紧把这东西从小英手上拽了下来，然后拿在手里晃了晃，里面并没有灯芯。

看样子那个人想把小英也弄成纸人的模样，不过被我赶来打断，可他为什么不现身呢？我看了看四周，并未发现什么。

这个人把小英弄成这样绝对不是和那些孩子一样的用意，而是为了报复我，想要用我最痛恨的方式把小英杀死，然后让我悲痛欲绝。想到这里，我恨不得把他千刀万剐。

我摸了摸小英的脸，一种滑腻的感觉传来，情况比我认为的更糟糕，她身上居然有人油和陨虫毒。我顾不得男女有别，赶忙把小英身上的彩纸全都扯掉，然后把手放在弩箭的尖上，狠狠地划了一下，鲜血滴滴答答流了下来。

我把这些血滴在小英身上，然后用手开始在她身上来回搓，没多长时间，她身上就泛起了一层白乎乎的油。我找了根树枝把这些油全都刮下来，这才放了心。

不过小英还是昏迷不醒，我脱下一件衣服给她披上，先把包孩子的包袱捆在背上，然后抱着小英从山上下来。

黄姑子见我下来了，迎了上来，一看我怀里的小英，问道：“她这是怎么了？”

“用的是跟你们对付孩子一样的方法，不过她身上的人油已经被我弄出来了。”我没好气地说。

“那就好……”黄姑子点了点头。

“我们两个现在回风铃镇，你走吧！”我对黄姑子说道。

黄姑子也有些尴尬，没有帮上忙，还差点儿弄出乱子，点点头后钻进了山里。

我抱着小英回到店铺里，然后叫廖宇去把黄德公请来。

我妈烧了盆热水，给小英擦了擦身子，然后用被子给她盖好，没多长时间小英就醒了。

这个时候黄德公也来了，一进屋见到小英，黄德公再也忍不住了，眼泪“唰”地流了下来。小英也开始哭，好半天才停下。黄德公说：“张炯，我想让小英在这里休养几天不知道行不行？”

“德公，您放心吧！我们一定帮您把她照顾好。”我说道。

“那就好，这次多亏你了。到底是谁把他抓走的，你知道吗？”黄德公问道。

“这个人我以前从来没见过，不知道他的身份。而且这次能把小英救回来完全是巧合，我去的时候他原本想把小英杀死，不过被我发现了他就跑了。”我接着说道。

“原来是这样，没事就好。”黄德公点点头，“你们休息吧，我先回去了，明天我再来看小英。”

黄德公起身走了，我们几个把他送出去，回来以后我去看了看小英，折腾了好几天了，再加上前阵子又受了一次打击，精神一直不好，所以她已经睡着了。我让我妈陪着她，然后也去睡觉了。

第二天早上，我来到小英的房间，她已经起床了，看她的神色似乎比前几天要好很多，最起码两眼已经有神了。“炯哥，你来了！”见了我，小英笑着说道。这是她最近第一次主动跟我说话。

“小英，你没事了？”我高兴地问道。

“好多了，可能是这两天被吓了一下，精神反倒是比以前好多了。我也想开了，不能总是攥着以前的事情不放。”小英说道。

“你这么想就对了。我问你，那个人是怎么把你抓走的？”我问道。

“那天我正在睡觉，然后听到有人叫我，可睁眼以后，看不清是什么东西，恍恍惚惚的，我就感觉有些不对劲儿，结果一坐起来头就晕了，后来就什么都不知道了，等我再醒的时候，就是昨天晚上了。”小英想了想说。

“看来你也不知道是谁抓的你。”我听了以后叹了口气，说道。

原本还抱有希望的，现在看来只能重新调查了。

“对了，我好像去了一个到处都是桃树的地方，树上长满了桃，当时可能是我太饿了，想吃那些桃子，可总也吃不到，后来就又没有意识了。”小英突然拍了拍脑袋说道。

“可能是像你说的真是饿坏了吧，咱们这里方圆一百里内就没见过桃树，也没人种那玩意儿。”我笑了笑说。

小英点点头，没再说话。

“你先休息吧，我出去和廖宇他们商量商量，看看怎么把这个人给查出来。”我笑了笑说。

“你去吧，千万要注意安全。”小英说道。

我点点头，从家里出来，刚要去派出所找黄冲他们，只见街头一个胡同里有人正在向我招手，我一看原来是黄姑子，心想这家伙大白天跑到镇子里来干什么，也不怕被别人看见，我看看左右没人就跑了过去。

“你来干什么？要是被人看到咱们俩在一起，我怎么向别人解释？”我一进胡同就把她拉到僻静的地方说道。

“你当我想大白天来镇子里啊？你看看我的脸！”黄姑子一边说着，一边指了指自己的脸。

我朝她脸上一看，发现她从额头一直到下巴竟然起了许多红斑。

“你这是怎么了？”我奇怪地问。

“我这个人天生对桃毛过敏，一点儿都不行，只要沾到一星半点儿，脸上就会起这些红斑。”

我听到这个心中一动，赶忙问道：“你这是什么意思？”

“我昨天除了接触到你之外，就只和小英照过面，昨天你抱着她走的时候，她的头发在我脸上拂了一下，刚好是红斑这里，结果今天就过敏了。我前思后想之后感觉她很可能在有桃子的地方待过，所以就来找你了！”

听了黄姑子的话，我皱着眉头琢磨了起来，刚巧早上小英说过她去过一片桃林，当时还想摘桃吃却没吃着。如果真是这样的话，那她肯定被带到过那片桃树的附近。如果这样的话，那个人很可能还在那里。或者说那里是个落脚点。只是这桃树我从小到大确确实实没有见过，到哪儿去找呢？

黄姑子见我皱着眉头，笑了笑说：“别想了，那个地方我知道，二十分钟后，我在镇子西边等你们，你们可要准备好家伙，我带你们去抓人。”黄姑子转身走了。

我明白她的意思，她这是将功赎罪。我跑回派出所，把消息告诉廖宇、黄冲还有黄灵，他们三个听了以后，全都摩拳擦掌，想要跟我一起去。黄灵有伤，而且派出所还有这么多孩子要看着，所以我就没让她去。黄灵见我发话了只好心有不甘地点头。

廖宇和黄冲带好枪，我套上了手弩，我们三个从派出所出来，出了镇子去找黄姑子。等我们到了镇子西边的时候，黄姑子正在树林边坐着，见我们几个过来，招呼一声，然后向山上爬去，我们三个跟在她身后。

这条路以前我走过，是通向镇子西边深山里面的，翻过山后就没路了，这里到处都是深沟，地形十分复杂。黄姑子带我们一头扎进了一条山沟，在路上我把情况仔仔细细地给廖宇和黄冲说了一下，总共走了没有一个小时，黄姑子指着前面一个斜坡说：“看那里。”

我们三个向那儿一看，只见绿油油的山坡上夹杂着一片粉红，不用说了，那里就是桃树林。我没想到还有这么一块地方，如果知道这有桃树的话，小的时候我们肯定会来偷桃吃。

“大家小心点儿，那个人太阴险，手黑毒辣，不到万不得已不要打草惊蛇，一定要抓活的。”我对他们三个吩咐道。

他们仨点点头，跟着我向那片桃树林慢慢靠近，这条山沟非常难走，看着没有多远，可我们走了大概四十分钟才走到桃树林。

我们四个开始在桃树林里仔细搜查了起来，没有见到那人的踪迹，甚至连有人来过的痕迹都没发现。

黄姑子不敢在桃树林里多待，而且把脸捂得严严实实的，一边走还一边用手在脸上挠，看样子她这罪受得不轻。过了没多长时间，黄姑子竟然开始浑身上下都痒了起来，双手不停地在身上抓。我们也不好说什么，毕竟是她带我们来的，可就在这时候，黄姑子一个没注意，踩在一块石头上，结果一下子从坡上滑了下去，掉到了一个草坑里。我们三个跑过去，想把她从草坑里拉出来。

这时候黄姑子突然说：“等等，这里有条路，好像有人走过！”

黄姑子的话立马引起我们的注意，我从上面跳了下去，探着头往前面一看，草坑后面确实有条路，而且还挺平坦，看起来似乎是人工修建的。我看看黄姑子说：“你断后，黄冲前面开道。”

黄冲点点头，走在最前面，我和廖雨在他身后，黄冲把手枪掏出来，一边走一边仔细查看四周，这条路越走越宽，而且就在比山谷还要低一点儿的位置斜向下冲去，这下我们可奇怪了，难道说这里还有另一番天地？

我们几个越走越慢，越走越小心，过了大概十多分钟这条路就到了尽头，前面是一个斜向上的土坡，土坡上有二十几户人家，都是依山而建，房子都是十分古老的建筑，看上去就像古代人的房子一样。

我们几个互相看了看，全都觉得不可思议。尤其是我和黄姑子，我们在镇上生活这么长时间，从来不知道这里还有个村子，甚至连听都没听说过。看样子那个人就藏在这里。

我们几个顺着进村的路往上走，一直到我们进了村子还是没有什么动静，更没见到有人。

于是我们挨家挨户找了起来，不过一个人都没有。但是在一户人家的屋子里，我们发现了不少塑料袋，还有吃剩下的东西。我们猜得没错，那个人曾经把小英带到这儿一段时间过。

第 23 章　守坟三月

“炯哥，怎么办？”见没有人，廖宇问我。

我想了想说：“这里这么隐蔽，他不可能只是在这儿落脚而已。你们看这些塑料袋，看起来他在这里住了很长时间。我想这个人应该还会回来的。咱们在这里藏起来，来个守株待兔。”

其他人也同意我的办法，于是我们几个在附近找了一个二层小楼藏好，正好可以看见这间房，还有土坡下面的情况。

太阳一点点升高，到中午的时候，我已经等得有些心急了，家里面的情况其实并不那么乐观，派出所里只有黄灵和几个家长在看着，如果真出什么乱子他们应付起来有些吃力。我决定再等一会儿，如果那个人还不出现的话，那只好先回去了。

过了没多长时间，廖宇突然小声说：“注意隐蔽，土坡下面来人了！”

所有人精神为之一振，从窗户向山下看去。

果然从我们刚才进来的山路上走过来两个人，身上都穿着黑色的衣服，脸上还用黑布包着，看不出他们的样子。

“怎么是两个人？”我奇怪地说。

这两人一边走一边在谈着什么，有时候还会用手比画，没多长时间他们就到了土坡下面。不过让我们奇怪的是他们两个并没上山，而是朝土坡前最大的那间房子走去，这间房子我们上来的时候查看过，好像是个祠堂，里面空空荡荡的，什么也没有。这两个人上那里去干什么？

由于祠堂是用来供奉祖先的，所以盖的时候和阳宅有很大区别，它的门是冲着正北面的，也就是说是冲着我们这个方向的，从我们的位置正好可以看见他们两个人的背影，只见他们俩在祠堂里说了一会儿话，接着开始翻找起来。最后这两个人竟然把祠堂地面的青砖都挖了出来。

他们把地面上的土挖开后，从下面弄出来一个黑乎乎的盒子，这盒子看起来像石头做的，挺沉。

两人把这东西抱到祠堂外面，然后打开，从里面拿出一件用黄布包裹着的东西，打开黄布，里面的东西很小，从我们这里根本看不清楚，不过从他们俩的神态来看，似乎非常高兴。

这两个人中右边这个身材我非常熟悉，正是那天晚上偷袭廖宇然后踹了黄灵一脚的歹徒，也就是我们今天的目标。另一人身材有些臃肿，从黑布外面露出来的头发可以看得出来，似乎这个人的年纪已经不小了。

这人好像是我们‘目标’的头儿，只见他把找到的东西用黄布再次包好，塞进了自己的口袋。就在这时，偷袭廖宇的那个人突然指着那个黑乎乎的盒子说了什么，那个年纪大的蹲了下去，在石盒子里翻找了起来。而这时偷袭廖宇的那个人，悄无声息地从身后拿起一块砖，狠狠地朝前面那人的脑袋砸了过去。

我们几个都看愣了，没想到他们俩会起内讧，也不知道这个人为什么会下如此狠手，直接奔着他的后脑砸，这不是要他的命吗?

让我们所有人都没想到的是，就在砖头砸到那个人后脑的前一刻，那人突然一偏头，砖头从他肩膀上飞了过去，重重地砸在地上，碎成了几块。

那个人竟然一点儿伤都没受，身后那个家伙直接就愣在了原地。也就这一眨眼工夫，蹲着的老头儿“噌”地蹿了起来，一把抓住身后这人的脖子，然后“咔嚓”一拧，只见“目标”连挣扎都没挣扎，直接躺在地上不动了。

这一手看得我们几个心惊胆战，没想到这人的身手如此之强，被杀的那个我们曾经交过手，以黄灵的功夫来说，只能和那人打成平手，黄灵是三届省散打的冠军，身手一流，可现在看来，在这个老头儿面前根本走不了几回合。

老头儿杀了那个人后并没有马上走，只见他围着那小子转了一圈，又踢了两脚，指着他好像在说着什么，虽然看不清他的表情，但想也能想到这家伙现在十分得意。

“动手！”我吩咐一声。

我们几个从小楼上下来，然后冲出门口，从左右两边向那老头儿包抄了过去，等我们赶到的时候，那老头儿刚要走，突然见到我们这么多人他也微微一愣，不过这家伙竟然不怕，看着我们冷哼了几声，站在原地没动。

“你到底是谁？把脸上的黑布揭下来！”我在那老头儿身前四五米远的地方停了下来，然后指着他说。

老头儿看了看我，又看了看拿枪的廖宇、黄冲还有黄姑子，突然大笑了起来，说道：“就你们几个小兔崽子也想抓住你爷爷，真是异想天开。”

我们所有人听了他的话都愣住了，他的声音根本不像是人发出来的，倒好像动物的声音一样，非常难听，又哑又涩。

我知道这家伙嘴里肯定含着某种东西，改变了他的声音，他这样做是不想让人知道他的真实身份。

这家伙说完以后，还没等我们回答，突然冲进了祠堂。

他速度太快了，我们根本来不及阻挡，黄冲他们连枪都没来得及开！

按说罪犯逃跑的时候都是往四通八达的地方跑，或者是往地形复杂的地方跑，绝对没人会钻进屋子，这等于自己主动入瓮。

我们几个见了围了上去，可还没走两步，突然窗户那边“唰”的一声，一道黑影冲了出来，直接扑向了在窗户边的廖宇。

廖宇“啊”了一声，赶紧把枪指向那个黑影，可还没等他扣动扳机，就听“啪”的一声，那黑影一脚踢在他的手上，廖宇的枪直接被他踢飞了。

只见这家伙和刚才杀那个人的动作一样，伸出手来朝廖宇的脖子掐去。

“廖宇闪开！”我们见状大吃一惊，现在已经来不及帮忙了，只好大声喊道。

廖宇见势不妙，用力缩头想躲开，可那家伙的身手太快，直接抓在廖宇的脖子上。

廖宇两眼一翻就要被他掐晕，我们知道只要他一扭手腕，廖宇的小命就完了，所有人心中一沉。

就在这时只听“啪”的一声，一块石头，正好砸在那个人的手腕上，这块石头还挺大，直接把他的手给砸偏了，不过手指在廖宇的脖子上划了几道红鲜的口子。廖宇惨叫一声摔在地上，顾不得脖子上的伤，爬起来就跑。

我们顺着石头砸来的方向一看，原来是黄姑子，她的身手也不弱，反应也快，如果不是她的话，估计廖宇今天就悬了。

黄姑子并没有停手，冲上去和那老头儿打了起来。他们两个你来我往，速度非常快，把我们几个看得眼花缭乱。由于他们动作丝毫没有痕迹可循，而且左闪右避的，黄冲也不好开枪，只是用枪不停瞄准那个老头儿，寻找机会。

就在这时黄姑子抓住了机会，一脚朝那老头儿的肚子踹去，让人没想到的是老头儿竟然不闪避，用肚子迎了上去。黄姑子冷笑一声，又加了两分力气。

她这一脚别人不知道我可清楚，普通的木板直接就可以踹穿了，踹在石头上弄不好还能弄出脚印来。

这老头儿敢用肚子去顶，简直是不想活了，接着只听“扑哧”一声，黄姑子的脚狠狠踹进了老头儿的肚子，甚至把整个脚踝都没了进去，黄姑子的脸上现出了得意的神情。

可我们朝那老头儿看去，这家伙竟然一点儿痛苦的表情都没有，还冷笑了一声，上前一步，一把抓住黄姑子的小腿，右手上前狠狠地打了她胸口一拳。

黄姑子惨叫一声向后摔去，可她的小腿被那个人抓着，又被他给拽了回来，一个扫堂腿将黄姑子放倒，然后抬脚向黄姑子的脖子踩了下去，以他的力气，这一脚下去黄姑子的脖子，肯定会被踩断。

就在这时“啪”的一声，枪响了，黄冲终于找到了机会开枪。接着只听到老头儿一声闷哼，就地滚到了一旁，看样子应该打中他了，不过还没等我们冲上去把他抓住，他就钻进了一旁的树林里。

“快抓住他，不能让他跑了。”我大喊一声冲了过去，其他人也都往林子里钻，连受伤的黄姑子也追了过去。我们大失所望的是，我们几个在树林子里转了十多分钟，没再见到那老头儿的影子，没想到他就这么跑了。

没办法，前面的地形更加复杂，我们就是追也追不上了，只好退了回来，回到祠堂前想确认被杀的那个人是不是偷袭廖宇的那家伙。可让所有人都没想到的是，当我们来到祠堂前，地上竟然空空如也。

“这不对呀，刚才他明明已经被杀了，怎么现在又没了呢？难道是那老头儿又回来把他给抱走了？”廖宇奇怪地说。

“不可能，他已经受了枪伤，而且我们这边这么多人，他不可能再回来抢这个人的尸体，这个人对他应该已经没有什么用了。看来这个人也是奸诈无比，刚才老头儿并没能杀死他，他只不过是装死，一直忍到咱们去追人才起身逃跑。我估计现在他已经跑远了。”我叹口气说。

“哎，今天算是无功而返了。”黄冲叹了口气说。

现在说什么都晚了，我们只好先回去，这次可真是打草惊蛇了，估计这里他也不会再来了。廖宇把枪捡回来后，我们开始往回走。黄姑子跟我们辞别后往山里去了。

我们几个全都垂头丧气，等回到风铃镇的时候已经天黑了。我们刚到派出所门口，正好黄灵在门口站着，见到我们几个赶紧跑了过来。

“怎么样？抓到了吗？”黄灵急切地问道。

我摇了摇头说：“事情有些复杂，中间出了点儿岔子，被他跑了。”

“哦，那以后再说吧！对了，刚才我好像看见有人去了黄德公家，好像以前没见过这个人。”黄灵指着街尾黄德公的府邸说道。

“有人去他家？”我皱了皱眉头，现在黄德公家应该只剩他一个人了，小英跟着我妈在店铺里养伤，这几天都没回家，一个陌生的人……

我越想越奇怪，让他们先回去休息，然后独自一人向黄德公家走去。我到了门口，大门是开着的，这和平时不一样，一般大白天的时候他们就算开着门也会把门掩好，从来没这样敞开过。

我皱了皱眉头往屋里走去。我一进客厅，发现东西四处乱扔，弄得乱哄哄的，好像遭了贼一样。

想到这儿，我跑到黄德公的房间发现黄德公不在，又在屋里转了转，一个人都没有，看来黄德公家真是遭了贼。

不过黄德公去哪儿了？我有些奇怪地向外走，刚到门口的时候迎面走来一个人，差点儿和我撞到一起。我抬头一看原来是黄德公！

“德公，您干吗去了？”我赶忙问道。

“哦，我去李悦和李槐家转了转，他们俩的孩子都没了，最近情绪有些不好，我过去劝劝他们。你怎么来了？里面坐。”黄德公说道。

“德公，家里出事了，刚才黄灵说看到有人进了你家，而且是个陌生人，我就过来看看，结果进去一看，里面的东西被人翻动过。您看看有没有丢什么贵重物品。”我对黄德公说。

“什么？”黄德公听了有些吃惊，让我扶着他进了屋。

黄德公看了屋里的样子后，脸色有些难看。我帮着他收拾起来。可不知道怎么了，就在收拾里屋的时候，黄德公不知道看到了什么，突然浑身一颤，接着额头上豆大的汗珠开始落了下来，十分激动，紧紧地握着拳头，也不知道他在想些什么，总之还在不停地咬牙。我看他那样子有些不对，赶忙问道：“德公，您这是怎么了？哪儿不舒服？”

黄德公这才反应过来：“哦，没事，我就是太气这些小偷了，把家里弄这么乱，还偷了我不少钱！”

“您放心，我一定好好调查，看看到底是谁这么大胆。按理说咱们镇子上没人敢偷，应该是外人干的。”我点点头说。

“行，这件事就交给你了，不过你要知道孰轻孰重，应该把主要的精力放到查黄姑子的事情上，早点儿把她抓住，早点儿结案。”黄德公说。

“好的，那我先回去了！”我对黄德公说道。

我转身从他家出来，回派出所，等我到这儿的时候，院子里还挺热闹，有不少孩子家长都过来帮忙修派出所被烧掉的房子，还搭起了几间简易房，说是要一起帮着看孩子，直到抓到黄姑子为止。因为有人说在镇子外面看到黄姑子了。

我想了想这样也好，有他们帮忙就能让黄冲和黄灵腾出身来，跟我去查案了。

第二天一大早，我刚从店铺里出来就见到了黄德公，他拿着一个包袱正朝镇子外走去。我跑过去，问道：“德公，您这么大早上去哪儿啊？”

黄德功一看是我，说：“唉，最近镇子上不太平，我这个族长有责任，十分愧疚，我想去祖坟忏悔，顺便替族人们在祖宗面前祈福。”

“您这身子骨怎么能受得了这么折腾……这件事咱们回头再说吧。”我劝道。

“没事，我身体好多了，你看看，吃的、用的我都拿好了，我打算守坟三个月，然后再回来。”黄德公摇头说道。

任凭我怎么劝，黄德公就是不同意。没办法，我只好扶着他来到祖坟边的一座小房子里安顿下来。

这小房子是很久以前建的，以前偷坟盗墓的比较多，宗族的祖坟在山脚下，其他人的坟头都在祖坟的东边，这么一大片坟地没人看着的话很不安全，所以就盖了个小房，找人在这里看护。

我安顿好黄德公后回到派出所帮着干了一天活儿，晚上再回店铺里休息。

我躺在床上，翻来覆去睡不着觉，这半个多月的时间，我经历了以前从来没有经历过的事，见到了以前从来没有见到过的东西。说实话我心里非常不踏实，不知道最后能不能把这个案件破掉。

就在我胡思乱想的时候，突然从后院传来一声闷哼。我从床上跳了下来，朝后院跑去。

第24章　铜钥匙

我冲到后院，发现停尸房的门开着，里面传来几声响动，我冲进去一看，一个黑影正把被我扎好的那个死孩子捆在自己身上，然后一瘸一拐地向门口走来。

这家伙抬头一看，见到我后微微一愣，停了下来。我看他的身形就知道是上次偷袭廖宇的那家伙。

而且我早就已经算定他会来偷这具尸体，所以在地上布了一个捕兽夹，看看他的脚就知道我的陷阱起作用了。

“把孩子放下，现在投降还来得及；否则，你就是拒捕，罪加一等。”我抬起手指着他说。

谁知道那家伙根本不想跟我多说，冲过来就是一拳，别看他腿脚不好，可速度还挺快。我赶忙向一旁闪开，然后趁机一脚踹向他的胯骨，结果被他躲开了。

与此同时也不知道他从哪儿抽出来一根甩棍，狠狠地砸在我肩膀上，疼得我直咬牙，一个趔趄跌倒在地。他趁着这个机会冲进了院子里，然后扒住墙头翻了上去。

我追上去，抬起左手轻轻一拉，就听“啪”的一声，一支弩箭射了出去，正好戳在那家伙的小腿上，还是刚才受伤的那条腿。那家伙惨叫一声从墙头上翻了下去。我追出去一看，胡同里很黑，根本不见那人的踪影，看来外面有人接应，或者他就藏在附近。

“想跑？没那么容易！”我冷笑了一声，然后在刚才那家伙摔下去的地方用手在地上轻轻地扇了起来。

过了没多长时间就听“噗”的一声。地上燃起一股非常细小的蓝火，然后沿着街道开始向镇子外面烧去。

这股蓝火非常小，几乎细不可见，但是对于我来说，看得非常清楚。我在那死孩子身上挂了一个沙漏瓶，里面装的是浸湿的灯芯粉末。

那个人带着小孩儿走动的话，粉末就会一点点漏下来，由于是湿的，所以不会燃烧，等他走后没多长时间，这些粉末就会干，我再用手一扇粉末就会自燃，然后一路发出一股淡淡的蓝光。

我跟着这股蓝光出了风铃镇，顺着一条十分偏僻的山路开始进山。

转了老半天，我才走进一个非常狭窄的山沟，这家伙藏身的地方可够隐蔽的，山沟越来越窄，到最后只能一人通过，我小心翼翼地从杂草中钻了过去，等我再往四处查看的时候，顿时被眼前的景象震惊了，我竟然来到了白天去过的那片桃树林，仔细看的话还能看到那个盖着不少房子的土坡。

就在我左手边有一片坟地，大概有二三十个坟头，原来还有这种地方。

我向四处看了看，发现刚才逃过来的那个人正在地上挖坑，好半天后才挖好，然后把那个死孩子放了进去，用土填好。

等他弄好以后天已经亮了，我没去打扰他，因为他所做的事实在太诡异了，按照他的行为来看，应该不止这一个孩子被埋在这。

这家伙为什么会往这里跑，他和那个黑衣老头儿在祠堂里找到的东西绝不简单，弄不好他们图谋的事情和这片宅子和坟头有关系，这里一定有事！我决定继续看下去，先弄明白他的目的再说。

这家伙抬头看看天，然后擦了擦额头的汗，转身走到一座不大不小的坟头前，把坟头前的一块石板掀开。

这家伙鬼鬼祟祟地看了看四周，从怀里掏出一个东西放了进去，然后又把石板盖好，这才站起身来。

幸好刚才我没出去抓他，否则就看不见现在的事了——他藏起来的东西对他一定很重要。

就在这时突然土坡那边“啪”的一声，只见这人赶忙向发出声音的方向跑去。见他走了，我这才从树后出来，走到刚才他站的地方，看了看地上的石板。

石板并不大，我抓住一角，轻轻抬起来，只见下面的确是个坑，但是不深，不过里面的东西却让我大吃一惊。

昨天我分明见到过它，一块黄布，里面包裹着什么东西……

这正是昨天他和那个黑衣老头儿从祠堂里带出来的玩意儿。这下我有些奇怪了，按理说他完全不是那黑衣老头儿的对手，怎么可能会把这东西抢回来呢？想到这里，我把它从小坑里拿出来，然后把石板原封不动地放好，就在我要打开黄布的时候，突然前面“唰、唰”几声，好像有人正朝这边走来。我见势不妙，赶忙跑到一旁的草丛里趴了下来。

我刚趴好，刚走的那个人又一瘸一拐地回来了，不过他身后还跟着一个人——一身黑衣、臃肿的身体，从包着脑袋的黑布里露出几缕银发。

原来是那个黑衣老头儿，我心头一紧，这家伙可不简单，看来他也知道那个人没死，所以找上门来了。刚才那边的动静应该就是他弄出来的，先把这个人引出去，再把这人抓住。

黑衣老头儿一边走，一边狠狠地踹了那人几脚，然后说：“你把偷我的东西藏哪儿了？”

那人从地上爬起来说：“就在前面，我刚把它藏好你就来了。”

那人没办法，只好指着刚才他藏东西的坟头说。

“快去给我拿出来！”黑衣老头儿一脚踢在他后背上。那人没办法，只好过去把地上的石板揭开，可他朝里看了看，这家伙浑身一颤愣住了！

“东西怎么没了？”那人奇怪地说。

黑衣老头儿听了，走过来喊道：“你耍我是不是？我看你是不想活了。”

黑衣老头儿一弯腰掐住那人脖子，然后狠狠地瞪着他。

“我真没骗你，那东西我明明藏在这儿了，连十分钟都没有。你要不信的话，你现在就杀了我吧！”那人狠狠地说道。

黑衣老头儿看了看他，慢慢地松了手，然后朝四周扫视了一眼。我不敢有丝毫动作，大气都不敢出。如果我现在被他们发现的话，那我死定了；别看我手里有手弩，但我根本不是这个黑衣老头儿的对手。

“如果真按你说的那样，我想这个人还没走。”黑衣老头儿看了看四周，开始找了起来，从树上折下一根树枝，用力抽打附近的草丛。

“完了，这次跑不了了！”我心里一沉，不知道怎么办才好。现在我只能寄希望于手里的手弩，如果他们找到我这里，就先朝黑衣老头儿来一下，看能不能把他戳死，如果他不死，那就是我死。

随着他们一点点向我靠近，我越来越紧张，额头上全是汗，左手手腕子正对着那个黑衣老头儿，眼看他手里的树枝已经扫到我的身边，再来一下的话，肯定能砸着我的脑袋；我见没办法躲了，伸手就要放手弩。

就在这关键的时候，突然“唰”的一声，我右前方的草丛里猛地蹿出一个人，然后向着斜坡那边跑去。

虽然我没看清她的脸，可从身形上已经认了出来，正是黄姑子。她肯定是跟踪我们来的，不过没有上来和我说话。

见我这边有生命危险，这家伙现身想把那黑衣老头儿引开，黑衣老头儿的反应也很快，见有人跑了，赶忙把手里的树枝扔掉，然后向黄姑子冲去。一开始我跟踪来的那个人，也一瘸一拐地跑了过去。见他们走远了，我这才从草丛里出来，长出了口气。

时间紧迫，弄不好他们一会儿还会回来，我赶忙顺着来的路线往回走，没多长时间出了山沟回了家。

原本我是想有机会的话把那个孩子从坟头里挖出来，顺便再看看其他坟头里还有没有死孩子，可回头想了想，既然他们这么看重这些孩子，肯定要用它们来做某种见不得人的事。我盘算后觉得还是不动的好，等弄明白他们的目的，然后再将他们一网打尽。

我回到房间后，才稍微放松点儿，今天真可以说是死里逃生。我把那个黄布包裹的东西拿出来放在桌子上，把黄布揭开后发现里面是一把钥匙，而且是非常古老的那种铜钥匙，十多厘米长，上面生有铜锈，看起来至少有四五百年的历史了。

我看着这玩意儿，不知道它有什么用，但它背后隐藏的秘密肯定不简单。

我想了想，将它用黄布包好，把床下的两块地砖撬了起来，把钥匙压在了下面。

不过我心里总是有一件事想不明白，明明昨天这黑衣老头儿刚刚得到了这件东西，为什么眨眼间又会被偷袭廖宇的那个人给偷回来了，好像那黑衣老头儿也不是粗心大意的人。

我想来想去都琢磨不通，只好作罢，我没把今天的事给小英和我妈说，让她们两个人搬去派出所住，顺便帮着黄灵照看那些孩子，她们简单收拾了一下就过去住了，反正现在搭的简易房也够多，足够她们居住，有她们俩和黄灵在，再加上那么多的族人，孩子们的安全目前应该可以保证。

晚上的时候，我正要睡觉，突然院子里“咚”的一声，好像有人从墙头上跳了下来；我跑出去看，结果发现一个人正躺在院子里，脸色惨白、浑身颤抖，我一看原来是黄姑子。

“你这是怎么了？”我上去扶住她问道。

“被打的，幸亏我跑得快，否则早就死了。我没地方去，只能到你这儿来了……”黄姑子有气无力地说。

“你先别说话，我给你包扎伤口！”说完后我把她抱起来，放到我妈那个屋，然后检查了一下她的伤势。她左臂已经脱臼，脸上有好几块瘀青，看样子是被拳头打的，肩膀上还有一道半尺来长的伤口。我拿出纱布、酒精给她处理伤口，幸好伤得不重，否则我这样简单处理没什么用。

伤口处理好了，脱臼我搞不定。黄姑子叫我拿来一根棍子，然后用右手攥住，让我拉住她脱臼的胳膊，让我在她砸下去的同时往外拉，我深吸了口气，抓住她的手腕子。黄姑子咬咬牙，狠狠地朝自己脱臼的关节砸了下去，就在棍子砸中她的一瞬间，我用力一拉她的小臂，就听“咔嚓”一声，胳膊又能回过弯了。

黄姑子皱着眉头，躺在床上开始休息。我没再问她什么，从房间里退了出来。

黄姑子呻吟了一晚上，到早上的时候才好一点儿；这时突然有人在外面砸门，接着就是一阵嘈杂，我开门一看，只见街上站满了人，一个个横眉冷眼地看着我，站在最前面的是李悦和李槐。

“你们有什么事，围我家干什么？”我奇怪地问道。

“你说为什么，我听说黄姑子在你家，把她给我交出来。”李悦上来抓住我脖领子喊道。

我听了以后心头一颤，按说黄姑子可昨天半夜来到我家的，应该不会有人发现才对，这才没多长时间，居然已经传遍了整个镇子。

见我不说话，李悦把我狠狠推到一边，然后喊道：“都跟我进去抓人。”

李悦说完就要往屋子里闯。我把他们拦住，可这些人不由分说跟我打起来。我明白他们的心情，已经一个来月了，这件案子让他们提心吊胆，而且还死了四个孩子，现在八指婆和黄奇都死了，黄德公说话也不像以前那样有威慑力了，毕竟他的孩子黄奇也参与了这件事。

“都给我住手！”就在这时，屋里传来了黄姑子的声音，接着黄姑子一脸冷峻地从屋子里走了出来，她身上的伤还没好，满脸瘀青，胳膊还吊着，肩膀上包着纱布。

见到黄姑子这样，李悦他们都愣住了。黄姑子瞥了他们一眼，说道：“我是做了坏事，我也罪有应得，但是我这个人不像你们一样不分青红皂白、反反复复来冤枉张炯和她妈，你们自己说说这是第几次了？对，我是在他这里，是我昨天晚上跑来的。因为我无处可去，我身受重伤眼看就要死了，我只能来找张炯。为什么？因为他比你们这些人都正直，他无愧于一个警察，跟你们说实话吧，我早已下定决心来找张炯投案了，他也同意了，所以他并不是要有意隐瞒，而是还没来得及向你们大家说清楚事情的原委，我也知道落到你们手里不会有什么好下场，今天我就给全镇人一个交代！”

话音一落，黄姑子突然举起自己的右手，而右手上正拿着一把剪刀；我见了大吃一惊，心道不好，上前想把它剪刀抢下来，可还没等我跑到她跟前，就听“噗”的一声，黄姑子直接把剪刀插在了自己的脖子上，鲜血喷涌而出，溅了前面的李悦一脸。

我二话不说脱下衣服，捂在黄姑子的脖子上，不敢把剪刀拔下来，怕出血更多，然后狠狠地瞪着李悦他们，喊道：“她是本案关键的人物，也是唯一的嫌疑犯，在没有定罪之前，任何人都没有权力剥夺她的生命。你们想要报仇也不能亲自动手，要等法院宣判之后由国家来执行。现在我要带她去治疗，我希望你们不要再做傻事。”

在场的人全都愣住了，不知所措地站在那里。我分开众人，抱着黄姑子，抓着来凑热闹的大夫回到诊所，让大夫给她包扎伤口。大夫犹豫了一下，开始动手，幸好抢救得及时，黄姑子也没扎到大动脉，伤口很快就包扎好了。黄姑子面无血色地躺在病床上，呼吸平稳了下来。

我总算松了口气，不过心里还是剧烈翻腾，到底是谁鼓动这些人的，这个人的居心可想而知。

我打电话让廖宇过来看着黄姑子，一是做给镇子上的人看；二是以防她再受到别人伤害。

虽然她以前做过很多坏事，害死过孩子、杀过人，可她毕竟救过我的命，所以在判她之前，我不能让她的生命再受到威胁。

廖宇来后，我从诊所出来去了派出所，刚到门口，黄灵一脸兴奋地跑了出来。

第 25 章　黄四海

“黄灵，你去哪儿？这么急干什么？”我见了黄灵的样子，奇怪地问道。

“炯哥，我爸来了。”黄灵高兴地说。

“是吗，他在哪儿？”我有些意外地问道。

“就在里面，快跟我来，我正要去找你呢！”说完黄灵拉着我进了派出所。

我进屋一看，廖宇和黄冲都在，还有小英，他们三人正陪着黄四海说话。黄四海坐在轮椅上喝茶，见我来了他微微笑了笑，把茶杯放下，然后，慢慢地从轮椅上下来，站了起来。

“张炯我们又见面了！”黄四海笑着伸手。

我过去和他握了握手，说：“没想到您也来风铃镇了。上次见面的时候不知道您身体有恙，您请坐！”我扶着黄四海坐下。

借着这个机会，我看了看他身后，在他的右手边，恭恭敬敬地站着一个孩子，十八九岁的样子，脸上没有任何表情，长得有些稚嫩，一直看着地面。

在孩子的身后是四个身材魁梧的大汉，应该是黄四海带来的保镖，除此之外还有一个身穿皮夹克的年轻人，二十多岁，眼神十分凌厉，肩膀很宽，虎背熊腰，一看就是练家子。

“我有点儿不放心，所以带了几个人来，说不定能帮到你们。”见我打量他身后的人，黄四海笑着说道。

“真是劳烦您了。”我点点头，“现在我们这里正缺人呢。对了，黄姑子出了点儿问题。”

我把这两天的事情，向黄四海说了一下。黄四海点点头说：“昨天我在路上的时候黄姑子已经给我打电话了，说她可能不行了，她现在怎么样了？”

“刚才我已经把她送到诊所去了，应该没什么大碍，休息几天，养养伤就好了。”我答道。

黄四海点了点头，说：“既然这样的话，我想过去看看她，顺便找她有点儿事，你也跟我去。”

“好，那咱们现在就走吧！”我站起身来向外面走去，黄四海紧随在后，那个十八九岁的孩子也乖乖地跟在我们身后。

从派出所出来没多远就是诊所，可到了门口以后，黄四海吩咐让众人都在门外候着，只有我和那个孩子跟他进去。虽然不知道他为什么这样安排，不过也没人说什么，都在门口停了下来。我们三个进了诊所的病房，见到了正在养伤的黄姑子。

黄姑子一见黄四海，挣扎着想要坐起来，可能是动了伤口，她疼得龇牙咧嘴，没办法只好继续躺着。黄四海也没在意，笑了笑说：“你怎么样？伤得不重吧？”

黄姑子笑了笑说：“还可以。多亏了张炯，如果不是他的话，我早就没命了。”

黄四海赞许地看了看我，然后又对黄姑子说：“我这次来有两件事，第一是想看看你们到底查得怎么样了，第二是因为他！”

黄四海一边说一边看了看身旁的孩子。我和黄姑子奇怪地看了看他，不知道黄四海是什么意思。

黄四海笑了笑，对黄姑子说：“我答应过你，只要你帮我把事情办成，我就让你见见你失散十八年的儿子，现在我把他带来了，我可没食言啊！”黄四海笑着说。

听了黄四海的话，我吃了一惊，没想到黄姑子还有这么大一个儿子，黄姑子更是瞪大了眼睛，也顾不上身体上的伤了，一下子坐了起来，一把抓住那个年轻人的手，眼泪“哗”地流了下来。

“孩子，快过来让妈看看。”黄姑子非常激动，说话都开始结巴了。

不过那孩子却没有什么太大的反应，只是抬头看了看黄姑子，沉默不语。

“他这孩子有些内向，和生人有些放不开，等你以后跟他熟悉了，自然会跟你亲近的。这些年我为了找他可费尽了心思。这是当年包他的衣服，你看好了。”黄四海从轮椅边上拿起一个袋子，掏出来一件还带着血渍的衬衣，衬衣上的花纹还挺漂亮。

“没错，就是这件衬衣。”黄姑子接过去后，浑身上下都哆嗦了起来，开始搂着那孩子，大声哭了起来。那孩子可能受了点儿影响，毕竟只是十八九岁，心智还不算太成熟，见到这样感人的场面，眼圈不禁也红了起来，不过还是没有说什么。

“行了，你也别太激动了，先好好养伤，过两天我再带孩子来看你！”黄四海说道。

“我真是不知道怎么感谢您，这辈子可能没法还了，下辈子一定给您当牛做马。”黄姑子挣扎着要下床给黄四海磕头，不过被我和黄四海劝了回去。

这下我彻底明白黄姑子为什么会答应黄四海来帮我了，甚至连自己的性命都可以不要，原来是为了她失散多年的孩子。这么想来，虽然黄姑子做了很多坏事，但还是有她善良的一面。不过她罪无可恕，等待她的只有法律公正的判决。

我们三个从诊所出来，我推着黄四海回了派出所，然后把目前的情况和困境给黄四海说了一下。

黄四海还笑着说：“我给你出个主意，应该可以把这个人引出来！”

“哦，什么主意？”我听了后兴奋起来。

“还记得我给黄姑子的那件衬衣吗？当初用来包裹孩子的那件衣服！”黄四海笑着说。

“知道呀，这东西有什么用？”我不明白黄四海的意思，奇怪地问道。

“只要你把那件衬衣挂在风铃镇最显眼的地方，明天早上之前，你就能见到这个人，他自己就会送上门来。”黄四海神秘地看了我一眼，然后笑着说道。

我虽然不知道他为什么会这么说，也不知道那件衣服有什么神秘之处，但既然他这么肯定，我感觉一定有他的道理。

于是我辞别了黄四海出来，到诊所里把那件衣服从黄姑子那里要了出来，然后挂在了风铃镇正南面的牌楼上，镇子里外都可以看得清清楚楚。之后我就回了派出所。

原本我还以为不会那么顺利，结果我们刚吃了晚饭，就见一个身穿黑衣的人，走进了派出所，而且这人头上还蒙着黑纱，和我见过的那个偷袭廖宇的人一模一样。我赶忙从屋子里冲出去，然后喊廖宇、黄冲他们出来，先让他们把孩子都带到屋里去，然后让其他人也都出来把这个人团团围住。

“不用那么紧张，我不是来找你们的，让黄四海出来。”那个人冷冷地说道。

“是谁要见我！”人群一分，那个年轻高手和保镖推着黄四海走了出来，停在了我身边。

“怎么是你……把我儿子交出来！”那个人阴沉地说道。

我听了以后有些纳闷儿，怎么这人也是来找儿子的……而且看他的样子见了黄四海似乎有些意外……

“你儿子？你捂得严严实实，谁知道你是谁，谁又是你的儿子，你跟我要的着吗？”黄四海听了笑着说。

那人深吸了口气，把头上的黑纱摘了下来，看清他的脸后，我顿时倒吸了口气，这个人长得和黄四海一模一样，额头上也有一块钝器砸的伤疤。虽然我早就有了心理准备，可在看清他的样貌后还是倒吸了口气，难怪当时黄灵都认错了人，才会被他偷袭。

这么看上去他和黄四海简直就是一对双胞胎，难道他们真是兄弟不成？我奇怪地看看他们两个。

“原来是你呀！”黄四海笑着说。

“少废话，难道不是你让我来的吗？今天你说什么都没用，把我儿子交出来。”那人咬牙切齿地喊道。

“想见你儿子也行，不过你要答应我今天就归案，把你所做的事情都向张炯彻底交代，然后等待法律的制裁。”黄四海不紧不慢地说。

“放屁，想让我归案不可能。”那个人狠狠地骂道。

“那就没办法了，今天你无论如何也走不了了，而且我可以负责任地告诉你，你这辈子都不可能再见到你儿子！”黄四海狠狠地说道，然后看了他身旁的保镖一眼，他那四个保镖和那个虎背熊腰的年轻人全部冲了出去，尤其是那年轻人，速度非常快。

就在这时，对面的人突然把手摇了摇，黄四海一挥手，他那几个保镖全都停了下来。

“你有什么话说？”黄四海问。

“我说过，我是绝对不会归案的，但是我可以用一样东西来和你换我儿子，这东西我想应该是你最想要的……”对面那人说道，可还没等他说完，突然从派出所门口冲进来一个人，直接撞进众人的包围圈，抽出一把尖刀向对面那人的脖子戳去，这个人身形有些臃肿，一身黑衣，头上包着黑纱，露出几缕银发。

我刚要上前救人，可已经来不及了，就听“扑哧”一声，尖刀直接戳进那人的咽喉，还被这黑衣老头儿一脚踹在小腹上，那人惨叫一声摔倒在地，嘴角开始不停地往外淌血，眨眼的工夫就断了气。

谁都没想到这黑衣老头儿如此狠毒，而且速度这么快，杀人之后他挥舞尖刀把众人逼开，向派出所外冲去。

我、廖宇、黄冲还有黄四海带来的保镖全都冲了上去，可那老头儿拼了命地用刀乱刺。当时人太多，不好开枪，我们一个没留神竟然被他冲出了派出所，等我们追出去的时候，他已经钻进了胡同里，七拐八拐就把我们甩了。我站在街上气得直跺脚。

谁都没想到最后是这么一个结局，好半天后我们几个才回了派出所。

被杀的这个人身上应该有很多线索，没想到竟然惨死在我们面前。我在他身上搜了一下，什么东西都没有。就在这时门外进来一个人，我回头一看原来是我妈。今天镇子上有老人死了，我妈去送了两个纸人，所以一直都没在派出所里。

“这是怎么了？怎么人会死在这儿？”我妈看见地上有一具尸体，过来问道。

我把经过简单地说了一下。我妈探着头朝地上男人看了一眼，结果我妈浑身上下竟然哆嗦起来，步履蹒跚地跑到那人身前，一把搂着他的脑袋，眼泪“哗”地下来了，然后把他扶起来，仔细端详了一下。

过了一会儿，我妈眉头一皱，竟然又不哭了。我以前可从来没见过我妈这样，怎么看她的样子好像认识这个人似的。

“妈，这人是谁？你认识他？”我上前扶住我妈问道。

“他是张洪，你叔叔，你亲叔叔。”我妈咬着牙说道。

“什么！你是说，在我小的时候就离家出走的那个叔叔，就是他？！”我听了以后无比震惊，仔细地看了看他的脸，却没有任何印象，小的时候我记得他额头上并没有伤疤，而且这么多年过去了，对他的印象也早就模糊了，即便是当年，他也没在家待过几天，到处乱跑，偷鸡摸狗不干好事。

“没错就是他。刚才我还把他认错了，还以为是你……爸爸。原来是这个不知廉耻的东西，死了活该。”我妈咬着牙说道。

原来是这样，没想到我妈会认错人，可我转念一想，一个念头突然涌现在我脑海里，既然我妈会认错他，那见到屋里的黄四海……想到这里，我不知道为什么浑身上下也开始不自在起来。

就在这时，我身后传来脚步声，我回头一看原来是一个保镖正推着黄四海走了过来。

“多年没见，你还好吗？”黄四海笑着说道。

他不是对我说的，而且两只眼睛直勾勾地盯着我妈。我妈听了以后浑身一颤，慢慢转过身来，在看到黄四海的一瞬间，她的眼泪“唰”地流了下来，表情比刚才更加痛苦。

“你……你原来没死，这么多年你去哪儿了？”我妈激动地说道。

“我当年被人逼走，无奈之下也不敢对你说，而且我也是为了四海的孩子，所以才隐忍了这么多年。我这次回来就是想把所有的事情都解决掉。”黄四海尴尬地笑了笑说。

“等等，你们两个在说什么？我怎么听不明白？”我赶忙往前走了两步，对黄四海和我妈说道。

“孩子，他是……”我妈一拉我胳膊，刚要说话，黄四海把手抬起来摇了摇：“还是我来给孩子说吧，张炯你听清楚，我叫张宝，是‘纸人张’的传人。当年我的好友也就是黄德公的儿子黄四海不知道为什么被人逼迫，然后身受重伤，奄奄一息，他求我带他的一双儿女离开风铃镇，永远不再回来，话刚说完他就死了。逼迫他的人是一个身手非常厉害的中年人，而且他让我不要和你们说，否则你们也会有生命危险。因为当时镇子上同时死了八个孩子，这件事我跟你说过，所以为了他的一双儿女，还有你们，我只好在选择离开。”

“你说的那一双儿女，难道就是黄冲和黄灵？”我皱着眉头问道。

“没错，就是他们。我不敢以自己的身份活着，就改名换姓，用我朋友的名义去养他的孩子，为的是不让他们忘本。以后的事情你都知道了，后来我开始调查杀害四海的凶手，直到前阵子，我听说你被赶出了风铃镇，所以就托关系把黄冲调了过来，也好掌握这里的情况。没想到时隔不久真的有命案发生了，我就开始密切关注风铃镇，然后就有了后面的事。”黄四海接着说道。我和我妈听了以后顿时感觉有些不知所措，风铃镇上到底有什么秘密，居然这么多年了还在不停发生？

“爸，你说的这些都是真的？”就在这时黄四海身后有人问道。

是黄冲，看来刚才黄四海的话他都听到了，接着两个人走了过来，还有一个人是黄灵。

两人十分激动地看着黄四海，等着他的答复。不对，准确地说，他现在应该叫张宝。张宝点了点头，说：“我也不想瞒着你们，可又不想让你们从小压力那么重，所以我才一直瞒着你们。而且我也知道你们知道真相后一定会来调查这件案子，所以我才会把你们都调到风铃镇，让你们亲手为自己父亲报仇！”

“我不信，这些都是假的，你一定是骗我们的！”黄灵没说什么，可黄冲反应却很大，大声喊道。

“事实就是这样，你要学着去接受。现在案子已经到了最关键的时候，当年那个中年人，现在岁数应该已经很大了，而且从身手上来判断肯定就是刚才那个人，他就是逼死你们父亲黄四海的凶手。不管你还认不认我这个父亲，也不管你认不认自己是黄四海的儿子，总之你既然是这里的警察，你就要抛弃私人的感情，拼尽全力把他抓住！”

第26章 密信

张宝义正词严；黄冲愣在那里，不知道说什么好。我知道他一时半会儿还接受不了这件事，赶忙把黄冲劝到一旁。

黄灵还好，陪着张宝说话，看来这丫头心思并不是那么死，不过这也能从她平时的行事作风看出来，她和黄冲两个人的性格完全是相反的。

我妈和张宝又聊了两句然后就走了，独自一人回了“纸人张”。我知道她也有些接受不了，不是不想和张宝说话，而是不知道怎么开口。等他们都走了，我和张宝面对面互相看着，说实话，我不知道怎么来面对眼前这个父亲，从小到大，我没有他任何消息，也没有任何印象，在我心里父亲其实已经死了，而今天他却真真实实站在我的面前，说没有波澜那是假的，但是一开始的激动过去后，我的心里反而平静了下来。

“我想见一见德公。”张宝首先打破僵局，笑着对我说。

“我推你去。”我点点头，把张宝从派出所推出来，向祖坟那边走去。一路上我们两个谁都没有说话，气氛有些尴尬。

很快我们到了祖坟前那间小屋门口，屋里亮着灯，我敲了敲门，就听黄德公在里面问道：“谁呀？”

“德公是我，张炯，有人想见您，我把他带来了。”我赶忙答道

“哦，进来吧。”德公答应道。

我推开门，然后把张宝推了进去。我们一进门，黄德公抬头看了轮椅上的张宝一眼，顿时浑身一僵，愣在了那里。

张宝笑了笑说：“德公，多年没见，您身体可好？”

“你是张宝！”黄德公深吸了口气，说道。

“没错是我，我回来了！”张宝慢慢起身，从轮椅上坐站了起来。

黄德公笑了笑说：“当年你不辞而别，置族人于不顾，没想到你今天还有脸回来。”

“我知道以前是我不对，可也是形势所逼。你也知道四海是怎么死的，这么多年杀他的凶手都没能抓住，我这个做朋友的心里有愧，也没脸回来。但是现在不一样，我又有那个人的消息了，所以我一定要亲手把他抓住，为四海报仇。”一边说着，张宝慢慢跪了下去，朝着黄德公恭恭敬敬磕了一个头。

“你不用跪我，当年你走的时候就已经不是族人了，我受不起。”黄德公有些不高兴，看着张宝说。

张宝直起身来：“我这是替四海给您磕头，他未能尽孝，这个头是他为您赔罪了。”

听了张宝的话，黄德公没说什么，闭上了眼睛，眼角有些湿润。

“张炯，你先出去，我和德公有些话要聊。”张宝回头对我说道。

我点点头从小屋里出来，找了个地方坐下，远远地看着小屋里的两个人，他们两个没有什么激烈的争吵，说话都很心平气和，而且说了很多，不过我没心情去琢磨他们在说什么，我的脑袋里已经乱成了一锅粥，事情越来越明朗，也越来越复杂，现在看来不仅是我们要抓那个黑衣老头儿，就连张宝、黄德公他们也对那个人恨之入骨，恨不得扒了他的皮、抽他的筋。

大概有一个小时左右，张宝从小屋里出来说：“咱们回去吧！”

我点点头，辞别了黄德公，推着张宝回了风铃镇，把他送回派出所之后，我转身出来，想回店铺里陪我妈，可在路过诊所的时候，想起黄姑子还在这儿养伤，于是我来到诊所，想看看她怎么样了。

病房里只有廖宇和黄姑子两人，廖宇见我来了从椅子上起来，我让他在外面等我一会儿，然后坐在了黄姑子身前。

黄姑子的脸色有些不好，看了看我，问道：“我听廖宇说，刚才派出所死人了？”

我点点头，没有说话，黄姑子接着问道：“那个人是不是额头上有个疤？”

我想她已经猜到了那人的身份，于是点了点头说：“对，那人叫张洪，是我的叔叔！”

我说完后，黄姑子的眼泪“唰”地流了下来。其实我已经猜到了，张洪一直找张宝要儿子，而张宝要挟黄姑子的也正是那个孩子，再加上张洪是我用那件带血的衬衫引来的，所以我能确定那个孩子就是张洪和黄姑子的孩子，不过在十八年前丢失了而已。

我没有打扰黄姑子，黄姑子哭了一会儿探着头看看外面，然后小声对我说：“张炯，我有件事要对你说，不过你不能告诉任何人。其实我已经见过张洪了，这些天我要查的人正是他，不过他并没向我表露他的身份，那天我为了救你，被黑衣老头儿重伤的时候，是他把我救了下来。刚才他趁着廖宇去厕所的时候来见了我一面，给了我一个纸团，说如果他死了就把这个纸团儿给你。”黄姑子一边说着一边把一个攥得紧紧的纸团交到我手里。

我把纸团打开，上面写满了字，等我看完以后立马出了一身冷汗。原来张洪说自己虽然帮黑衣老头儿做事，却从来不知道他是谁，而且当初黄四海也是被黑衣老头儿逼死的，张洪一开始被黑衣老头儿蒙蔽，所以对他言听计从，这才没被黑衣老头儿杀死，直到后来发现不对才开始调查黑衣老头儿的真实身份，虽然没有调查清楚，但是有了眉目，还说自己和张宝是孪生兄弟，当初因为劝说张宝替黑衣老头儿做事没有谈拢，两人大打出手，互相用铁棍打了对方脑门儿一下，两人同时受伤，张宝这才离开了风铃镇，还说通过自己这些年的观察和调查，让张炯一定要小心黄德公和张宝，因为他们两个都是城府极深的人，最后张洪托付我救出他的儿子，不要让他留在张宝身边。

我手里拿着这张纸，心里的火气越来越大，他说张宝城府极深我相信，因为通过这几次的接触我知道他绝对不是一个简单的人，但是要说他有坏心思，我是一百个不信；说起黄德公，我不明白为什么张洪要把他牵扯进来，但是这一阵子我的的确确对黄德公所做的事情感觉有些不可思议。

当初是他把我从风铃镇赶出去的，因为我不学习扎纸人的手艺。而后又是他把我叫回来的，让我来查纸人行凶的案子，而且在我犹豫着要不要把扎纸人的手艺用在真人身上的时候，是黄德公求我去救小英，我才下定决心的。之后黄德公家被盗，从他当时的表情可以看出，一定有一件十分重要的东西被偷走了。如果我猜得不错的话，偷东西的那个人应该是张洪。而张洪偷的肯定是他藏坟前石板下的那把钥匙，那天晚上黄德公很晚才回来……

这一切都成立的话，黄德公身上一定还有一把钥匙，是从祠堂里找到的那把，黄德公家的那把原本就是黄德公所有。如果真是这样，那这件案子黄德公肯定了解得清清楚楚，他才是整个案子的始作俑者，甚至连黄奇都是他授意的都有可能，以前的一切都是在我面前做戏罢了。

我越想越感到一阵寒意侵蚀着我的全身，让我浑身发抖，那张宝回来又是为了什么？黄德公究竟是什么目的？想到这儿我让黄姑子继续休息，然后把廖宇叫进来，吩咐他看好黄姑子，然后从诊所里出来。

我刚才想的虽然是一种臆断，但也是一种可能，不过不能单凭张洪的片面之词和我的一些联想就断定黄德公跟这件事确实有关系。我立马到派出所找到张宝，向他说明天要去坟地里看看那里到底埋了多少孩子。张宝也正想调查清楚，所以就定了下来。

第二天一早我和张宝带着几个保镖去坟地。黄灵身上有伤，我不想让她去，但她非要跟着。我们一行人顺着山路爬了一个小时。到了那片桃树林旁的坟地，张宝吩咐他的几个保镖开始挖了起来，所有坟头都挖开后，里面一共挖出来十六具孩子的尸体。

不过所有孩子都已经干瘪，一看就知道是很多年前被杀的。

“这里叫胡子沟，多年前我曾经来过，不过我只去前面土坡上那几间破房子里转了转，还不知道这儿原来有这么多坟头。”看着眼前的死孩子，张宝叹了口气说。

“从这件事上能看得出来，这儿和风铃镇有很深的瓜葛，难道说这里住的也是咱们的族人？”我把心里的疑问说了出来。

“这个我就不清楚了，看样子应该是很久以前的事了，你猜的也许是对的，如果没有瓜葛的话，为什么孩子会埋在这里。你看前面那几具，还记得我跟你说的吗，二十年前风铃镇曾经发生过死孩子的事情，当时是我把这件事隐瞒了下来，这就是那八个死去的孩子。”张宝指着那些死孩子中的几个说道。

“这么说来，有人可能在收集它们。这里一共是十六具，再加上店铺里的四具，现在是二十具。这黑衣老头儿要这么多死孩子到底有什么用意呢？”我接着说。

“这件事，我也查了很长时间，就连黄姑子都不知道。如果这样的话，恐怕除了那个黑衣老头儿，其他人都是他利用的工具而已，他从来没有把自己真正的目的说出来。”

“对，他在和张洪对话的时候嘴里含了某种东西，连声音都变了，可想而知他的戒心有多强，所以绝对不会把实话向别人吐露的。”我点点头说。

“接下来你有什么打算？”张宝抬头问我。

“要说以前，我还能根据线索来查他们的踪迹，可现在能查的都查了，能抓的都抓了，没抓到的也都死了。这个黑衣老头儿一直都是幕后指使，虽然露了面却一点儿有用的线索都没留下。我是真不知道该如何进行下去了。”我苦笑着说道。

张宝笑了笑说：“越是到这个时候，你越应该冷静下来，没有人会完全没有破绽，你不妨试一试逆向思维，反过来把这件事分析一下，比如说他为了不让别人知道自己的身份而刻意改变自己的声音、遮挡自己的容貌，反过来一想，那就是他连声音都要改变，那他绝对是张洪非常熟悉的人，他身上没有线索，那就是最大的线索。”

我听了张宝的话微微一愣，旋即豁然开朗，一直皱着的眉头也舒展开了。张宝见了我的样子，点了点头说：“咱们把这些孩子都带回去吧。如果不能把那老东西抓住的话，就把这些孩子付之一炬，看他到时候还能怎么办？”

我点点头，和那几个保镖还有黄灵一起把地上的那些死孩子抱了起来，由于它们很轻，一个人抱三四个都不成问题，然后顺着来路返回了风铃镇。

我们先把那些死孩子都放到“纸人张”的停尸房里，现在已经是下午三点多了，我把黄冲悄悄叫了出来。

“炯哥，我刚才去给黄德公送过饭了，他没在，我就回来了！”黄冲说道。

“行，那就算了，回头我再给他去送吧，这件事你别跟别人说。”我对黄冲吩咐道。

黄冲点点头，去做自己的事了。

今天早上在走的时候，我就吩咐了黄冲，让他中午去给黄德公送饭。

按照我设计的，如果黄德公真有问题的话，那么我和张宝这样大张旗鼓地去挖那些死孩子，黄德公肯定要跟去看一看，果然不出所料，黄德公真没在祖坟那里，十有八九跟着我们去了胡子沟。

现在我还不能将这件事对任何人说，包括黄冲。今天的事只能说明黄德公有问题，但要证明所有的事都是他做的，还需要很多证据，所以我现在不能声张，更不能臆断，要一点点求证。因为我并不希望黄德公和这件事有关，毕竟他是小英的精神支柱。如果他再出什么问题的话，小英肯定接受不了，在小英眼里黄德公简直就是信仰，也是全族人的信仰。所以要动他，必须要有确凿的证据。

之后的几天，风铃镇彻底安静了下来，那个黑衣老头儿再也没有出现过，镇子上也没邪性事发生了，好像这一切都没发生过一样。

这几天黄灵的伤恢复得很快，黄姑子也能下床了。我妈有时会来派出所和张宝说几句话，但始终保持着距离。

我有时也劝黄灵和黄冲不要太在意张宝欺骗了他们，毕竟养育了他们二十多年，到最后黄冲和黄灵也想开了，还是叫张宝爸爸，跟以前一样，张宝也很高兴。不过我发现一直跟着张宝的那个年轻人不见了，黄姑子的儿子也不见了，张宝说让他的手下送黄姑子的儿子回市里了。

时间一天天过去，总这样也不是办法，我找到张宝说：“我想个办法，看能不能把那个黑衣老头儿引出来，不过可能会有些危险。”

“什么办法，你说说看。”张宝点点头说道。

“我想那天晚上黑衣老头儿杀张洪是因为张洪要用某一样珍贵的东西和你交换他的儿子，很明显是在杀人灭口，可想而知这件东西对那黑衣老头儿非常重要。张洪虽然死了，可黄姑子还在。我想那黑衣老头儿肯定明白张洪和黄姑子的关系，我想把黄姑子放了。”

张宝听了我的话后笑了笑说："看来你已经想明白了，没错，他们两个以前是有过一段关系，苟合之下还生了一个儿子。你的办法的确可行，不过一定要注意安全，确保黄姑子不能受到任何伤害，否则那就是失职。别看你现在不是警察，但是在警察和宗族之间，你是一个调度者，你处理不好的话，会引起很多不必要的麻烦。"

我点点头说："那我就去安排了！"

"有什么需要我帮忙的，尽管说！"张宝很高兴，笑着说道。

我点点头从派出所出来，直接去了诊所，见到黄姑子后，我对她小声吩咐了几句，黄姑子点点头答应了下来，我这才从诊所出来，去找黄灵。

第 27 章　阴宅

我找到黄灵的时候，她正在和我妈还有小英说话。我把她叫出来，吩咐了她一些事情，接着又到派出所找到廖宇和黄冲，给他们做好安排，接着我就去了祖坟。

不过，我没去黄德公住的那个小屋，而是远远地藏在一棵大树后面，从这里正好可以看到屋里的情况，他在屋里躺着休息，偶尔会坐起来，在小屋周围四处走走。

下午的时候，他去了一趟镇子上，而就在这时廖宇从诊所里出来去了派出所，接着黄姑子鬼鬼祟祟地从诊所里跑了出去，这一切都发生在黄德公身前不远的地方，不过他好像没看见似的，拐了个弯回祖坟去了，我只好跟着他回去。

到天黑的时候，黄德公吃了点儿东西，开始躺在床上休息，一直到夜里十点多，按照现在的时间来算黄姑子已经上了翠微山。

如果我盘算得不错的话，那个黑衣老头儿肯定要跟着黄姑子，因为他知道他想要的东西只有黄姑子才能找到。

按照我先前的推断，如果黄德公是那个黑衣老头儿，他一会儿肯定会去翠微山，结果让我没想到的是，他居然一直躺到夜里十二点，然后关灯睡觉了。

按照我的安排，黄冲他们会埋伏在翠微山上一直到十二点，接着不管黑衣老头儿来不来，他们都会下山。

我心里开始纳闷儿起来，难道说我的推断都是错的？我越想越不明白，只好转身回到镇子上。等我到派出所的时候，黄冲他们已经回来了，黄姑子也和廖宇去了诊所。

“黄冲，有什么情况吗？”我对黄冲问道。

“炯哥，我们一早就在翠微山上埋伏好了，九点多的时候，黄姑子上了翠微山，没多长时间她身后就来了一个黑衣人，不过这个人似乎在找些什么，但是他并没有上山，在山脚下转了两圈就走了，我们追过去的时候，他已经不见了，我们只好回来了。”

我听了以后，微微一愣，赶忙问道：“那个人的样子，你们看清楚了吗？”

“没有，离得太远，根本看不清楚。”黄冲摇了摇头说。

“行了，我知道了，你们休息吧，”我点点头。

从派出所里出来我心里非常不舒服，按理说我安排的并没有什么差错，可为什么那个人跟到半路就不跟了呢。我一边琢磨，一边向“纸人张”走去。

走着走着，我感觉有些不对，好像有人盯着我，后背阵阵发毛，又往前走了两步，我猛地回身，把左手举起来，用手弩指向身后，可我看了半天，街上一个人都没有，到处黑咕隆咚的，很安静。

“难道是我疑心太重？”我叹了口气转回身来，可我抬头一看，就在我身前正站着一个全身黑衣的人，连头上都包着黑纱，露着几缕银白色的头发，看到他的一瞬间，我全身上下的汗毛都立了起来，刚想举手用手弩射他，只觉得脑袋“嗡”的一声，我失去了知觉……

接下来我连意识都在飞快地消逝，只能感觉到头顶一阵阵剧痛，我的感知只剩下了这一点儿，不知道什么时候疼痛开始慢慢减弱，我似乎恢复了一点，又过了一会儿，眼前开始亮了起来，我慢慢睁开了眼睛，却发现我好像躺在一个幽闭的地方，到处都是发霉的味道，非常难闻。

我摸了摸脑袋，上面有个大包，疼得我直咧嘴。我慢慢坐起来，向四周看了看，这里非常眼熟，好像是祖宅。等我看清楚周围的情况，发现我正躺在一间房间内，这房间我很熟悉，前几天我去祖宅的时候，那儿的正屋就是这样的，不过这里似乎比那儿要矮了很多。

“这到底是哪儿？”我自言自语，赶忙挣扎着从地上爬起来，然后钻出比一般的房子要矮一半的门口。

等我出来的时候，立马被外面的情景震惊得无法说出话来，在我前面是一个很大的院子，大门上挂着两个大号的纸灯笼，里面燃着烛火，院子里有花有树有人有车，可以说寻常人家有的东西这里都有，只不过不一样的是，这儿所有的东西竟然全都是用纸扎出来的，而且惟妙惟肖，比真正的东西要小，纸人只有我腰部那么高。

我倒吸了口凉气，搞不清楚这到底是怎么回事。

“有人吗？”我大声喊道。

可根本没人回答，我从院子里走出去，外面空间并不大，四面都是岩石，头顶也一样，院子就是建在这样一个巨大的石洞里，四面的岩石上，刻着很多图案，一幅接一幅，看上去年代十分久远，在院门正对的前方，有一座巨大的石门，四五米高三米多宽，石门上雕刻着精美的图案，非常漂亮。

我试着推了推，纹丝不动，但我仔细一看才发现原来在石门中间有两个钥匙孔，而且是很古老的那种，我见了这钥匙孔心中一动，看来真有两把钥匙。

“张洪手里的并不是黑衣老头儿身上那把，这么看来，那把钥匙是他从黄德公家里得到的，难道那黑衣老头儿真是黄德公？可这也说不通啊，刚才黄冲明明在翠微山上见到了那个黑衣老头儿，而且我也在盯着黄德公，他一直没离开过。”我皱着眉头想。

四周没人，最后我回到那扇石门前，仔细地研究起来，这门后面肯定有不可告人的秘密，否则绝对不会弄得这么神秘。

可我又是从哪儿进来的呢？我想了想又在院子里仔细找了一下，没有任何发现，没找到出口，我却把所有的石画都看了一遍。

这上面好像讲的是古代一个帝王，十分喜好修道，接着就网罗天下的道士来给他炼丹，以求长生不老，但是后来皇帝没成仙，反倒升了天。不过有四个大官捧着一卷宝书，逃到了一个山清水秀的地方，继续研究了起来。

我越看心里越翻腾，这上面画的好像是风铃镇祖上的四位老祖宗，看到这儿，我想起了李悦给我的那张黄绢，上面也提到了长生不老、起死回生。难道说，世上真有这样的事？

“简直是无稽之谈，”我冷笑了一声说道。

“自己不相信，但不能否认它的存在！”这时我身后突然传来声音，我回过身来一看，正是那个黑衣老头儿，他正站在院子门口，冷冷地看着我。

“你终于露面了！”我咬着牙说道。

“我有什么不能露面的，只不过是时机未到而已。你看看这里，这是风铃镇最大的秘密，也是千百年来传承下来的秘密！”黑衣老头儿说。

“你为什么把我带到这里？”我狠狠地瞪着他问。

“现在带你来有一些早，但时不我与，眼看就要错过最后的机会了，否则又要等上很多年才有机会达成先祖所愿。所以我才冒着风险带你来，让你看一看。”黑衣老头儿说。

我不明白他的意思，没有说话，而是把手里的手弩举了起来。

见了我的样子，黑衣老头儿说：“别那么紧张，就你那东西根本伤不到我，上次不是我大意，你同伴就算有枪也打不中我，不信的话，你可以试试。”

他话音没落，我已经扣动了手弩，就听“啪”的一声一只弩箭瞬间射到了他面前。

“嘿！”老头儿冷笑一声，往旁边一闪，弩箭擦着他的脸颊过去，钉在了后面的门板上，我没想到他的反应这么快，又放了一支，这次黑衣老头儿不闪不避，伸出两根手指在他身前轻轻一夹，激射出去的弩箭竟然被他两根手指夹住了，弩箭的箭头离他的眉心只有三四厘米，果然是艺高人胆大，这么近的距离，一个疏忽就会命丧当场。

这下可把我给震惊了，这种实力根本不是我能对付得了的。

老头儿笑着把手里的弩箭扔在地上，慢慢向我走来，然后说：“你看到我的身体没有，我的岁数已经很大了，可还是如此硬朗，这就是说服力，换成别人早死了。”

“你是说长生不死？”我皱着眉头问道。

“没错，村子里一直流传的传说是真的，这上面画的也是真的，二十年前我曾经做过试验，虽然没有成功，却让我的身体比别人要强很多。我不惜杀掉那么多孩子来完成我的大事，就是因为我坚信这件事就是真的。”

“你已经疯了！”我看着眼前这个疯狂的老头儿，咬着牙说。

“疯不疯只有我清楚，如果你答应跟我合作的话，日后你也会像我一样，怎样？”老头儿说道。

“休想！”我说道。

“你不用马上答复我，还有几天时间，日后我自然会再问你。”黑衣老头儿摇着头说。

“我问你，你是不是黄德公？”我看着那老头儿说道。

我以为他不会承认的，但这家伙说：“你认为我是谁，我就是谁！”

话音一落，只见他双肩微微一晃，“唰”地向我冲过来，我反应不及，赶忙向旁边闪开，可黑衣老头儿已经到了我面前，我来不及躲闪，只能一拳打向他的右脸，结果一拳落空老头儿已经不见了，而我身后传来了他的冷笑声。我刚要回头就听“啪”的一声，我的头脑一阵剧痛，而后晕了过去。

不知道什么时候我感觉有人正在晃我，还有人在叫我的名字，摸了摸脑袋慢慢睁开双眼一看，原来是廖宇、黄冲他们，再看看四周，我已经躺在自己的房间里了。不仅廖宇、黄冲，就连我妈、张宝、黄灵、小英也来了，围在床边看着我。

见我醒过来了，所有人都松了口气。张宝问道：“你是怎么回事？为什么会晕倒在街上？”其他人也焦急地看着我。

我摇了摇头，说：“不知道，好像是被人偷袭了，头很疼。”

我没把刚才的事情说出来，因为这件事太过匪夷所思了，还是等日后调查清楚再说的好。

“行了，没事就好，你好好休息吧，我们先出去。”大伙儿都往外走，只有小英留了下来，给我倒了杯水让我喝。

我看小英她神色比前一阵要好了很多。

“小英，你没事了吧？”我笑着问。

“好多了，就是有时候爱想不开，不过不像以前那样了，”小英点点头说。

“那就好，等这件案子办完之后，我好好陪陪你。”我抓住小英的手说。

小英点了点头并没有把手缩回去，我们俩聊了一会儿，小英让我好好休息然后就走了。

我一个人躺在床上，开始回想刚才的事情，我想来想去，都不知道镇子上怎么会有那么一个地方，为什么要弄一座阴宅，而且还要扎那么多纸人，那道巨大的石门后面又是什么？

想来想去我脑袋越来越疼，最后只好放弃，好好睡了一觉。

第二天一大早张宝就来看我，不过这次是黄冲推他来的，说起来我已经好几天没看到他那个年轻的保镖了。

我问了问张宝，原来是送黄姑子的儿子去市里还没有回来。我们两个正聊着，突然黄冲冲了进来，脸色十分焦急：“炯哥，孩子……刚才有家长说自己孩子不见了，我们一看，一共没了八个。”

“你说什么？！”我和张宝听了大吃一惊。

“快走！”我大喊一声冲了出去。

等我们来到派出所的时候，里面已经乱了，十来个家长正在那儿号啕大哭，廖宇和黄冲正在安慰他们，我仔细问了问，原来他们是早上发现的，昨天晚上的时候孩子还没事。

“啊？一下子没了八个孩子，这到底是怎么回事？”廖宇眼泪都快出来了。

一定是那个黑衣老头儿，他向我示威，想让我帮他，可为什么会是我？我心里的火气越来越大，没想到最后还是会落在我身上。我最担心的事情，最终还是发生了。黑衣老头儿从一开始，就把我算计了进去，让我一步步掌握了扎纸人的手艺，然后又一步步让我陷进来无法自拔。

我把廖宇他们都召集起来，然后又找了五六十个镇子上的族人，开始在风铃镇和镇子四周的深山里搜查了起来，包括黄德公看守的祖坟、胡子沟里的坟头和宅子，能找的地方我们全都找了，结果一个孩子都没发现，没办法只能先回风铃镇。

剩下的家长把孩子看得更紧了，我们几个人坐在一起商量了半天，最后也没商量出个所以然来。

第二天的时候，我们正要出去接着找，刚出门就见李悦他媳妇急匆匆地向派出所走，一见我赶紧跑过来说：“张炯，你李悦哥前天晚上出去到现在还没回来，镇子上我也找了都没有，你能帮我找找吗？”

“嫂子，他这么大人了，应该走不丢吧，是不是到别的村子里耍钱去了，你看现在我正在忙孩子的事，镇上一下丢了这么多孩子，你再等等看，我想他晚上应该差不多就回来了。”我想了想说道。

李悦媳妇也知道现在情况很糟糕，只好答应了一声，往家走去。

可让我没想到的是我们走了没多远，李槐的媳妇又来了，说的话和李悦媳妇一模一样。我看了看廖宇他们，说道：“看来这哥儿俩是一起出去的，也不知道干什么去了。”

廖宇点点头，把李槐的媳妇也劝回去，我们这才继续在镇子里里外外又找了一遍，还是和昨天一样一无所获。没办法，我们只能放弃了。

忙活了一天大伙儿都去休息了，后半夜我睡得正酣的时候，突然有人砸门，我开门一看原来是黄冲。

“你怎么了？这么着急干什么？”我见了黄冲的样子问道。

“炯哥，你去看看吧，黄姑子被人偷袭差点儿没命，廖宇在那看着呢。”我听了有些吃惊，穿好衣服跟黄冲直奔诊所。

等我到诊所的时候，廖宇正拿着枪坐在黄姑子身边，黄姑子也一脸紧张地靠在墙上，她胸前的衣服已经被割开了一大片，一看就是被刀砍的，不过应该没有伤到皮肉，没流血。廖宇见我进来才松了口气，把枪收了起来。

第28章 抉择

“炯哥，刚才有人想杀黄姑子，幸好我们两个睡得都很轻，没有被他得逞。我刚打了他一枪，应该伤在他肚子上，不过他跑得太快，我们没能抓住。”廖宇说。

我点点头：“看清楚他的身形了吗？是不是那个黑衣老头儿？”

廖宇摇了摇头说：“当时太黑没看清楚，我刚看了一下，中枪之后他跑得很快，没有留下血迹，不过从他的身手来看，除了那个黑衣老头儿恐怕也没别人了。”

我琢磨了一下，给王平打了个电话，让他帮忙盯着常平镇上的医院，如果那个人要想治疗枪伤的话，常平镇是他唯一能去的地方。

因为方圆一百里内只有常平镇上的医院有那个技术。挂断电话后我安排更多的人住到派出所里保护好那些孩子。既然黄姑子已经没什么太大问题了，就让她也去派出所，由廖宇继续看守，这样就省得再有人落单被人偷袭了。

结果天刚亮，王平就来电话了，说他们在常平镇医院，抓住一个受枪伤的人；我听了非常高兴，动身赶往常平镇。

等我到常平镇派出所的时候，却发现王平正一脸失落地坐在办公室里。他一见我赶忙站起身迎了出来。

“你这是怎么了？”我见他情绪不高，问道。

“哎，别提了，就我给你说的那个人，在你来之前不久逃走了，还杀了我们一个兄弟。”王平红着眼圈说。

我听了心里一沉，没想到会出这样的事，如果当时我提醒他们一句就好了，这个人的身手太好，可现在一切都已经晚了。

正在这时，有人跑了进来，是上次我见过的那个大个子。

“头儿，找到那小子的踪迹了！”

“你说什么？”我和王平同时喊道。

“就在东边的破砖厂，发现了那个人的血迹，兄弟们正带着警犬找呢。”

“是吗，太好了，赶紧走。”王平一拍腿向外面跑去，大个子给我和王平在前面领路，带着我们一直来到常平镇东边的一个废弃砖厂。

等我们到这儿的时候，王平的一个手下正在路边等着，远处两个警察正牵着警犬在前面搜索，我们几个赶忙跑去。

王平一边跑一边对我说：“对了，那个人一开始时交代了几句，他叫赵星，二十八岁，是个无业游民，其他的还没等我们问他就跑掉了。”

“赵星？”我听了这个名字，摇了摇头，以前从没听说过，难不成并不是我们要找的那个？再说了，二十八岁这根本不是那个黑衣老头儿。

虽然有些失落，不过这人也不是什么好东西，只能先抓住他再说了。

警犬一直上了山，然后绕了几圈，最后在一座山神庙停了下来。

见山神庙掩着门，王平让兄弟几个把守住庙的四周，然后拔出枪，冲里面大声喊道：“里面的人听着，放下武器，马上出来投降，否则我们就要冲进去了。”

可我们等了半天里面一点儿声响都没有，不过通过警犬的反应来看，那个人就在这里面。王平见喊话没用，示意了一下大个儿举枪慢慢地靠近山神庙的庙门。

大个儿准备好后，一脚踹开山神庙的庙门冲了进去，王平也跟了进去。结果马上他们俩又走了出来，一边走一边叹气。

“没人？”我奇怪地问王平。

王平说：“你进去看看吧。”

我见了他的样子有些奇怪，赶忙跑进山神庙一看，只见地上有两具尸体，一具是二十多岁的年轻人，虎背熊腰穿着皮夹克。

再一看他的脸，我倒吸了一口气，原来这人正是张宝身边那个年轻保镖。

看到他我心头一紧，看了看旁边另一人，结果我浑身上下的汗毛都立了起来，那个死在一旁的正是黄姑子的儿子，先前见过的，张宝身边十八九岁的孩子。

“唉！”这可让我怎么跟黄姑子交代，张宝托付赵星送黄姑子的儿子去市里，为什么会跑到这儿来？

而且看黄姑子儿子身上都已经起了尸斑了，应该死了三四天，也就是说赵星一早就把他杀了，然后又折返回去想杀黄姑子，不料被廖宇一枪打中肚子，而后想来常平镇把伤治好，又被王平抓住，逃跑之后由于伤势过重，最后死在了这儿。

我看着两具尸体说不出话来，转身从山神庙出来。王平问我：“是你找的人吗？”

我摇了摇头说：“是也不是，虽然不是我找的那个人，但他们两个和我们现在查的案子有关。这次又要谢谢你了，这两具尸体你们先带回去。我回去以后把案件梳理清楚，然后再跟你们协商这件案子怎么处理。”

王平点点头，开始检查现场。我辞别了王平从山上下来，然后赶回风铃镇。到家后，我把赵星的事给黄冲和廖宇还有黄灵说了一下，我们四个全都不敢相信这是真的，因为现在案件的线索直指张宝。虽然黄灵和黄冲也不愿意承认，但在事实面前，他们也无话可说了。

于是我们四个来到张宝的房间，想问个清楚，可屋里没人，连他那四个保镖也不见了。我心里一沉，赶忙带着廖宇他们出来，在镇子里开始找，最后找了一圈也没找到。

回到派出所后，我们四个魂不守舍坐在一起，没想到张宝——黄冲和黄灵的养父，我的亲生父亲，会牵扯到命案里。一开始我完全不信张洪那封信里的话，可现在，我不得不重新审视张宝这个人了。

如果张宝的确如他所说的话，那么黄德公也好不到哪儿去。想到这儿我突然站起来，然后朝祖坟那边跑去。黄灵他们见我神情不对，赶忙跟着我跑出来，等我们到了祖坟前的小屋时，里面一个人都没有，黄德公也不见了……

“这是为什么……为什么爸爸和德公都会牵扯进来。”黄冲看着黄灵，眼泪止不住地往下流。

黄灵过去把黄冲抱住，开始安慰他。廖宇走到我身旁说道：“炯哥，这件案子太复杂了，你说咱们该怎么解决？”

我想了想说：“我明白他们的意思，只要我点头，他们就会露面。因为他们想要达到目的，我是不可或缺的一环。”

“你？到底什么事？”廖宇不解地问道。

“别说你了，我也一无所知。对了，你有没有闻到这屋里有一股浓重的血腥味儿？”我刚要出去，突然感觉有些不对劲儿，然后对廖宇说道。

廖宇点点头：“我也闻到了，是什么呢？”

廖宇开始四处找了起来，我也在小屋里来回走了走，却没发现什么，就在我要放弃的时候，突然感觉脚下有些松软，赶忙退了退。

“你看，地上的砖隆起来了一点儿。”我指着地面对廖宇说。

廖宇看了看点了点头，我们俩互相看看，赶忙把地上的砖都扒开，然后找了一把铁锹挖开地上的土。

土坑里面，竟然是两具尸体，这两人都是身穿黑衣，头上蒙着黑纱。见到他们的样子，我们所有人都愣住了，黄冲上去把他们的黑纱摘了下来。

“李槐！李悦！怎么会是他们。”看到他们的脸，我大吃一惊。尽管已经开始腐烂了，不过他们的容貌还是能够分辨出来，看起来他们两个已经在这埋了两三天了。难怪他们俩的老婆到处都找不到他们，原来是被杀了。

“炯哥，不会是黄德公杀的吧？他都那么大的岁数了……”廖宇不可思议地说。

“按照时间来说，应该有可能，因为昨天黄德公还在这，他们两个的死亡时间应该是前天晚上，也就是咱们在翠微山埋伏的时候，我知道为什么了，一定是黄德公蛊惑李悦或者李槐去跟踪黄姑子，来迷惑咱们，而他自己则留在了小屋里，因为他知道我在跟着他。这就是为什么那个黑衣老头儿只在山下转了转而没有上山的原因。之所以他们两个全都被杀，很可能是因为黄德公还有另外的事情被他们俩发现，所以最后将他们杀人灭口。”我想了想说。

“天呐，这些人难道都疯了吗？是什么让他们如此丧尽天良！”黄灵不可思议地说。

“你可能没接触过那些为了自己心中魔怔不顾一切的人，甚至连自己的亲生孩子都杀，在他们眼里，这一切都是有回报的。为什么咱们要打击封建迷信，这就是其中一个很重要的原因。”我叹了口气说道。

“那咱们接下来怎么办？”黄冲和黄灵问道。

我看了看他们两个说：“我现在问你们一句话，你们要认认真真回答我。假如说你们的养父，也就是我的父亲张宝，他是一个十恶不赦的人，做了违法乱纪的事情，你们抓还是不抓？”

听了我的话后，黄灵和黄冲不说话了，愣在原地。我知道他们心里有斗争，其实说实话我心里也是一样，毕竟张宝是我的亲生父亲，就算从小没有照顾过我，也没有一丝感情，可毕竟血缘关系在那摆着。我问他们两个其实也是在问自己，如果这一点都不能坚定下来，那案子根本没办法继续查了。

好半天后，黄冲抬了头说：“我是一个警察，也是一个儿子，作为警察，眼睁睁看着他们违法乱纪，杀了那么多孩子，我绝不能容忍。作为一个儿子，我必须劝诫父亲不要一错再错下去！”

“我也是这么想的！”黄灵听了黄冲的话，用力点了点头说道。

“既然你们都决定好了，那咱们先回去。这次我一定要把他们绳之以法！”我说道。

于是我们几个人先简单给两具尸体拍了照，做了记录，然后把尸体搬回了镇子交给李槐和李悦的媳妇。

李槐和李悦的媳妇见到尸体立马晕了过去，醒来后开始办理白事。

我们回到派出所后，我把黄姑子单独叫到一个房间里。黄姑子见我神色不对，问道：“张炯，有话你就直说，我知道你有事！”

“哎，可能你已经猜到了，我今天给你带来一个不好的消息。”

我还没说完，黄姑子的眼泪已经流下来了，我想她已经明白我要说什么了。

“对不起，我们没能保护好他。”我无奈地说。

黄姑子擦了擦眼泪，说：“你能告诉我是谁杀的他吗？”

“赵星，张宝的保镖。”我点头说道。

“张炯，我想戴罪立功，这件事非常难办，你们几个不是那群人的对手。我虽然是有罪之身，可我的拳脚也还过得去，能帮上你不少忙。你放心我一定不会跑的，既然我答应过你一定会归案，就会说到做到。这也是为了我儿子。”黄姑子强忍着心里的悲痛说道。

很难想象这些话会从黄姑子口中说出来，我点点头说：“行，有件事我正好要跟你说一下。”

我把我心里的想法原原本本告诉了黄姑子，黄姑子点头答应了下来，我从她房间里出来后，又找到了黄灵、廖宇和黄冲，把我的计划和他们商量了一下，直到深夜才彻底决定下来。

第二天一早，我回到“纸人张”，把从坟头前石板下得到的钥匙拿了出来，然后把外面包着的黄布扔掉，把它拴在了镇子中心的大旗杆上，这旗杆距离地面有十米左右，非常显眼，整个镇子都看得见，旗杆下面我让廖宇和黄冲守着，荷枪实弹，在这么空旷的地方只要有人来抢钥匙，以他们两个人的枪法，应该可以把这个人放倒。

黄灵站在旗杆下面，如果廖宇和黄冲，没能挡住这个人，还有黄灵可以对付他，怎么说也是三届散打冠军，身手了得，就算伤势没有痊愈，也不是一般人能比的。

从上午到中午，从中午到晚上，没有一个人靠近旗杆。眼看着天黑了，我站起身来看看四周，然后大声喊道：“我知道你来了，如果现在不现身的话，别后悔！”

说完之后我爬上旗杆，把钥匙摘了下来，然后把钥匙放在地上，从身旁拿出一个铁锤，狠狠地向钥匙砸了下去，就听“啪”的一声，铁锤并没砸在钥匙上，而是砸在了旁边的地砖上。

看来这个人真是不想露面了。我把钥匙收好，然后和廖宇、黄冲、黄灵回了店里。

回来后我先把钥匙收好，等我出来的时候，黄姑子从墙头上翻了下来。

“我见到张宝的保镖了，快跟我来。”黄姑子说完后，推门跑了出去。我们几个赶忙跟在她身后。

黄姑子一路狂奔，现在已经是夜里了，也不怕被别人发现，一直跑到镇子口的时候，她挥手让我们停了下来，然后指了指前面，我们顺着她的手指一看，只见一个人鬼鬼祟祟正在向前走，身材很高，正是张宝那四个保镖之一。于是我们开始从后面远远地跟着他，没想到这家伙一头扎进了山沟，拐来拐去最后进了胡子沟。

等我们进去后，就再也找不到那保镖了，接着我们开始在胡子沟里四处转了起来，不仅民居那里没有，就连坟头那里也是空空如也。我们有些想不明白了，也不知道他到底去了哪儿，眼看天就快亮了，我们只好返回。

等我们回来的时候，我妈正焦急地坐在店铺门口等着我们，一见到我就神色难看地说：“昨天晚上家里来人了，孩子的尸体被偷了。”

我听了冷笑一声，那个保镖把我们带着去胡子沟兜了一圈，然后其他人到家里来把那些孩子尸体全都偷走了，现在看来张宝也已经毫无顾忌，开始动手了。

见我好像无所谓，廖宇他们都奇怪地看着我。黄冲问道：“炯哥，你这是怎么了？不会是气晕头了吧？”

我笑了笑说：“一会儿你就知道了！”

黄冲看了看其他人，不明白我什么意思，过了没多长时间，门外有人敲门，廖宇过去打开一看，原来是小英。

小英进来后喘了两口气说：“炯哥，那些人把尸体搬到祖宅去了。”

这时众人才恍然大悟，原来小英一直在偷尸体的人后面跟着。

我已经吃了他们好几次亏了，总不能每一次都让他们得逞。我知道只要我离开风铃镇，这群人肯定要搞事，现在他们最想要的应该就是这二十具尸体，所以我让小英帮忙看着。虽然说有一些危险，不过谁也想不到她会跟去。

“走，跟我去祖宅！”我对廖宇等人说道，然后从店铺里出来，廖宇他们紧跟在我身后，过了没多长时间我们到了祖宅外面，远远看去并没人走动，一片静悄悄的。

第29章　祖坟

我们在外面等了一会儿，还是不见什么动静，众人等得都有些心急了。

我看时间差不多过了一个小时，对黄冲说：“你先爬上墙头看看。”

黄冲点了点头，从胡同里出来，然后飞速朝祖宅跑去，黄冲的身手也是非常棒的，眨眼间跑到了祖宅的墙边，然后贴在墙上听了听里面，见没什么动静，双手轻轻扒住墙头，然后把脑袋探出去朝住宅里面看。

大概有五秒钟，黄冲双手用力翻上了墙头，然后悄无声息地跳了下去。过了没一会儿，他又翻了上来，朝我们招了招手，我们这才一起翻进祖宅。

“炯哥，里面一个人都没有。”黄冲说道。

这可真奇怪了，按说小英的消息绝对不会错，他们肯定已经来到祖宅了，难道又走了？

“不行，把这里仔细查一遍，我总觉得祖宅里还有咱们不知道的秘密。”我想了想黄德公以前在我提到祖宅时候的反应，然后对他们说道。

今天我们来的人多，大家分散开来，开始在祖宅里四处查找，没过多长时间廖宇就招呼我们。我过去一看，原来在院子的东南角有一口水井，下面黑咕隆咚的，而且看旁边的杂草好像有人踩过。

“你说他们会不会已经下去了，”廖宇看着黑咕隆咚的水井说道。

“看样子应该是，你看这还有悬梯。”我摸了摸井沿说。

“行，那我先下去。”黄冲自告奋勇说道。

我们这些人里确实他最合适，我同意后，黄冲把手枪叼在嘴里，慢慢顺着悬梯爬了下去，第二个是我，第三个是黄姑子，依次而下，不过我把黄灵和廖宇留在上面，以防有人在洞口埋伏我们。

原本我以为下面并没有多深，可一直往下爬了大概十来分钟，我们才到底部，果然和我们猜想的一样，下面并不是水而是实地，前面还有一个洞口。

我示意黄冲小心，然后朝里面走去，洞口里面是一条昏暗的通道，大概有七八米长，到了头有一架木梯通向上面，黄冲顺着木梯爬了上去，我紧随其后，后面是黄姑子。

爬到最上面黄冲掀开了一个盖子，然后把头探了出去，见没有什么危险就跳到了外面，我爬上去一看，浑身一冷原来我们正身处一个很大的石洞里面，而我眼前竟然是一座阴宅，有花有草有树有人，和我上次被人打昏被带到的那个地方一模一样。

我从出口跳了出来，原来这是一口石磨，和真的一模一样，也是用纸扎成的，不过里面却是很硬的石头，难怪我上次找不到出口，竟然藏得这么隐蔽。

我看了看四周，门口处挂着两个纸灯笼，里面明亮的火焰照亮了整个石洞，而四周也没有我们丢失的那些孩子的尸体。

我身后的黄姑子也跳了出来："这是什么地方？以前从来没听说过。"

"我以前来过这儿，上次被人打昏，那个黑衣老头儿就把我带到了这里。"我对黄冲和黄姑子说道。

"这些纸人到底是谁扎的？看上去年头不短了，不过他们居然没坏掉，也够新奇的。"黄冲摸了摸那些纸人、纸树说道。

"你们俩来看看这个。"我带着黄冲和黄姑子来到门口对面那扇石门前，黄姑子和黄冲看了看石门问："你手里那把钥匙，应该就是用来开这扇门的吧？"

我点点头说："钥匙有两把，另一把应该在黄德公手里。"

"我直到现在也弄不明白，他都那么大岁数了，还折腾个什么劲儿？"黄冲听了以后摇着头说。

“我听那个黑衣老头儿说宗族中有一个传说，只要完成某种祭祀，就可以长生不老、返老还童，你们看看这些石刻上的内容，说的就是这些。”我指着四面石墙对黄冲和黄姑子说。

黄姑子看完以后，冷笑一声，说道：“当初黄奇蛊惑我帮他的时候，好像也说过这样的话。”

我听了笑了笑，说：“按说这种事你应该最清楚，当初李悦就被你迷得五迷三道，居然相信他女儿还能复活，可见一个人要是相信什么，那是十头牛也拉不回来。”

“说得对。”黄姑子点点头，“既然这扇门打不开，这里又没什么别的东西，咱们还是回去吧！”

我想这里这么重要，回头派人看着，说不定能抓到张宝或者黄德公。

“行，咱们先上去。”我看了看四周，确实没什么可以查的了，于是带着黄冲和黄姑子从石磨下去，然后通过通道又从水井里爬了上来。我们上来的时候，黄灵和廖宇正一左一右站着，替我们把风。

廖宇一见是我赶忙问道：“下面怎么样？找到那些尸体了吗？”

我摇了摇头，从井口爬出来说：“下面是座阴宅，根本没有尸体。”

听了我的话后，黄灵和廖宇皱了皱眉头，把黄姑子和黄冲从井里拉了出来。

“现在怎么办？”黄灵问道。

“咱们先回去吧，看样子今天是找不到什么有用的线索了，不过发现了这个地方也算小有收获。”我笑着说道。

我们从院子里爬墙出来返回了店铺。从这一天起，我、廖宇和黄冲轮番盯着祖宅，可一连三天过去了，一个人影都没有，这倒是让我有些想不明白了，按说那座阴宅绝对不会如此简单，这么重要的地方，为什么他们不来呢？难道是他们故意让我发现的？

这天吃了晚饭，我想去祖宅那里把黄冲换回来，夜已经深了，街上没人，我一边走一边盘算最近发生的这些事，正走着，猛然间前面“噗、噗”两声，我赶忙抬头一看，只见远处的街上竟然站着两个纸人，每人拎着一只纸灯笼，闪着淡蓝色的荧光。

今天的场景我在回风铃镇的第一天就见过了。

“纸人开道。”我冷笑一声说道。

果然，那两个纸人慢慢转过了身去，开始顺着街道往镇子外面走去，走的速度虽然不快，可没多长时间就到了镇子口，很明显这是来给我指路的。我跟在纸人后面，同时给廖宇打了个电话，让他赶紧带人过来。

出了镇子以后，纸人带着我来到了祖坟前，最后一左一右站在黄家老祖宗那座坟头的两边，接着就听“呼呼”两声，纸灯笼炸出一团火花，把纸人烧了个一干二净，看来就是这里了，黄家的祖坟。

纸人为什么要带我来这里？我左右看了看，一个人都没有，四处都静悄悄的，于是我上前开始围着祖坟转了起来。

扎这个纸人的不是黄德公就是张宝，我一边看一边用手在坟头上摸了起来。

好半天后，一块砖被我按了进去，紧接着靠山的一块石板慢慢向里打开。

“果然有问题。”我冷冷地说道，回头看了看廖宇他们还没来，按理说这个时候他们应该已经到了才对。

我想了想，还是先进去看看，他们一会儿来了自然会进来，于是我迈步往石板里面走去，往前走了大概十米左右，发现一个井口，我看了有些奇怪，怎么又是口井？而且摸一摸也有悬梯在里面，于是我抓着悬梯慢慢顺了下去，大概十来分钟到了底部，洞底漆黑一片，我用打火机微弱的光照明，发现面前是一个洞口，洞口里面是一条通道，接着通道的尽头是一架木梯，我爬上去以后，上面是一个盖子，我把盖子轻轻推开，里面有灯光射出来，我探头往里一看，顿时浑身上下起了一身的鸡皮疙瘩。

原来又是一座阴宅，和我见过的那处一模一样，里面全是用纸扎的纸人、纸树等，门口挂着两只闪着火光的纸灯笼。

“难道有两处阴宅？”我不可思议地说道。

“那我上次去的是哪一个呢？”我一边说，一边从石磨上跳下来，四处看了看。

两处阴宅简直一模一样，我竟然看不出半点儿不同，就连那些纸人都扎得没有任何区别，看样子应该出自同一人之手，可他为什么要在两个地方弄相同的东西呢，我越想越不明白。

“有人没有！”我大声喊道。

没人回答，我转了一圈，然后回到石磨这里，刚要回去，转念一想又不对，我为什么要让他们牵着鼻子走?

心中拿定主意，我大声喊道：“如果你再不出来，我就把这里全砸了。”

一边说着我抬脚向最近的一棵纸树踹去，就在我踹中纸树的前一刻，突然一道黑影不知道从哪儿窜了出来，一把抓住了我的脚脖子，然后把我往后一推。

我站立不住，一个趔趄摔倒在地上，等我再站起来往前看时，一个身穿黑衣，头上包着黑纱的人站在我面前，从黑纱里透出的几缕银丝。我可以确认，这就是那个黑衣老头儿。

“你终于出来了。”我冷冷地说道。

“你小子办事还真不规矩，说吧，你是怎么找到这儿的？”黑衣老头儿的语气有些不善。

“不是你用纸人开道，叫我来的吗？”我看了他一眼问道。

黑衣老头儿听了摇摇头，说：“我可没想把你叫到这儿来。我知道了，一定是他。”

“你说的是张宝吧？”我冷冷地说道，“如果我猜得不错，你就是黄德公。现在事情已经明朗了，不用再戴着你的黑纱了，把它摘了吧，看着怪难受的。”

“小子，你别把所有的事都想得那么简单，我的脸可不是说看就看的。如果你同意帮我做事的话，我自然会让你看，怎么样？”

“你的想法挺好，可惜不切实际，我是不会答应你的。”我哼了一声说。

“好，既然这样咱们就没得谈了。”老头儿说完以后转身就走。

我可不能这样放过他，左手一甩，一支弩箭射了出去，可老头儿身子一转，冲进了那片纸人之中，三转两转就不见了踪影。

这下我可奇怪了，明明他就在我眼前，怎么晃了晃就跑了呢？

我越想越奇怪，开始在这些纸人中找了起来，明明就是一些用纸扎起来的纸人，根本没有藏身的地方，难道说他还会飞天遁地，我开始在每一个纸人身上摸了起来。

不过没多长时间，我的注意力就放在一个身穿长裙的纸人身上，和其他的纸人略微有些区别，这个主人的长裙也太长了点儿，直接拖到了地上，我围着它左看右看，最后在它的右胳膊上发现一个非常小的挂钩，我把挂钩轻轻打开，只见这个纸人从上到下立马分为两半，不过另一边是被箍在一起的，所以这个纸人的正面好像一扇门一样能打开，而里面空洞洞正好可以藏进去一个人。

原来是从这跑的，我看了看下面，好像是一个活动的结构，于是我站了进去，把纸人轻轻一拉，就听“咔嗒”一声挂钩自己挂好了，而我的脚下踩着的地面竟然慢慢往下坠，没多长时间我就到了一个通道里。

我抓紧左手上的手弩，小心地往前面走去，过了没多长时间，眼前出现一个向上的悬梯，从这里爬出去，我探出头一看，原来我已经到了祖坟的外面，前面不远就是祭祀祖先的祭坛。

而我就在祭坛的右边四五百米一口井中，没想到从祖坟的阴宅居然能通到这里。我赶忙从水井里爬出来，左右看了看根本没有黑衣老头儿的踪迹。

按说他想杀我或者制伏我简单得很，为什么会逃走，而且这条路他似乎是有意要让我发现的。我想了想，转身向镇子走去。

在路上我左右看了看，并没有廖宇他们的影子，这就不对了，从我进祖坟的时候他们就应该到了，可现在还没有出现，肯定出了问题。我一边往回走一边给廖宇打了个电话，不过被他给挂断了。

就在我刚走到镇子口的时候，竟然发现廖宇他们从镇子的南边走了过来，他们见到我也有些惊讶。

“炯哥，你到底去哪儿了？”廖宇奇怪地问我。

“我从家里出来的时候，见到两个纸人，把我带到了祖坟那边，我不是让你们出来找我吗？按你们的速度，从镇子出来的时候应该可以看见我才对。”

我奇怪地说。

“我们出来的时候确实看见两个纸人，而且一开始是朝着祖坟那边走去了，不过后来跟着又转向了镇子南边，走了没多长时间纸人就烧掉了，我们只好往回走，这不就遇到你了……”廖宇皱着眉头说。

“看来是有人有意不让你们跟着，所以才把你们引开的。先回去再说吧。”我叹了口气，往镇子里走去。

“炯哥，你去祖坟那看到什么了？”廖宇问道。

我无奈地笑了笑说：“那黄家老祖宗的坟头下面居然也是一座阴宅，和咱们见到的那个一模一样，而且有一口水井正好通到那座阴宅里面。”

“你说什么？还有一座阴宅？”所有人都觉得不可思议，瞪大了眼睛问道。

我点点头，接着说：“我总觉得这次的事情有些不对劲儿，那个黑衣老头儿就在那座阴宅里面，而且他只是跟我提了一下让我帮他做事，接着就走了，我也没追上，而且还在阴宅里发现了一条密道，直通外面的水井，看起来这条密道应该是他故意让我走的。”

“确实像，否则他完全没必要逃走。”廖宇点点头说。

“不过，他见到我的时候有些惊讶，我想用纸人引我去的应该不是他，如果不是这黑衣老头儿，那肯定就是张宝了，也不知道这两个人在搞什么鬼，黑衣老头儿引咱们去祖宅里的阴宅，张宝就引咱们去祖坟那儿的阴宅，好像他们两个正在互相博弈一样……”我笑了笑说。

廖宇他们听了点点头没有说话，就要到店铺的时候，我停了下来，脑袋里还在盘算，这两天发生的事情，突然眼前一亮，然后一转身朝老祖宅走去。

他们几个看了奇怪，上来问道，“炯哥，你去哪儿？”

“这条密道是黑衣老头儿故意引我发现的。如果两座阴宅都是一样的话，祖宅那儿的阴宅应该也会有一条密道！”

第30章　私生子

“有可能。”廖宇听了点点头，说道。很快我们来到了祖宅，找到黄冲。黄冲说没什么动静。

这里还是那么安静，我们一行人翻过墙去顺着水井下了通道，廖宇跟我在一起，黄冲、黄姑子还有黄灵在上面。我直奔那个身穿长裙的纸人，在它的胳膊上看了看，果然发现了一个小挂钩，然后轻轻打开，和上次我进的那个纸人一样，把它的正面翻开，里面是空心的。

“原来是这样，扎纸人的人心思可够缜密的。”廖宇看了以后，叹了一口气说道。

我点点头，站到纸人里面，然后把正面合上，脚下的地面慢慢向下落了下去，没多长时间，我就到了一个通道里面，和上次见到的一样。

“前面不会也是一口井吧，真要是那样的话，就没什么用了。”我咬咬牙继续往前走去，不过这次和上回不一样，上回到了尽头就该往上走了，而在我面前居然出现一个木门。

木门上没有锁，这时廖宇也下来了，看了看木门，把随身携带的手枪抽了出来。然后让我靠后，他拿着枪指着门缝的位置，然后慢慢把门打开。

幸好里面有灯光，和外面一样是那种灯笼，光线有些昏暗，等门全部打开后，我和廖宇全都愣住了，屋子里没有人，却摆放着一具具棺材，总共四排，一排七个，一共二十八具棺材。

我和廖宇走过去，打开一具棺材一看，正是我们丢失的那些孩子尸体。

“炯哥，看来这些人都是有预谋的，一共要集齐二十八具尸体，这些棺材不知道已经存放了多少年了，就是为了给这些尸体准备的。”

我点点头说：“先不管那些，把孩子的尸体都搬回去。他们没了尸体也就做不了什么。”

廖宇答应一声，和我一起开始往外搬，现在的尸体和以前已经不一样了，全都干瘪了下来，所以搬起来很容易。镇子上最先死的那四个孩子也已经成了一副皮囊。他们肯定有方法让这些孩子短时间内变成这样，就好像我小的时候看张洪把一棵树弄成空心的一样。

我和廖宇上上下下四五趟才把所有尸体都搬上去，接着我们几个人分别把这些尸体背好，然后翻墙出来，回了店铺。

把尸体弄回来以后，我将它们放在一间屋子里锁好，再让小英和我妈还有黄姑子看好。黄姑子白天不适合出来活动，尽管她能帮我的大忙，可也不能让镇子上的人知道，所以只能让她暗中行动或者晚上跟我们出去。

把一切安排妥当后，我正要去找廖宇商量案子的事情，我妈这个时候急匆匆找到我。

“你见到小英了吗？”我妈着急地问。

“没有啊，她不是一直和你在后院吗？”我奇怪地说。

“刚才她说去一下厕所，后来老半天也不回来，我就去厕所看看，结果没人，屋里转了一下也不见她人影，你说是不是出去了？”我妈说道。

“应该不会，我一直都在店里，有人出去我肯定能看见，我去找找。”说完以后我屋里屋外开始找了起来，最后在墙角发现一个鞋印。我对鞋印上的花纹再熟悉不过了，就是那个黑衣老头儿的脚印！我把那把铜钥匙装在身上，朝店外走去。

我妈见我脸色不对，上来拉住我说：“小英出事了？”

“嗯，被人掳走了，我怀疑这个人是黄德公。”我点点头说。

“你小心点儿，如果以前的那些事都是他干的，那他对你肯定也会心狠手辣，千万要注意自己的安全。”我妈有些担心地说。

“妈，你放心吧，他们现在还不会伤我，因为我还有利用价值。我一定要查个水落石出，把凶手绳之以法。”

我从店铺里出来，朝祖坟走去。我没叫廖宇他们，因为我知道就算他们去了也没用。黄德公掳走小英为的是我手中的铜钥匙，他已经丧心病狂了，就算让我用铜钥匙去换，我也绝无二话。没多长时间我到了祖坟前，从祭坛西边的水井下了通道，然后从阴宅里出来，就见一个人从院子外笑着走了进来，我一看正是那个黑衣老头儿。

“小英呢？”我狠狠地瞪着他问道。

“回头看！”黑衣老头儿笑着指了指我身后。

我回头一看，只见小英正蜷缩在墙角，双手抱着自己的头，不敢看外面，看样子是被吓坏了。

我赶紧跑过去，扶住小英的胳膊说：“小英，你没事吧？”

小英抬头一看是我，一下子扑到我怀里哭了起来，一边哭一边说：“我没事，这里是哪儿啊？”

“这是咱们祖坟的下面，也不知道是谁弄了这么一处吓人的阴宅。你先等会儿，我和外面的人有话说。”我说道。

小英点点头松了手，我这才站起来，转身走到阴宅外面，然后看都没看黑衣老头儿，直接向院子外面走去。在路过他身边的时候，我说道：“有些事我不想让小英知道，跟我到外面来。”

黑衣老头儿冷笑一声，跟在我身后，我们俩从院子里出来，站在那座巨大的石门前，我冷冷地看了看黑衣老头儿问：“你到底是不是黄德公？把脸上的黑纱摘下来。”

“让我摘下来也行，不过你要先把手里的钥匙给我，否则别怪我对你和小英不客气！”黑衣老头儿冷笑一声说。

“你是不是疯了？她是你重孙女，虎毒还不食子，你为什么一而再、再而三地害自己孩子。”我听了黑衣老头儿的话，不可思议地说道。

“这些事不用你管，快把钥匙给我。”黑衣老头儿似乎已经没有了耐性，握紧拳头说。

“我要是不给呢？”听了黑衣老头儿的话，我咬了咬牙说。

只见黑衣老头儿瞥了我一眼，突然一抬手甩出一颗鸡蛋大的鹅卵石，就听“啪”的一声，鹅卵石正砸在小英脑袋上方的墙上，直接砸了一个拳头般大小的深坑！

“你狠！好，我把钥匙给你。”我没想到黑衣老头儿会突然出手，所以只能把钥匙拿了出来，朝他扔了过去。

黑衣老头儿见了眼睛一亮，将钥匙抄在手里，然后飞速地向石磨跑去。

没想到他会突然往外跑，正在这时突然从一个纸人身后窜出一人，一脚踹向黑衣老头儿。我一看这个人，立马认了出来，正是黄姑子，没想到她会出现在这里，更想不明白她为什么会向黑衣老头儿出手，按理说以她的身手根本在黑衣老头儿手下撑不过五回合，可让我没想到的是，黑衣老头儿虽然发现了黄姑子正在向自己踹了过来，看他的样子也想躲开，可刚闪到一旁，黄姑子一巴掌拍在他背上，黑衣老头儿“扑通”一声趴倒在地，然后爬起来就跑，直接钻进了石磨上的出口。

“快追，这个人是假的。”黄姑子二话不说，也冲了出去。

我听了狠狠拍了自己大腿一下，其实我已经有些怀疑黑衣老头儿了，可被他的话给气昏了头。想到这儿，我冲到屋里把小英扶起来，然后带着她从阴宅里出来，等我们从水井爬上来后，我让小英回家，然后看了看四周，找到了远处正在朝山上狂奔的黄姑子，拼命追了过去。

眼看着黑衣老头儿和黄姑子跑上了西边的一座土山，最后在山顶停了下来，因为黑衣老头儿身后已经没有路了。

“把钥匙交出来。”我跑到黄姑子身后，对黑衣老头儿说。

黑衣老头儿没说话，只是用眼睛四处打量，也不知道这家伙在找什么，不过他的右手伸进了口袋里，把刚才我扔给他的那把铜钥匙掏了出来，冷笑着说道：“你们再往前走我可跳下去了，那样你们的线索就断了吧”。

我和黄姑子见了不再向他靠近。

黑衣老头儿看着我们，眼神里全是杀意。

“你到底是谁？”我狠狠地盯着他问。

“你管我是谁，后退！”黑衣老头儿咬着牙说。

我看看黄姑子，慢慢地向后退去，大概退了有七八米后，黑衣老头儿飞速的向山下跑去。我身旁的黄姑子冷笑一声，一脚从地上踢飞一块石头，那石头“啪”的一声正砸在黑衣老头儿的脚踝上，只见他“扑通”一声趴在地上，手里的钥匙也飞出去了。

我和黄姑子冲过去要抢钥匙，不过可惜我们离得太远了，还是被他先一步抓在手里，我和黄姑子只好一左一右将他扑倒在地上，黑衣老头儿挣扎了两下没能起来，我正要去抢他手里的钥匙，结果这家伙大喊一声：“爸，接着！”

然后把手里的钥匙狠狠向山坡下扔去，我抬头一看山坡下有五个人正跑上来，准确地说是四个人推着一个中年人，这人我再熟悉不过了，正是黄灵和黄冲的养父，我的亲生父亲张宝。

只见他一抬手，将那把钥匙接在手里，而他身后的四个保镖立马将张宝护住。

“你终于现身了，把钥匙还给我。”我看到张宝，心里有种说不出的感觉，只能咬了咬牙说道。

“钥匙我是不会再给你了，你把他放了！”张宝冷冷地看了我一眼说。

我没说话，不过心里有些纳闷儿，这个人为什么会叫张宝爸，以前我也从来没见过他。想到这儿，我一把将黑衣老头儿脸上的黑纱扯了下来，没想到黑纱里竟然包着一团假发，是白色的，这个人果然是假扮的，而他竟然是个二十出头了年轻小伙子，样貌非常清秀，同时我也明白了他为什么穿成这样，无非就是想让我把所有注意力都放在黑衣老头儿身上，无暇去阻拦张宝他们。见我看着他直发愣，张宝笑了笑说：“他是你同父异母的弟弟，张义，所以你不能伤他。把他放了。”

听到这儿我总算明白了，张宝离开以后就重新有了家室，还生了孩子，而且这件事黄冲和黄灵竟然一点儿都不知道，可想而知张宝隐藏得多深。想到这儿，我又想起了张洪给我的那张纸条，他说张宝城府极深，让我一定要注意他，没想到张洪说的竟然是真的。

既然张义是张宝的儿子，我狠狠地掐住他脖子，说道：“把钥匙扔回来，否则别怪我不客气。”

“张炯，你的性格我最清楚，你是不会伤他的，因为你是个警察。尽管已经离职，但你的秉性并不坏。你看着处理吧，我就不信你能拿他怎么样？”张宝大笑着由他那四个保镖推着朝山坡下走去。

我和黄姑子互相看看，谁都没想到张宝竟然这么心狠，连自己的亲生儿子都不要了，在他眼里似乎那把钥匙都比儿子还重要。

黄姑子原本想追上去硬抢，不过被我拦住了，他的四个保镖不是善茬儿。而且这个张义虽然被我们抓住了，不过他的身手也不错。黄姑子如果去抓张宝的话，单凭我一个人不一定能制伏他。如果再被他跑了，那就得不偿失了。

况且我心里还有一种想法，现在的情况看来，张宝和黄德公势不两立，而他们所需要的东西都在我手里，这样一来矛盾都集中在我身上，长此以往，说不定会让我身边的人再次受到伤害，比如说小英，今天的事就是个最好的例子。所以钥匙被张宝拿去从某种意义上说对我有利，这样的话黄德公那里有一把，张宝这里也有一把，他们两个一定会斗得不可开交，到时候我再来个渔翁得利，而且我也不用担心他们的阴谋得逞。因为他们那些孩子的尸体还在我手里，等他们斗得筋疲力尽，我可以寻机一网打尽。

黄姑子扭着张义的胳膊让他坐到地上，我站在张义面前看了看他，这家伙狠狠地瞪着我，就好像我跟他有什么深仇大恨似的。

“就算我是你同父异母的哥哥，你也不用这么看我吧……”我觉得有些好笑地说道。

“你知道吗，为什么他们会不停地利用你，不停地把所有事都引到你身上，非要让你去学扎纸人，而不让别人替代。”突然张义诡笑了一声说。

我听了他的话眉头一皱，这其实也是我很长时间以来在琢磨的问题。

“为什么？”我看着张义问。

“那是因为你是后天阳命，他们要达成他们的目的非你不可，而且需要你主动去配合他们才能完成仪式，否则你早死了。”张义看着我大笑说。

“什么叫后天阳命？”我不明白他的意思，接着问道。

“其实很简单，后天阳命就是早产儿，而且是早产三十六天，还存活下来的婴儿，这事你可以回去问问你妈。”张义大笑着说。

我实在想不明白，就算是像张义说的，这样的孩子又有什么稀奇之处？医院里不是一抓一大把吗？

“你等着吧，他们一定会再找你的，到时候你也不得不顺从他们，因为这件事他们已经谋划了很长很长时间，这不是你和你的这几个手下能左右得了的。”

“到底是什么事？”我一把抓住他脖领子喊道。

张义摇了摇头，没再说话，只是一脸冷笑地看着我。

“你再不说的话，别怪我对你不客气。”说实话，我现在越来越心急，越来越有气，他如果再隐瞒下去，没准儿我真会狠狠地揍他一顿。

可看张义的样子似乎已经铁了心不再回答我任何问题。

就在我忍不住要冲他发火的时候，突然这小子长叹了一声，看着头顶上的天说：“我不甘心，为什么从小到大我都不能像别的孩子一样开心玩耍，而是整天藏在阴暗的角落里，为什么你会被他那么重视，到最后这些事一定要由你去完成，一切都是命。难道就因为你是后天阳命，所以我就只能是个影子，直到现在还不能正大光明地出现在你们面前，为什么！”

我和黄姑子看着欲哭无泪的张义，不知道说什么好，看来张宝这些年对他并不好，这个刚刚二十出头的年轻人心理有极大的问题。就在我们俩有些可怜他的时候，突然张义一脚踹在我的肚子上，把我踹飞了出去。

同时这家伙用头狠狠地向后砸了一下，正砸在黄姑子的鼻子上，黄姑子眼前一黑，松了手！

“张义！你跑不掉！”我已经站了起来，拦住了他的去路，只见张义冷笑一声，大声喊道：“我不甘心，我绝不甘心！为什么不管我的生死，你为什么抛弃我！”

喊完以后，张义突然从悬崖上跳了下去……

第 31 章　变化

我和黄姑子没想到张义会跳崖，眼睁睁地看他跳了下去。

直到现在，我还是有些不太了解张义这个人，但是我能体会到他的心情，一个被藏起来的私生子，父亲永远都不让他见光，而且在他的眼里自己永远比不上别人，现在又被父亲无情抛弃，换成谁心里也会难受至极。

“张宝这是自作自受，他一定不会有好下场的。”黄姑子叹了口气说。

我知道她这话的意思，黄姑子这人再坏，她也会为了自己的孩子奋不顾身，这和张宝完全不一样。亲生儿子他都可以不管不顾，可以无情抛弃，更别说本来就入不得他眼的人了。

就在我们两个要下山寻找张义尸体的时候，刚一回头，身后竟然站着一个人。

“原来是你。”我咬了咬牙说。这人我再熟悉不过了，就是那个黑衣老头儿。

“刚才的事我都看见了，张宝是什么样的人你清楚了吧，答不答应跟我合作？”黑衣老头儿说道。

我看着他，心里有一股说不出来的厌恶：“跟张宝比起来，你也好不到哪儿去，现在还跑到我面前大言不惭！”

黑衣老头儿没有说话。

“你到底是不是黄德公？把你脸上的黑纱摘掉。”我接着说道。

“好，既然已经到这个份儿上，我就没必要再隐瞒了。没错，我就是你一直猜想的那个人！”黑衣老头儿把他脸上的黑纱摘了下来，满头银发，一脸慈祥，正笑眯眯地看着我。

黄德公，风铃镇的族长，没想到真是他。

“德公，您藏得可够深的，这些天的戏装得够累吧？”我冷冷地笑了笑。

“和以前的事比起来这不算什么，眼看大事就要成了，我现在心里只有高兴！”黄德公笑着说。

“高兴？您的两个孙子、重孙子和重孙女儿也被您亲手杀死，现在就剩下小英一个人，你还高兴得起来？”我听了他的话不屑地说道。

“你错了，我重孙子和重孙女不是我杀的，是张宝。”黄德公咬咬牙说。

“张宝？”我听了有些奇怪，按说那时候张宝应该还没回风铃镇。

“这件事就有些复杂了，以后你自然会了解清楚。我今天来不是为了跟你解释这些，也不是为了告诉你我真实的身份，我是要让你跟我一起合作对付张宝，否则的话他的阴谋就要得逞了。”黄德公盯着我说。

“我说过了，绝对不可能。”我哼了一声说。

“我不止一次跟你说过，不要回答得这么绝。这东西你先拿着，我希望你考虑清楚再来找我。这是我最后一次劝你了，以后恐怕也没机会了。”黄德公右手一甩，把一个黄澄澄的东西向我扔来。这是一个黄色包袱，里面裹着东西，看见这玩意儿我心中一动，赶紧把它打开，果然里面是一把铜钥匙，和刚才张义扔给张宝的一模一样。

“这……”我不明白黄德公是什么意思，为什么会把钥匙给我。

可还没等我问话，他已经转身向山下走去了。

他为什么会把这东西交给我？而且是在我手里的钥匙丢失以后。他真想要这么做的话，早就可以把钥匙交到我手上。

看着黄德公不见了，我和黄姑子没有去拦他。因为就算拦也拦不住，别看他已经九十多岁了，身体却不是我们这些人能比的，再加上他身手实在太强，我们两个加起来都不是他的对手。

“走吧，先回去再说。”我对黄姑子说道，然后转身向山下走去。下山后黄姑子没和我一起回风铃镇，说想去找一下张义的尸体，然后查查张宝的藏身地，让我回去看看小英。我明白她的意思，所以就没有推辞，独自一人向风铃镇走去。

等我马上就要走进风铃镇的时候，小英领着黄冲、廖宇他们正向这边赶来，见了我们以后，他们才放了心。我一边往回走一边把经过给他们说了一遍。回到店铺以后，我们开始商量下一步的对策，主要是想研究一下，黄德公为什么会这么做，再有张宝得到钥匙后接下来会干什么。大概到夜里十点多我们才结束，可最后还是没有商量出个所以然来。因为张宝和黄德公两人心中藏的东西太过诡秘，再加上他们最近做的这些事，根本让人想不明白，尤其是黄德公。

从房间里出来，我原本想吃点儿东西，可却发现我妈并没在店里，到后院找了找也没在，然后我去了她屋里，最后在她桌子上发现到了一张纸，上面写着她去找张宝了。

我大吃一惊，把廖宇他们叫过来，然后去街上找了半天，整个风铃镇都快翻遍了，还是没有我妈的影子。镇子外面太大，我们又不知道她朝哪个方向去了，所以根本没法找。

我实在弄不明白我妈到底是什么意思，好像她能找到张宝似的。

没办法，我们只好在店铺里等她，一直到十二点多的时候，有人敲门，我赶紧开门，是我妈，见到她没事，我这才放了心。

我把她让进屋里，廖宇他们也围了过来。我妈见了我们紧张的样子，笑了笑说："都跟我进来吧。"

我们不知道她什么意思，只好跟着她来到里屋，都坐好了以后，我妈笑着看着我们说："让你们几个担心了，我没事！"

"妈，你真去见张宝了？"我赶忙问道。

"没错！"我妈点头说。

"您知道他在哪儿？"我接着问道。

"我不知道，不过我清楚只要我离开风铃镇，在周围转上一圈，他肯定会来找我。你别看这个镇子平淡无奇，他的眼线可不少，你们的行踪，多半都会落在他的眼里。"我妈叹了口气说。

“原来是这样。”我点点头。

“没别的意思，就是想问问他到底想怎样。因为刚才我也听了你们的谈话，按照我对他的了解，以前他并不是这么一个狠心的人，他可以为了你离开风铃镇，我没想到他会变成这个样子，这才去了镇子外面找他问清楚。最后有个保镖把我带到了翠微山，和他见了一面。”

我现在心里很复杂，不知道怎么面对这段关系，也不知道自己应该说什么不应该说什么，而且看我妈的脸色似乎有些失落，也有些难受。

“妈，以前你们到底是怎么回事？他为什么一定要离开风铃镇？现在为什么又要回来？我想这其中一定有特别重大的变故，所以才让他成了现在这样。”我把心中的疑问说了出来。

我妈深吸了口气，看着我们说道：“好吧，今天我就把以前的事情全都说给你们听。张宝和我从小就认识，我们两个感情一直很好，后来结婚就有了你，可在你两岁多的时候，突然有一天你叔叔张洪失踪了，他就到处找，结果没找到张洪，却把黄四海带了回来，当时他已经身受重伤，就算抢救也不可能救活了。黄四海当时跟张宝是过命的交情，比亲兄弟都好，就算是张洪说话都不如黄四海顶事。那天晚上我听到他们谈话，偶然间听到一句黄四海要张宝照顾他的儿女，而且还叮嘱他一定要离开风铃镇，永远不再回来，接着黄四海就死了，张宝不敢声张，把他偷偷埋到了山里，具体是哪儿我也不知道。张宝回来后一直把自己锁在屋里，我知道他在做着某些决定。当时我还以为他会带我和张炯走，我把衣服都收拾好了，结果他说出去一下，从此杳无音信，直到今天我才知道他是带着黄冲和黄灵远走他乡了。亏我当时还以为他也遭了毒手，没想到他竟然还跟别人生了一个儿子……”

我妈神色有些黯然，眼圈也开始发红。

“妈，你跟他现在……”我接着说，不过有些话我不好意思说出口。

我妈笑着拍了拍我的手，说：“你放心，妈已经跟他没有任何关系了。自从他不辞而别的那一天起，我就已经把这个人忘掉了，以后他生也好、死也好，都和咱们娘儿俩没有任何关系。”

我点了点头："对了，您知不知道他为什么会突然变得这么心狠？他到底在图谋什么事情，难道真的是像黄德公说的那样，想要通过某种手段长生不死？"

"这件事我刚才问他了，他说在离开风铃镇的时候，他其实已经患上了风湿，但是当时没有那么严重，不过他知道这种病的后果，后来他的身体越来越不好，直到前不久才下定决心要做那件事。因为他不想死，更不想成为一个瘫痪的废人。你们也看到了他身上的关节，现在能勉强站着已经很不错了，不出三个月，他恐怕就会瘫痪。所以他现在把所有的希望都寄托在了那件事上。"我妈无奈地笑了笑，看着我们说。

我们谁都没有想到，最后他们的目的果然就是这些。先是黄德公，再是张宝，甚至李槐、李悦两人也是因为这件事死的，还有其他无辜的人……难道说为了这些虚无缥缈的东西，一个好端端的人就会变得畜生不如了吗？

所有人都沉默了下来。我们这些人还算有些理智，并不会把这些事当真，那些迷信于此的人却把它看得比性命还重要，甚至家人都已经成了这种封建迷信的牺牲品。

"妈，这是一个流毒了几百年的骗局，如果不拆穿的话，恐怕以后还会害死更多人。我看过阴宅里的壁画，简直就是咱们宗族四大族长他们下的诅咒。我绝对不能让他们得逞，我要把阴宅炸掉，那座石门后面不管有什么东西，我都会把它毁掉。"

"对，炯哥，我们支持你！"听了我的话后，黄冲和黄灵站起来说道，廖宇也冲我点点头。小英看了看我妈，也都同意我的决定。于是我拿起电话给王平打了过去，让他带好炸药和他们那边的几个兄弟一起过来。

安排好后，我们几个各自回住处休息，好好睡了一觉。第二天傍晚，王平带着四个兄弟来到了派出所门口。

"炯哥，我把所有兄弟全带来了。"王平笑着指了指身后的几个人说道。

"这次的事情麻烦各位了，我们这里人手实在太少，不得不请各位来帮忙。对了，炸药呢？"我笑着对他们几个说道。

“这可是我费了好大劲儿申请下来的，不过也多亏了你的特许令，我知道有些话不该多问，可我还是不明白你明明不是警察了，为什么还有这东西。”王平挥了挥手，后面有个兄弟把身上的背包摘了下来，里面全是码放整齐的炸药。

“这件事有些复杂，回头我再给你解释吧。现在我只能告诉你咱们这儿发生这么大的案子上面还没派人来过问，就是和这张特许令有关。一切责任和事宜都由我一人担着。”我点点头说。

“明白了！”王平笑了笑。

我看了看这些炸药，别说是把那两面石门炸开了，就是把山头削下去一块也没问题。

王平在电话里，听得不是很清楚，所以我把我们这里的情况重新给他说了一遍。听完以后他们五个大眼瞪小眼谁也说不出话来。

时间紧迫，为了以防有变，我把众人的工作安排了一下。吃过晚饭，我们带好家伙从派出所出来，直奔祖坟！

黄姑子已经去祖坟那边探过路了，没有人在，黄德公这人很是奇怪，把钥匙给了我后他就失踪了，到处都没有他的踪迹。

来到祖坟，我们顺着水井来到了阴宅里面，看到这里的纸人、石雕后，王平他们几个下巴都快掉了，这可是他们一辈子都难得见到的场景。

“把这里所有的东西都毁掉。”我大声吩咐道。

我们拿着铁镐、铁锹开始动手把那些纸人全都铲掉，纸树也都砸了，矮小的阴宅也被我们给拆了。没多长时间，整座阴宅被我们夷为平地。

接着我们准备炸开石门，王平带来的一个兄弟以前搞过爆破，对这方面比较了解，他让我们退到了阴宅后面，然后把那些烂砖堆在我们身前，以防我们被炸伤。

接着他开始在石门下装起了炸药，点燃引信后，这个兄弟跑到我们身旁趴了下来。所有人都紧张又兴奋，谁都不知道那后面有什么，这么长时间以来，我们最感兴趣的也是这里面的玩意儿。

可就在这紧张时刻，突然我们前面那座被掀翻的石磨下面突然钻出一个人。

我探出头一看，竟然是黄德公。他现在也不戴黑纱了，不过还是穿着他那黑乎乎的衣服。他看到已经点燃引信的炸药，立马大惊失色，喊道：“不能炸，哎呀，你们要干什么！”

黄德公已经急坏了，跳出来就想去踩灭引信，我见势不妙，冲了出去。

“炯哥，不要过去！”廖宇他们大声喊道，可他们想拦已经拦不住了，我冲上前去一把抱住黄德公后腰，然后将他死死地摁在地上，只听“轰隆”一声巨响，炸药爆炸了，整个山洞剧烈晃动了一下，无数的石头碎片砸了过来。

我感觉身上传来一阵剧痛，至少被割破了七八道口子，气浪把我掀飞了出去，重重地摔在地上。

烟尘散去后，四周也安静了下来，我拍拍身上的尘土从地上坐起，然后摸了摸身上，除了有几处口子以外，并没受什么严重的伤，抬头看了看黄德公，他还趴在地上，不过看他的样子应该没什么事，幸亏我刚才趴在他身上替他挡了一下，否则他肯定会被炸死。

黄德公使劲儿晃了晃脑袋，从地上爬起来，向石门那边跑去，我们几个也跟了上去，可等我们到门前的时候，所有人都愣住了，石门已经炸了个粉碎，可后面除了石头就是石头，根本没有任何东西。

第32章　炸坟

黄德公目瞪口呆地看着石门后面的石壁，浑身上下开始哆嗦起来。我们也比他好不到哪儿去。这些日子以来为了这石门后面的东西死了这么多人，可到最后竟然什么都没有。我现在心里满是失落，尽管这是一个非常好的结果，能够彻彻底底拆穿那些封建迷信的谎言。

“不可能，绝对不可能。”黄德公冲上前去开始用力捶打石门后面的石壁，石壁纹丝不动，甚至连一点儿回声都没有。

“看到了吧，这就是你要的长生不老。”我看着黄德公说道。

“不可能！如果不是这里的话，那一定就是祖宅下面的阴宅；只要把它打开，里面肯定有我要的东西。”黄德公狠狠地瞪着我说。

“既然这样，咱们就没话好说了。把他抓起来！”我一挥手，王平、黄冲、廖宇还有王平的手下大个儿端起枪，把黄德公团团围住。

不过这次黄德公没有逃走，其实他想跑也跑不了，这么多把枪，这么多人，他根本没机会逃命。

廖宇把手铐扔给黄姑子，黄姑子十分谨慎地走到黄德公身后将其铐住，还好黄德公并没有反抗的意思，只是两只眼睛死死地盯着石门。

“炯哥，这些谎言真是经不起推敲，你说他们费这么大劲儿，到最后就是给后人一个恶作剧是为了什么？”王平把枪收起来说道。

“我想，可能是他们没有完工，否则真要是假的，他们绝对不会弄这么大一个工程。不过我想就算完工了也没什么用。”我看了看四周说道。

王平点点头，然后吩咐人押着黄德公向外面走去。顺着进来的通道，我们从祭坛旁边的水井上来。

“炯哥，咱们现在就去祖宅那边，把那个阴宅也炸了吧！”廖宇一边走一边问我。

我点点头说：“对，一不做二不休，把这些东西全部铲除，到时候看看张宝还有什么办法。”

我们还没走多远，只见前面黑乎乎的好像有几个人影，等我们靠近一点儿后，我一眼认了出来，是张宝，还有他那四个保镖，现在他正一脸冷笑地停在我们前面十米远左右的地方。

看来他已经知道我们来这里炸阴宅了。见到他，廖宇他们赶忙把枪口对准了张宝几人。张宝冷笑一声，说道：“看来你们没找到什么，不过也算小有收获，居然把德公给抓住了。”

“张宝，我劝你还是不要一意孤行，我们已经炸了阴宅，全都是假的，里面什么都没有，你还是束手就擒吧！”我往前走了两步，对张宝说道。

“对我直呼其名，你觉得这样对吗？我是你亲爹，你这叫忤逆。”张宝听了我的话后说道。

“你？你配吗？我妈已经跟你没有任何关系了。在我眼里你就是个杀人凶手。”我咬着牙说。

“行，你不认我可以，反正我也没当你是我儿子。这样吧，我知道阻止不了你，你早晚会把那道石门给炸了，这把钥匙你拿去，加上你手里那把应该可以把石门打开，这样就不用费这么大劲儿了，里面的东西你愿意怎么处置到时候你自己决定。”张宝说着把手伸进口袋，然后掏出一把铜钥匙，一甩手向我扔了过来。

我见了钥匙眉头一皱，不知道他什么意思，不过还是把钥匙接在了手里。

我把钥匙收起来，对张宝说：“你别以为这样我就能放过你，你杀了那么多人，还把我们几个玩弄于股掌中，现在跟我回派出所！”

我挥了挥手，廖宇和黄冲举着枪向张宝走去。张宝冷笑了一声说：“孩子，你还是年轻，我怎么可能跟你回去。我曾经跟你说过，以我的实力想做什么不行，就你们几个小警察，能把我怎样？”

话音一落，他身后那四个保镖把手伸进后腰，等再抽出来的时候每人手里抓着一把手枪。

“不好，快闪开！”我见状大吃一惊，大声喊道。

廖宇和黄冲赶忙朝旁边跳开，我推开黄姑子和黄灵，而后就地一滚，进了旁边的草坑里，王平和他那几个手下也拉着黄德公扑倒在旁边的草坑里。

就在我们跳开的一瞬间，只听“啪、啪、啪”几声，那几个保镖开枪了。我们没想到他说打就打，连头都抬不起来！

“你没事吧？”我看看身旁的黄灵，见她脸色有些不对，赶忙问道。

“没事，就是上次的伤口好像又撕裂了，不用管我，我还能坚持住。”黄灵说道。

我点点头没再说话。就在这时黄姑子拍了拍我，说：“我去吸引他们的火力，你让他们出手。”

“不行，那样太危险了，这几个人可不会手下留情。”黄姑子摇摇头，不听我的劝阻，猛地从草坑里跳了出去，又往前扑了两三米，然后就地一滚，滚到了旁边的草坑里。

那三个保镖见有人冲出来了，抬手就是几枪，不过还好，没有打中黄姑子。这边我早已示意了一下我身后不远处的黄冲等人，趁着保镖分神的机会，他们几个同时抬头，然后看准目标开枪射击，就听几声惨叫传来，那三个保镖同时栽倒在地。

我看得清楚，好像只打中了其中两个，而且还不是特别紧要的地方，接着他们的枪声就停了，我们这边也没敢继续射击。

就这样我们双方僵持了下来，我侧着身探出头，想看看他们三个在哪儿，就听“啪”的一声枪响，我把脑袋缩了回来，头顶炸开一团尘土，幸亏我缩得快，否则脑袋就要开花了。

就这么一会儿工夫，张宝早就跑得没影了，现在想追也已经来不及了。

“你们三个缴枪投降还来得及，不要冥顽不灵。”我大声喊道。

那边没有回声……

“你们已经有两人受伤了，想跑也跑不掉，再拖下去，他们可就危险了，你们可要想好了。”我接着喊话，同时向旁边的黄冲使了个眼色。黄冲点点头，猛地抬手打了一枪，朝刚才那三个人藏身的地方打了过去。

就听“啪”的一声，虽然没打中，不过这一枪好像有了作用，只听那边一个人喊道：“少给老子来这套，今天老子和你们同归于尽。”我听了冷笑一声，看来这些家伙要不就是亡命徒，要不就是被张宝抓住了把柄，否则绝对不会连性命都不顾。

我朝王平招了招手，然后指了指他身旁的袋子。王平嘿嘿一笑，从袋子里拿出一块炸药扔给我，我把炸药抓在手里，找到引信，然后大声说：“我给你三秒钟时间考虑,如果你们还不出来投降的话别怪我不客气,一、二……”我开始数起了数，同时把口袋里的打火机拿了出来。

很可惜他们三个还是没有出声，我只好点燃了引信，看着引信烧了一大半的时候，一甩手把炸药朝刚才那三个人藏身的地方扔了过去。

炸药正落在他们身旁，接着只听几声惊呼，那三个人疯了似的向旁边滚开，接着“嘭”的一声巨响，炸药爆炸了，激起漫天尘土。

不过看样子他们并没受什么伤，没有人惨叫，我现在的目的并不是要炸死他们，而是让他们投降，所以刚才扔的时候，并没有太用力，炸药离他们还有几米远。

“怎么样？想通了没有？”我接着问道。

“放你娘的屁，老子今天跟你拼了。”那小子是个愣头青，从草坑里跳了出来，然后疯了似的朝我这边开枪。一旁的黄冲和王平早就准备好了，这家伙一现身两人同时开枪，只听那小子一声闷哼倒了下去。

王平和黄冲，向我做了个手势，看来那小子被击毙了。

“怎么样？这就是反抗的后果，你们两个还不投降？”我继续大声喊道。

我之所以对他们三个有这么大的耐心，完全是想活捉他们，然后把张宝的情况了解清楚，因为他们对张宝的行踪最了解。不过我还真是低估了他们了，另外两个根本不说话，只是向我不停开枪。

见他们冥顽不灵，我只好放弃活捉他们的想法，又找王平要了一块炸药，点燃后向那两个人藏身的地方扔了过去，又是“嘭”的一声，不过这次扔得很准，直接把其中一个给炸飞，另外一个离得有点儿远没炸到，他还朝我们开了两枪。

不过就在刚才炸药爆炸的同时，一旁的黄姑子已经远远地跑开，从一旁的草丛后面朝那个人包抄了过去，见她已经到了那人身后，我示意王平和黄冲用火力吸引那个人的注意，不过他们开枪可不敢向正前方打，而是全部射在那个人藏身的土堆上，以防误伤黄姑子。

我从一旁悄悄看着，只见黄姑子轻手轻脚走到了那人身后。

那小子想要开枪还击，把手枪从土堆上慢慢举了起来，可还没等他开枪，黄姑子一把抓住他的手腕，然后用力一拧，这家伙惨叫一声，手里的枪掉在了地上，刚要去抢就被黄姑子一脚踢到旁边去了。

见他没枪了，我们几个全都冲了出去，等我们冲到他们跟前时，黄姑子已经把他放倒在了地上，双手拧在后背。廖宇过去用手铐把他铐好，然后把他提溜了起来。不过这小子已经站不住了，他的一条腿上挨了一枪，我们只好让他坐在地上。

“说，张宝平时都藏在哪里？”我没有废话直奔主题问道。

那小子一边疼得龇牙咧嘴，一边抬头看了看我说：“我什么都不知道，你打死我吧！”

我听了冷笑一声，拍了拍他脸，说：“打死你是便宜你了。你要不说，我就让你活活疼死，我也不给你治伤！”

“你……”那小子听了狠狠地瞪了我一眼，低头没再继续说下去。

“别给脸不要脸，你知道你们现在是犯了什么罪吗？你现在跟着张宝只有死路一条，幸好你没有直接参与张宝杀孩子的事，弄不好还能判个无期，说不定这辈子还能出来。如果你冥顽不灵的话，只有死路一条，知道吗？”我一把抓住他的脖子，把他脑袋托起来说道。

“这些事，我比你明白，老子敢干，就敢扛，不就是死吗？来呀！”这小子好像疯了似的朝我大声吼道。看他这样我也没办法，只好先派人把他送回派出所里去，以后再慢慢审讯了。

“咱们先去祖宅那里，看看石门后面是不是也什么都没有。”我想了一下对王平说道。

王平答应了一声，叫他的手下过来押人，可叫了两声，竟然没有反应，我们几个奇怪地向草坑那边看去，却发现那四个兄弟全都躺在地上不动了。

“大个儿！你们……”见了他们的样子，王平眼都红了，跳过去把他们一个个从地上扶起来，然后查看他们的伤势。

还好他们只是晕了过去，晃了晃大个儿就醒了。大个儿说刚才黄德公突然向他们出手，直接把他们四个给打晕了，还抢走了大个儿手里的枪。我看了看四周，早就没黄德公的影子了。我叹了口气，把他们从草坑里拉了出来。

“现在怎么办？”王平问我。

“一不做二不休，走，去祖宅下的阴宅。”我现在已经彻底被张宝和黄德公激怒了。他们既然如此看重这些东西，那我就一定要把它们毁掉。其他人也是一样，我们收拾好东西，把那几个保镖的枪也拿上，先派一个兄弟押着被俘的那小子回派出所去，其他人赶往祖宅。

大概二十分钟，我们到了祖宅外面。我一脚把祖宅的院门踹开，走了进去。祖宅里还是那么安静，什么声音都没有。我们直接来到水井前，下面并没什么动静，于是我就让王平安排他的两个兄弟在院子里守着，而且留下了两把枪。

因为现在黄德公手里也有枪，所以一定要防着他从水井下去，我们顺着通道来到阴宅里，这里还和先前一样没有什么变化，我们几个上来就开始动手，把那些纸人纸树还有阴宅全都砸了个稀巴烂，然后来到石门前，我把两把钥匙全都拿了出来，看了看石门，对王平说：“看起来这把锁很特殊，应该要两把钥匙同时打开才行，一会儿我喊一二三，咱们一起用力。”

王平点了点头，和我一起把钥匙插进石门的锁眼儿里。

“一、二、三！”我大声喊道。

几乎是同时，我和王平用力把钥匙向右边扭去，就听“咔嚓”一声，石门里有了动静，我和王平赶紧后退，然后死死地盯着石门。

不过让我没想到的是，大概等了有十几秒钟，石门竟然一点儿动静都没有。

“看来这道石门也是假的！”王平笑着说。

“我就说嘛，这些玩意儿都是骗人的，也不知道他们为什么会那么相信。”黄冲冷笑着说。

一边说着他向前面走去，想去把石门上的钥匙拔出来，可就在这时，他头顶忽然“轰隆”一响。我们抬头一看，竟然有一块横条石松动了，从岩石上掉了下来。

“不好，快躲开！”我拉住黄冲的胳膊，把他使劲儿往后拽，就听“轰”的一声巨响，横条石正砸在刚才黄冲站的地方。

如果不是我当机立断，恐怕现在黄冲已经被砸成肉泥了。黄冲的脸都吓白了，一屁股坐在地上，大口喘气。

其他人也吓得不轻，好半天才回过神来。

“原来这儿还有机关，吓死我了。”王平上前看了看，见没有东西再落下来，这才放了心。

就在这时，突然“嘎啦、嘎啦”声传来，好像石门里有动静了，我们赶紧向石门看去，只见两道厚重的石门竟然慢慢打开了，里面居然透出一丝丝淡蓝色的荧光……

第 33 章　七星盏

没想到石门后面竟然会有光，所有人都愣住了，不过等石门完全打开后，我才发现原来那淡淡的蓝光是从上面飘下来的，而我们眼前是一片灰蒙蒙的东西，也看不出来是路还是山洞。

“炯哥，这到底是什么地方？怎么这么瘆人呢！”黄冲扭头问我。

“我也不知道，你们有没有发现里面好像没有发霉的味道。”我闻了闻，对其他人说道。

廖宇和黄冲两人慢慢走到石门前，朝里面看了看，然后点了点头。

王平胆子大些，说道：“你们在这儿等着，我先进去看看。”

说罢，他把枪举起来，然后慢慢向石门里走去。

“等等。”我心里还是没底，赶忙拉住王平。

“炯哥，我不走远，走四五米我就回来，应该没什么问题。”王平笑着说。

“好吧！一定要注意安全，我让黄冲和廖宇在你身后策应。”我只好点头答应。

王平转过身去，继续向前走，由于里面什么都看不清，王平一边走一边用脚在前面探路，等踩到实地才往前迈一步，就这样慢慢走了进去。

让我没想到的是他走进去不到两米，我就看不见他了，石门后面好像有一层浓雾一样的东西，而且还是黑色的。

黄冲和廖宇赶紧跟了上去，三个人鱼贯而入，每个人之间相差两米。

“王平，没事吧？”我朝里面喊道。

“没事，除了看不见前面的路，没别的问题。”王平答道。

“好，那你先回来吧。”我答应一声，说道。

“没事，我再往前走走，有廖宇和黄冲跟着呢。”王平没有回来，继续往前走去，按照他们的速度，应该又往前走了五六米。

我担心他们的安全，于是大声喊道：“王平，赶紧回来，不能在里面耽误太长时间！”

王平答应一声说道：“行，我现在马上往回走。”

话音一落，就听见王平的脚步声慢慢向我们这边靠近，而廖宇和黄冲，也应该正在往回走，可我等了两分钟了，他们竟然还没出来，别说这十来米的距离了，就是百十来米也应该走回来了。

“王平，你们在干什么？还不赶紧出来！”我心里越来越不踏实，再次大声喊道。

“我正在往外走啊，不过我好像没走这么远，怎么还没到门口呢？”王平有些奇怪地说。

听他这么说，我心里一沉。心道不好，这里面肯定有什么问题。

根据声音判断，王平就在我前面不远的地方，可他怎么也找不到出口。

“廖宇，黄冲，你们两个怎么样？”我额头上都见汗了，问道。

“炯哥，我没事，正在往门口走呢，不过我们好像听见你就在我对面，可怎么走了这么长时间，就是走不过去呢？”我听到了廖宇的声音。

“你们两个听好了，我在你们的这个方向，顺着声音往我这边走，越快越好千万不要耽搁！”我大声喊道。

“是！”廖宇、黄冲和王平大声喊道，然后就听见他们三个跑了起来，可不管他们怎么跑，好像他们和我之间的距离，都没有一丝一毫拉近，这下我们几个傻眼了。

黄灵走过来说：“炯哥，这里面肯定有问题，据我看他们离咱们并不远，很可能是被里面的浓雾迷住了，所以分辨不出东南西北。你看这样行不行，咱们几个手拉手进去，留一个人在外面，找到他们以后，再拽着他们回来，怎么样？”

我听了后点点头，这也确实是最有效的办法了，于是我、黄姑子、黄灵，还有大个儿把手抓在一起，留大个儿在最外面。一进浓雾里，我立马失去了方向感，也难怪他们三个会走失。

“你们不要动，我来找你们。”我大声向远处喊道。

“炯哥，我们离你不远，在这边。”黄冲大声喊道。

我顺着他的声音走去，走了几步按说应该可以找到他了，可还是没碰到他人，于是我开始在刚才他声音传来的那个方向来回乱摸了起来，一开始怎么也摸不到，我只能四处乱转，反正有黄灵拉着我，没多一会儿，我突然摸到一个软乎乎的东西，接着就听黄冲说：“谁？”

“是我，张炯。”我答应一声，否则这小子手里拿着枪，再给我来一下就坏了。

“原来是炯哥！快抓住我。”黄冲来回乱摸，最后和我的手攥在一起，虽然我们两个面对面，却还是看不清楚对方，只能隐约间看到一个黑乎乎的影子。

“廖宇，你在哪儿？”我接着喊道。

“炯哥，我在这里！”廖宇大声说。

黄冲拉着我向他的方向走去，又是一通乱撞，最后黄冲抓住了廖宇，接着就是王平，数他跑得最远，我们转了大半圈才把他找到。

可就在我们抓住王平的一瞬间，突然一股力量从黄冲的胳膊上传来，一下子把我拽着向前跑了两步，不仅是我，我身后的黄灵、黄姑子，甚至大个儿都没反应过来，被这股力量给拉了进来！

“遭了炯哥，我也进来了！”大个儿被吓了一跳，大声喊道。

“你不要动，赶紧回身向外走，你离门口最近，千万不要迷失了方向。”我心一沉，吩咐大个儿道。

大个儿答道：“我知道，门口就在我身后。”

我感觉前面的人正在拉着我往回走，可走来走去我们愣是没走出去。

“炯哥，我找不到出口了。”大个儿都快哭出来了，十分委屈地说道。

“没事，你先不用着急，咱们先聚到一块再说。”我叹了口气吩咐道。

于是我们几个互相拉着往一块走，到最后抱成一个团，大家这才互相可以看到对方。

“王平，你刚才怎么回事？为什么突然拉我？”廖宇想了想刚才的事，然后问王平。

王平说：“我也不知道，好像有人绊了我一下，我差点儿摔倒，所以不自觉就拉了一下你们。”

“大家小心点儿，这里很可能还有别人，咱们把手都攥到一起，然后背靠背！”我听了王平的话，大声说道。

我们几个把手攥在一起，慢慢转过身来，然后仔细观察周围，竖着耳朵，不敢放过任何动静，可听了半天，四周都静悄悄的，一点儿声音都没有。

“炯哥，我看就算有人跟咱们捣乱，他也应该看不清楚，也许刚才是咱们的声音让他确定了咱们的位置，只不过咱们不知道这里的玄机，如果咱们知道的话，同样可以用声音确定方位。”我身旁的王平小声对我说道。

“对，我也是这么想的，弄不好这个人现在就在咱们周围，不过只要咱们不乱动，应该没什么事。现在最主要的问题是，怎么才能从这里走出去。你告诉他们千万小心，不要弄出动静，然后想想有什么办法！”我对王平小声说道。

王平答应一声，挨个给他们传达了下去。我深吸了口气，让自己平静下来，过了一会儿，我突然想到既然到处都是黑咕隆咚的，那刚才那种淡淡的蓝光是从哪儿来的？

想到这儿，我抬头一看，发现头顶上的确有淡淡的蓝光慢慢飘下来，而且这种蓝光我很熟悉，跟扎纸人的时候纸灯笼里的灯芯所发出来的光几乎一模一样。

我仔细地观察了一下，就在我们头顶上方，有七处蓝光，抬头的时候可以看到，平视却看不出来，浓雾里还是漆黑一片。“你们看头顶。”我小声对他们几个说道。

“你们看，这东西像什么？”我接着问道。

“这个……这不是北斗七星吗？”我身旁的王平说道。

“没错，北斗七星，现在咱们可在地下，你们说这几道光到底是怎么回事，我可不相信有什么燃料可以在这种封闭的地方，燃烧几百年。”我咬了咬嘴唇说。

“难不成上面挂了七盏纸灯笼，咱们打开石门闹的动静引燃了里面的东西，所以它才会燃烧起来？”黄姑子想了想说。

“没错，这应该是唯一的可能了。”我点点头，“你们有没有想到出去的方法？”

我问完话后，所有人都不说话了。我笑了笑，接着说道：“以前，咱们走夜路分辨不出方位的时候，没有指南针的情况下一般都会参照北斗星，现在咱们头顶上就有七盏明灯给咱们罩着，想要出去的话不就好办多了？”

“对呀，我怎么没想到，咱们只要看着头顶上这七盏明灯，就能朝着一个方向一直走下去，多试两次，应该就能找到出口了。”黄冲笑着说。

“我记得，咱们很可能是顺着我身后的方向走来的。咱们试一试朝那里走能不能走出去，我在最前面，你们都跟着我。”我深吸了口气说道。

众人答应一声，依次排在我身后，我慢慢向前面走去，同时抬头死死地看着头上的北斗七星，然后始终朝着一个方向往前走，大概走了七八分钟，眼前还是一片漆黑，看来这次我们走错了，我想了想又换了一个方向继续往前走，还是和刚才一样，跟头顶上的北斗七星保持同样一个角度，又往前走了十来分钟，让我没想到的是，还是什么都看不见……

“炯哥，是不是咱们一开始就走错了，然后离出口越来越远了？”我身后的廖宇说。

“有可能，这次我再换一个方向，就算咱们走错了，也应该可以碰到石壁，如果还碰不到的话，那就说明咱们的方法错了。”我深吸了口气，开始变换方位继续往前走，有头顶上的北斗七星照着，我可以确定一直是朝着同一个方向走的。如果我还在石门后面的山洞里的话，肯定可以碰到石壁，否则就太诡异了。而且这地方弄这么大一个空间是绝对不可能的事，否则早就塌方了，这次我铁了心往前走，一共走了将近十五分钟左右，前面还是空空如也，现在我真是无计可施了。

我身后的廖宇他们也无话可说了，我们又再次围成一个圈，以防被别人偷袭，然后继续商量起来。

“你们说是不是有人在跟咱们开玩笑？如果真要对付咱们的话，肯定早就动手了，为什么还要让咱们在这里乱撞。”我小声说道。

“有可能。不过我觉得，如果黄德公他们说的那件事是真的，这里很可能是要保护里面的东西不被破坏才弄出来的。要进到里面就必须从这儿穿过去，所以我觉得应该有迹可循。”黄姑子想了想说。

“对，我也这么觉得，而且我还认为如果咱们不进来，恐怕有人也会引咱们进来的。”我笑了笑说。

其他人也都点了点头，我们几个就这样你一句我一句地开始商量了起来。不过这么诡异的地方，想要出去谈何容易，这其实就是我最佩服古人的地方，能利用他们可以利用的那点儿微薄的知识，做出让现代人都吃惊的东西。就拿眼前这些浓雾和头顶上的北斗七星来说，如果不是我亲眼看见的话，就算打死我也不会相信会有走不出去的迷宫。

商量了一会儿，大伙儿都累了，于是背靠背坐下来休息，看着头上的北斗七星。

一来可以想想怎么出去，二来也是为了节省体力，因为从昨天到现在我们还没吃东西。

“对了，你们说，刚才咱们转了这么半天，又换了好几个方向，怎么这北斗七星的方向从来没有变过，他的尾巴一直都朝向咱们的右手边，就算咱们转身的时候他没有变，可到停下来后没多长时间又会变成这个样子。”我突然发现一件奇怪的事，赶忙告诉了他们。

“对呀，你不说我都忘了，刚开始我进来的时候，北斗七星确实是这样的，咱们走的时候它好像没动，现在坐下来以后又成了这样，难道说上面这些纸灯笼还会自己动？可也不对呀，那咱们停下来的时候它也停了呢！”廖宇奇怪地说。

“我再试一试。”说完后，我站了起来，原地转了半圈，然后蹲在地上。

按说现在我和头顶上的北斗七星的角度发生了变化，可没多长时间，北斗七星这角度竟然又慢慢变了回去。

“有什么变化？”我问道。

廖宇摇了摇头说：“没有，勺子把还是冲着我的右边。”

“我看到的也是朝向我的右边。”我笑了笑说。

“这怎么可能啊？炯哥，咱们俩是面对面，勺子把儿既然在我的右边，那就应该在你的左边才对！”廖宇不可思议地说。

“不信你也站起来，转半圈试试。”我笑了笑说道。

廖宇还真不相信我说的，站起身来转了半个圈，可没多一会儿，他“扑通”一声坐在了地上。

“这是怎么回事？明明应该朝向左边才对，怎么现在又到右边去了！”

“我明白了，咱们看到的东西虽然一样，但是这玩意儿的位置肯定没有变化。因为它不可能随着咱们的动作去改变，它不可能有自己的意识，所以只能有一个解释，那就是咱们看到它的时候，这种淡淡的蓝光使咱们产生了错觉。”

“错觉？什么错觉？”黄冲有些不明白，奇怪地问。

“这么说吧，咱们看它的时候，以为这些灯笼并没有动，指向的方位是死的，咱们走的时候，就会按照灯笼给咱们指的方向走，但其实它在咱们脑海中，呈现的影像是慢慢转动的。所以咱们在不知不觉中已经偏离了原来的方向。如果真是这样的话，咱们几个很可能只是在原地转圈罢了。”我想了想说。

“这怎么可能，咱们刚开始没有以它为坐标的时候，不是也没有找到出口吗？”廖宇奇怪地问。

“这很简单，这里在修建的时候，工匠肯定用了很特殊的手法，让这里产生了回声，而这回声应该也是偏的，咱们听到的不过是折射回来的声音，所以咱们靠声音是找不到对方的，而在旁边不远却能找到，这样的话只要找对了角度，自然可以找到对方。”

“那咱们怎么才能出去呢？这玩意儿太复杂了，我脑袋比较直，想不出什么办法。”黄冲尴尬地笑笑说道。

“我不知道能不能走出去，不过这个方法可以试一试。咱们如果顺着北斗星勺子的方向走的话，咱们可以转过身去，走几步，然后停下来，等北斗星再恢复原状的时候，立马转身，继续顺着勺子把往前走，这样咱们就可以不受这几只灯笼的影响。只要抓住规律，我想用不了多长时间，咱们应该能走出去，或者穿过这层浓雾，找到咱们要找的东西！”

第 34 章　二十八宿

“咱们试试吧。”廖宇听了我的话马上兴奋起来。

我带头让其他人依次拉好，然后抬着头看了看头上的北斗七星，把身体转向它勺子把指向的方向向前走了七步，停了下来。

停下来后，我抬头紧盯着头上的北斗七星，过了没多长时间，只见它慢慢转动了起来，现在勺子把的方向已经指向我的右手边了，我转身找对方向继续往前走，廖宇他们走在我后面，又是七步，我停下来，等北斗七星转动。

就这样，一共走走停停了七次，我们前面传来了风声，我往前跨了一步，猛然间远处“噗”的一声，一股蓝光闪现，我朝那蓝光看去，只见我们正前方是一道高高的石墙，上面挂着一个巨大的纸灯笼，纸灯笼上发出淡蓝色的光芒，将整个石室照得非常亮。

“总算出来了。”我心中庆幸，也幸亏一开始给我们捣乱的人没有出现，否则我们绝对不会这么轻易走到这里来，我把他们都拉出来，这才仔细打量起这座石室来。

这里可比我想象的要大很多，占地足有二十来亩，中间立着四根柱子，就在四根柱子的中间，有一座高五六米的台子，一节节台阶通到上面，从下面看不清上面的样子，不过隐约可以看到有一些东西。

我抬头看了看头顶，那七盏纸灯笼已经不见了，身后是一片浓浓的雾，看来果然和我猜的一样，这道雾是保护这座石室的一道屏障。

“这是什么地方？”我身后的廖宇嘴巴都张大了，看了看四周不可思议地喊。

黄姑子左右看了看，摇头说：“我活了大半辈子，还不知道风铃镇下面居然是空的，还有这么大一个工程。”

我在石室里转了一圈，到处都空荡荡的，于是我把注意力放到了那个高大的台子上。由于它太高了，我们离得又近，所以根本看不到上面有什么。

“廖宇、王平跟我上去看看。”我吩咐了一声，然后迈步向台子上走去。

廖宇和王平也看到上面好像有什么东西，于是把枪拔出来，一左一右跟在我身后向上走，一共也就二十来级台阶，很快我们三个走上了台子，等我看清眼前的东西时，顿时大吃一惊。

从下面看这台子是四四方方的，在上面还有一个圆形的石台，而这石台足足有三四百平方米那么大，是正圆形的，上面还雕有日月星辰，而且都是那种立体的，看上去非常精致，不过在这些日月星辰中有一些不一样的东西，是一些用石头雕刻成的圆盘，也就水桶的盖子那么大，毫无规则地放在那些日月星辰中，我粗略数了一下，一共是二十八个。

“看到了吧，二十八星宿，刚好咱们镇子上死了二十八个孩子。”我无奈地说道。

廖宇和王平点点头说：“看来他们也不是胡乱杀人，都是有数的。”

“嗯。”我点点头说道。

再往前，这些日月星辰中是两座台子，一座高两三米，一座却是凹进去，就在这两个台子中间，居然放着一张青铜座椅，这张青铜座椅非同寻常，是一条栩栩如生的青蛟盘旋而成，制作得非常巧妙，尤其是那条青蛟的脑袋，悬在椅子的左半边，头向上，好像要一飞冲天的样子。

青蛟化龙，往生天界，只不过是神话故事而已，不过现在看来弄出这些古怪东西的人图谋的事情可真不小，难怪黄德公他们都深信不疑。当初这需要耗费多少人力、物力才能弄成现在这样的规模。

“炯哥，要不咱们现在动手吧，晚了我怕有什么变故。”一旁的廖宇看到这把青蛟椅后对我说。

“好！”我也觉得这样比较妥当，留着它肯定是祸害，于是我们三个从台子上下来。

可让我没想到的事是，下边居然一个人都没有了……

“黄灵、黄姑子，你们在哪儿？”这可把我给吓了一跳，我大声喊道。

廖宇和王平也赶紧四处找了起来，可是这个地方就这么大，转一圈所有地方都能看见了，这里并没他们的影子。

“炯哥，他们不会又到浓雾里去了？”王平看了看前边那团黑乎乎的浓雾对我们说道。

“不可能，他们绝对不会一声不响地回去，这里肯定有古怪，说不定有人正藏在暗处暗算咱们。”说到这里，我四处看了看，最后把注意力放到浓雾里面。

这里面肯定有问题，一开始突然有人拉了王平一把才把我们拉进了浓雾里，现在其他人又一声不响地消失不见了，只能是这个偷袭我们的人又在搞什么鬼，可是我实在想不出他能有什么办法让黄冲、黄灵、黄姑子这些高手一点儿声音都不出就被制服了。

我这么大声喊，他们肯定能听见，可是现在一点儿回应都没有。

“炯哥，现在怎么办？”廖宇有些慌神了，赶紧问我。

我想了想转身走上平台，然后大声喊道：“我不管你是谁，既然来了，为什么不露面？还在背地里搞鬼？如果你再不出来的话，我就把台子上的东西全拆了。”

说完，我抬脚向台子上一颗雕刻出来的星星踹了过去。

“住手！”就在我要踹的时候，突然一道阴沉的声音从浓雾里传了出来。

我停下脚走到台子边上向浓雾里看去，只见浓雾里出现一个人影，他慢慢从里面走了出来。我一看这个人，立马恨不得从台上跳下去，然后把他给掐死。

“黄德公，又是你捣鬼，你到底想怎样？黄冲他们呢？”我指着他大声喊道。

“放心，他们都很好。”黄德公冷笑一声说道。

“把他们都交出来，否则现在我就宰了你。”我们三个从台子上下来，廖宇和王平一左一右用枪指着黄德公。

“不用这么紧张，你们杀了我也没用，那样只会让你永远看不到他们。先不说这些，我最后问你一句，你到底帮不帮我？”黄德公根本没把廖宇和王平放在眼里，笑着说。

“我看你简直是痴心妄想，你做出来的事简直畜生不如，就算你说的这些全是真的，你认为上天会眷顾像你这样的人吗？”我指着黄德公开始破口大骂。

“先别这么激动，我先让你看一个人，你再决定帮不帮我。”黄德公笑着，转身钻进了那片浓雾。

没多长时间，只见他拉着一个人走了出来，我一看原来是我妈，她双手被黄德公反绑，嘴巴上贴着胶布。

“黄德公，你这是什么意思？赶紧把我妈放了！”我咬着牙说道。

没想到他会趁着我们来祖宅跑到“纸人张”把我妈给绑了过来。

“这就由不得你了，不仅是你妈，就连小英现在也在我身后，你那些朋友也全都在里面，只要我想，随时可以要他们的命。”黄德公说完后，身子后撤，把我妈又推进了浓雾里。

等他再出来的时候，手上是一具具孩子的尸体，他用绳子把尸体捆在一起，抱出来放在我们身前，接着又从浓雾里抱出来两个黑包，打开以后，里面全是扎纸人用的那些东西。

黄德公把东西放好以后，似笑非笑地看着我说：“怎么样？考虑好了没有？这些东西我可费了不少劲儿才弄过来的，没想到吧。我负责任地告诉你，就算你现在开枪把我打死，他们也活不了。所以你要考虑清楚再回答我，我的脾气你也明白，说杀就一定会把他们杀掉！”

“说吧，让我怎么帮你。”这么多人被他抓住了，我不答应也不行了。

“这个你先拿着，好好研究一下。”黄德公说着从怀里掏出一块发黄的牌子，向我扔了过来。

我接在手里一看，上边画满了各种圈圈点点，点之间用线连着，非常复杂。

“这是什么东西？”我奇怪地问。

“上边画的是二十八星宿图，这是前辈们根据星象绘制出来的，一共七十二种变化，不过咱们需要用的只有其中三种。这牌子上有详细的说明，你仔细看一下，不懂的再问我。”黄德公冷冷地说。

我听了后仔细看了看这块牌子上的图，确实有二十八个点，然后用箭头标注了它们运行的轨迹，每一种都不相同，非常复杂，而且毫无规律可循，想要把这些星宿运行的轨迹都记住，那是非常困难的。

我足足看了五个多小时，才把这三种变化牢牢记在心里，期间黄德公也不停地给我讲解，最后总算把它给弄明白了。

黄德公很满意地点了点头，说：“果然不错，我就知道对你来说没有什么难度。”

“不用说别的了，接下来怎么办？但是我要告诉你，不管你弄得如何玄乎，这些东西全部都是假的，你绝对不可能达成你的目的。”我冷哼了一声说道。

“这些就不用你管了，我自然有我的根据。你只要帮我做好这件事，我保证放了他们。三种变法你已经了如指掌了，一会儿这二十八个孩子会放到台子上——你也看到了，上面有二十八个星宿位，天时一到，天体就会自行运转，到时二十八星宿如何变化，就全靠你了。”黄德公笑了笑说。

“你的意思是说，一会儿上面那些石刻的日月星辰都会动起来？”我听了以后皱着眉头问。

“没错。”黄德公点了点头。

“那就是说，星体无论怎样变动，最后都会有三种变化中的一种，二十八星宿需要用一种变化来配合星体的运转，我说的对吧？”黄德公点了点头，向我竖起大拇指。

“行了，我明白了。”说完以后，我把那些扎纸人的东西拿起来，开始在那些已经成为躯壳的尸体内扎了起来。

让我有些奇怪的是，原本李悦的女儿胸口已经腐烂了，按说她的尸体已经不能用了，不过现在看上去好像又被什么东西给补上了一样，密不透风。这倒让我不得不佩服黄德公他们的手段。

“你最好不要给我耍心计，到时候如果你这里出了问题，我绝饶不了你妈。”见我开始扎纸人，黄德公冷冷说道。

“你放心，我根本就不相信你说的这些东西。我妈和我这些朋友对我来说都是最重要的，不像你，你眼里只有你自己。”我瞥了黄德公一眼说。

黄德公没有说话，站在一旁笑眯眯地盯着我。我明白他的意思，张宝说过，整个仪式从布置到主持完成都必须由我亲自动手。因为按照规矩只有后天阳命的人才能成功，而我正是他们一直以来用卑鄙手段“培养”的帮凶。

没再管他，我专心忙手里的事，将一具具纸人扎好，准确地说这些不是纸人而是真人，只不过他们的体内全都是翎管还有各种各样的小部件，当然了还有足够量的灯芯。

等到我全部扎好，已经过去了十多个小时，我累得两只手都快抬不起来了。这些孩子身体里的灯芯被我特殊处理了一下，一般的响动并不会引燃，只有特定频率的震动才可以，这都是黄德公交代的。

黄德公见完工了，兴奋得嘴咧得都快变形了，吩咐我们三个把这些孩子放到台子上，按照二十八星宿的位置摆放好，每个孩子的脸都朝向正中间那把青铜蛟椅。

“接下来要做什么？”我问黄德公。

黄德公说：“想要长生，必须要有二十八星宿，现在已经集齐了，还需要两个人来主持，而这两个人必须是后天阳命和后天阴命，两人同时站在这台上，天体运行之后，我就会得偿所愿，化龙飞升，长生不死！”

“你简直就是痴心妄想，后天阳命和后天阴命是怎么回事？”我接着问道。

“后天阳命就是早产三十六天存活的孩子，后天阴命是难产二十四天存活的孩子，这样的人同时集齐可不容易，千百年来老祖宗们都没能完成，今天让我遇到了，简直就是上天给我安排好了！”

我听了黄德公的话，也算印证了那天张义给我说的那些，只不过这后天阴命到底是谁？

只见黄德公说完之后，从台子上下去，走进浓雾，没一会儿拽了一个人出来，我一看竟然是小英，我万万没想到会是她。

只见黄德公把小英拉出来后，解开她手上的绳子，撕掉她嘴上的胶布，然后拽着她走上台子。

“小英，你没事吧？”我过去拉住小英的手问道。

“没事，炯哥！”小英点头说道，不过看她现在的神情非常难过。

黄德公是她最后一个亲人，现在居然也成了这副样子。小英的眼泪直在眼眶里打转。

“黄德公，你还是人吗？小英是你重孙女，以前你那么心疼她，现在居然逼她来帮你做这种事。”我咬着牙看着黄德公说。

“张炯，事到如今你说什么都没用了。我心疼她？我心疼她是因为她是后天阴命，能帮我长生，否则我为什么一直这么维护她，简直可笑。”黄德公听了我的话哈哈大笑起来。

我和廖宇、王平看着他的样子，心里有一种说不出的感觉，再看小英眼泪不停地往下流，浑身上下都在发颤。我赶忙上去搂着她的肩膀，安慰了她几句。

小英只是不停地哭，最近她受的打击太多了，也幸亏她比别人要坚强，否则精神早就崩溃了。

“行啦，别没完没了的。你们两个现在去阴阳台，小英在阴台，你在阳台，一会儿我自然会告诉你怎么做。”黄德公有些等不及了，开始催促我。

我只好拉着小英向阴阳台走去，阴台是凹进去的，有两米深，我拉着小英的胳膊慢慢把她放下去，然后我让她不要担心，这才站到另一边的阳台上。

黄德公现在表情已经扭曲了，大笑着走了上来，然后一副嚣张至极的样子坐在青蛟椅上。

“黄德公，我不管你要干什么，但是你要记住一点，小英如果有什么危险的话，我绝对不会轻饶了你。”我冷冷地对黄德公说。

“你放心，我让你们做的都是好事，说不定你们会也会和我一样长生不死，绝对不会有什么危险。”黄德公大笑着说。

我哼了一声没再说话。接着黄德公开始抬头看着头顶，神情十分凝重和期待。我不知道他在看什么，也抬头向上看去，上面黑乎乎的什么也没有，也不知道这老家伙在等什么。

大概过了半个小时左右，突然头顶上传来一片闪烁的光芒，我再仔细一看，原来是七股淡淡的荧光，这些荧光和星光很像。

接着，旁边又出现一个更大的亮点，我明白了，这是紫薇星，紧接着在它们的四周开始不停地闪烁起细小的光点，各种各样的星辰全都飘了下来。

算了算时间后，我终于明白了现在外面已经是深夜，星辰的光芒顺着上面一些小孔传了进来，没想到布置这里的人对日月星辰的方位把握得如此精密，这些星辰变化如此复杂竟然一点儿误差都没有。

这些还不算什么，那些星光射下来之后，居然和平台上的那些星辰一一对应，精密到如此程度，让我和廖宇、王平全都瞪大了双眼，

见到眼前的场景，黄德公更兴奋了，大笑着喊道："果然如此，一切都是真的，都是真的，老夫就要长生不死了！"

我听了以后不屑地哼了一声。黄德公也不以为意，还是把所有的注意力都放到这些日月星辰上，接着就听黄德公屁股下的青蛟发出了"咔嚓"的声音，青蛟椅微微向下沉了一下。

接着，我们脚下的石台，开始慢慢转动了起来，而上面的日月星辰也随着石台上的轨道轻轻地滚动起来，它们一直都和头顶上那些光芒重叠在一起，也就是说平台在动，所有的日月星辰，还是停留在原来的位置上，只不过在我们和黄德公看来，满台的日月星辰已经缓慢地运转起来了。

第 35 章　踏斗

流光飞舞，眼前的情景让我目瞪口呆，在绚烂的星空之色下一颗颗星辰仿佛随着石台的旋转飞舞起来，在我眼前是一片以前从来没有见过的场景。

“张炯，看见了吧？你现在还不信我的话？”我身旁的黄德公大笑着对我说道。

我无奈地笑了笑：“的确，这很漂亮，可又能怎样呢？真的能让人长生不老？”

我的话音一落，黄德公冷冷地说道：“再等等你就明白了，哈哈哈！”

看着几近疯狂的黄德公，我冷笑道：“我真不明白你怎么会如此执着。”

眼看着接下来该我动手了，按照星辰变化，我要控制那些孩子动起来，这样二十八星宿就会衍生出黄德公所想要的效果——踢星踏斗，引天葵之力，成长生不死。

就在我要举手的时候，突然“啪、啪”两声枪响传来，就听我身边的黄德公一声闷哼，从青蛟椅上跳了下去，青蛟椅上爆出一团火花，他刚才坐的地方又被击中了一颗子弹，如果不是他跑得快，现在已经被打死了。

黄德公已离开青蛟椅，就听“咔嚓”一声，青蛟椅又慢慢升了上来，原本缓慢旋转的石台也停了下来。

“是谁，给我出来，”黄德公捂着自己的左臂，大声向台子下喊道。

我也赶紧跳下来，护在阴台旁边，廖宇和王平一左一右站在石台两侧，掏出枪对准台子下面。

就在这时，一阵冷笑声从浓雾边缘传来，接着几个身影从浓雾中走出，当先一个正是被轮椅推着的张宝，身后还站着六个身穿黑衣的保镖。

张宝冷笑着说道："怎么样，德公？没想到吧？"

黄德公站起身来，冷冷地看着张宝说："别以为你的小伎俩能瞒过我，早就知道你要来捣乱，不过你就算来了也没用。张炯不会听你的，他的把柄在我手里。"

"德公，别以为什么都在你的算计之中，你想趁着我被张炯他们击退，跑到这里来寻求长生，简直是痴心妄想。殊不知我还带了其他人来，而且你所说的把柄，不就是张炯他妈和他那几个朋友吗？你看这是谁？"

张宝说着一挥手，他身后那几个保镖转身进了浓雾，等再出来的时候从浓雾里扛出两具尸体扔在地上；我妈、黄冲、黄灵、王平的几个手下，我们这边的人，全都被他给带了出来。

我妈他们双手被反绑，嘴上贴着胶带，见到我后，他们几个很激动，挣扎着想要冲过来，可他们枪也被抢了，手也被反绑了，根本无力反抗，被那几个保镖死死地摁住。

看到这些人，还有那两具尸体，黄德公的脸色难看起来，我也明白刚才为什么黄德公说如果我们不听话的话，他自然有办法，要我妈和黄灵他们的性命。原来他还有两个手下，只不过这两个人我从来没见过，看来应该是从别的地方找的。

就在这时，其中两个保镖抬着张宝，另外四个用手枪指着廖宇、王平还有黄德公，一步步向石台上走来。

"炯哥，跟他们拼了吧？"廖宇用枪指着张宝说道。

"没错，今天无论如何不能让他们得逞，炯哥下命令吧。"王平和廖宇一样喊道，同时把食指放在了扳机上。

张宝并无顾忌，还是一步步往上走……

我摇了摇头说："把枪扔掉吧，张宝不会只带这几个人来的——让你的手下都出来吧！"

"哈哈哈，不愧是我儿子。"张宝听了我的话大声笑了起来，然后用力拍了拍巴掌，又从浓雾里走出来两个人，然后用枪顶在我妈和黄灵的头上。

廖宇和王平见到这两个人也无话可说了。

“把枪扔到一边去。”张宝路过廖宇和王平身边的时候，冷冷地说道。

廖宇和王平回头看了看我，我向他们点了点头，他们俩只好扔掉枪，从石台子上走了下去。

现在四把枪全都对准了黄德公，就算黄德公没伤，这四把枪也足以要了他的命。

“张宝，你厉害，没想到我谋算了这么多年，最后还是为你做了嫁衣。要杀要剐随你便，反正我也活够了。”黄德公把眼睛闭上了。

“哈哈哈，想死，有那么容易吗？这么多年了，我能有现在完全是拜您所赐。如果不是你把我逼出风铃镇，我就不会得这一身病。你想死很容易，不过我要让你看着我得到长生，再慢慢弄死你。现在给我滚到台下去。”张宝狠狠地看着黄德公说道。

黄德公无话可说，长叹了口气，捂着自己的胳膊，走了下去。

台子的正面是可以看到石台上的情况的。张宝吩咐他的几个保镖从石台上下去，把所有人都拉到石台的正面，让这些保镖看着我们几个。

“张炯，现在的形势你清楚，如果你敢耍什么心机的话——都给我听好了，只要张炯有二心，先把他妈给我杀了。”张宝一边跟我说，一边对他那些手下大声吩咐道。

“是！”那些保镖们大声答应。

“我还有别的选择吗？不过，你要答应我，只要我帮你达成所愿，你就把我妈他们放了，否则我自然有办法，让你前功尽弃，一无所有。”我咬着牙对张宝说。

“行，没问题，你们这些人在我眼里什么都不是，杀了就好像碾死一只蚂蚁，放了也不过是一群无用的东西。”张宝冷笑一声说道。

“好，既然这样咱们就开始吧。”我回身看了看阴台上的小英，让她不要担心，小英点了点头，到了现在这种局面，她也不像先前那么害怕了。

我站到阳台上。张宝哆哆嗦嗦从轮椅上起来，看样子他的病比前几天更重了，张宝慢慢走到青蛟椅上坐了下来，脸上的神色立马变得和刚才黄德公一模一样，满脸兴奋，不时还大笑两声。

我看着他的样子，心里不屑，这些人的嘴脸都是一个德行。就在张宝坐下去的那一刻，青蛟椅下发出一声轻响，接着椅子慢慢向下沉，石台又开始缓慢旋转了起来，头上的星光还是像刚才一样闪耀。

可能是刚才张宝在浓雾边缘没有看清楚，现在见了眼前的场景，这家伙眼珠都快瞪出来了，一边看一边大声笑，接着所有的日月星辰也都开始慢慢动起来，石盘旋转的速度逐渐加快。

没多长时间，我的眼前开始绚烂起来，见到了刚才那样流光飞舞的奇景。看样子张宝对这东西也非常清楚，只见他看了看我，然后示意我开始动手。

我掏出一颗小钢珠，看准石台上的一条凹槽，轻轻将小钢珠扔了进去，钢珠落到凹槽后随着石台的旋转，开始在凹槽中滑动。

这条凹槽很细，钢珠正好可以从中穿过，最后打在一个孩子脚下的石盘上，就听“噗”的一声，那个孩子身体里燃起一团淡蓝色的火焰，同时孩子身下的圆盘旋转了起来，而且是逆时针旋转，大概转了有三十度停了下来，接着孩子一迈步从石盘上走了下来，那孩子开始向前面走去。

所有人都屏住了呼吸，把注意力放在孩子身上。尤其是张宝，两只眼睛死死地盯着，双手紧张地抓住青蛟椅的扶手。

可让所有人都没想到的事发生了，就听“轰”的一声，头顶好像有什么东西燃烧了起来，我被吓了一跳，抬头一看，只见一个火球，正从上方落下来。

不好！我赶忙跳下阳台，想护住小英，不过这个火球并不大，也就像个西瓜那么大，可能张宝的注意力一直都放在那个孩子身上，所以他的反应比我慢了那么一秒钟，再想躲的话，已经躲不开了。

就在那个火球出现的同时，从台子另一侧突然钻出来一个人，几步冲了上来，一把将张宝抱住，紧接着火球砸了下来，正砸在那个人的后背上，让我没想到的是这火球好像泼下来的水一样，瞬间把那个人连同张宝，给裹了进去。

火一下子烧大了，在场的人全都愣住了，也全看清楚了，冲上来的那个人正是张义，难怪黄姑子没有找到他的尸体，这小子从悬崖上跳下去后，不知道怎么没死，现在还来救张宝。

张义和张宝惨叫着从青蛟椅上滚了下去，青蛟椅下一声轻响，椅子慢慢回到了原位，日月星辰也都停了下来。张宝和张义他们身上应该是汽油之类的东西在燃烧，根本无法挣脱。

滚了两下，张义一把将张宝推了出去。由于大部分油都在张义身上，所以张宝滚出去后没多长时间火就灭了。而张义就惨了，全身上下烧个不停，惨叫声听得我们阵阵发寒。

“张义，儿子，你怎么这么傻？”见了眼前的场景，张宝突然好像良心发现一样，挣扎着爬到张义身前，想给他扑火。可根本没法扑，只能脱下衣服来开始在他身上用力扑打，这时张宝的两个手下也脱掉衣服冲了上来，三人合力这才把张义身上的火扑灭，可张义已经被烧得浑身漆黑，躺在地上不停地抽搐。

就在所有人都不知所措的时候，突然“啪、啪、啪”三声枪响从台子下传来。

我向下面看了一眼，只见张保的三个保镖竟然趁着这个机会把另外三个保镖给打死了，那三个到死都还不明白是怎么回事，躺在地上瞪大双眼，死不瞑目。

那三个保镖开完枪后立马举枪，朝着台子上的那两个保镖就射，那两人只顾着救火，枪已经被他们插在了后腰，事发太突然，根本来不及还手，就地一滚，抱着张宝躲开子弹，然后爬起来抽出枪，开始还击，一时间台上台下，打了个混乱。

“快躲开！”我大声向我妈他们喊道。

他们也知道留在原地太危险了，连滚带爬跑到一旁，还好都没受伤。我弄不明白那三个保镖为什么会突然倒戈，不过看眼前的形势好像又有了变化。

不过我没有跳下石台，而是守在阴台旁边，以防小英受伤。

小英抬头看着我问：“炯哥，下面怎么了。”

“没事，你安心待着，”我嘱咐了一下小英，然后趴在地上，看着他们双方死斗。

上面这两个保镖被吓了一跳，准头要差得多，一个疏忽其中一个被下面的人一枪打中肩膀，这家伙惨叫一声躺在了地上，手里的枪也掉了，这样一来张宝身边只剩下一个保镖了，支撑了没两下，下面那三个就冲了上来，开枪将石台上的两个保镖全部击毙。

三人上来后，并没有向张宝开枪，而是用枪顶住他的脑袋，死死地把张宝按在地上，让他跪着。

张宝气坏了，喘着粗气狠狠地说道："你们三个怎么回事？不想活了是吧？敢阴我，等我活着回去，你们的家人一个也别想活。"

"张宝，没用了，你现在威胁不了我，我们的家人已经被救出来了，而且现在在一个没人知道的地方，我们不会再为你卖命了。"其中一个保镖听了，冷笑一声说。

"不可能，我把他们藏得那么隐蔽，你们不可能找到他们。"张宝听了，不可置信地说道。

"怎么不可能？有我呢！什么人还找不到。"就在这时台下一个人冷冷地说道。

接着只见原本已经受伤的黄德公慢慢走上了石台。

"是你，怎么可能？"张宝目瞪口呆地看着黄德公问道。

"张宝，自从你离开风铃镇后，你的一举一动，都在我的掌握里，你去了哪儿做了什么事，甚至说了什么话，我都清清楚楚，没有人比我更了解你，他们三个是你的得力手下，我知道你肯定会带他们来，所以事先稍微用点儿手段就把他们策反。你看看，现在谁还能帮你。"黄德公大笑着说道。

"不可能，你绝对不会知道我的行踪。当时你儿子四海来找我的时候，根本没有任何人知道。因为当时你已经认为他死了。所以我离开风铃镇你根本不会事先得到消息，更不会追踪到我的下落。而且我在外人面前，一直没用黄四海的名字，知道这个名字的只有四海的儿子和女儿。"张宝还是不相信，拼命地挣扎。

"对，最了解你的是黄四海，这个名字，我已经很长时间没用过了……

哼！”黄德公一边说着，一边把自己上身的衣服脱了下来。

按说九十多岁的人身上应该有很多褶子，皮肤也应该没有光泽才对，可他把衣服脱掉后，身上皮肤还很光鲜，肌肉疙疙瘩瘩的，根本不像一个九十岁的身体。

见他这样，所有人都愣住了。不过还是可以看得出来，他的脖子和胸口皮肤的颜色略微有一些区别，身上的颜色要稍微黑一点儿，脖子和脸要稍微白一点儿。

张宝不明白他是什么意思，奇怪地看着黄德公。

“张宝，你听好了，我的名字叫……黄、四、海！”话音一落，只见黄德公猛地用双手抓住脖子上的皮肤，然后用力撕开。

让所有人都不敢相信的是他皮肤下面竟然还是一层人皮，接着他开始撕脸，连带头发一起扯了下来，出现在我们面前的是一个光头的中年男人，眼神十分凶恶，脸上血迹斑斑，是刚才他撕皮肤的时候把脸上的皮肉也给扯了下来。

“你，四海！你没死，不可能，当时是我亲手把你埋了，你不可能还活着，你的脸是怎么回事？”张宝眼珠差点儿没瞪出来。

“那是我爹黄德公的脸。你别忘了张洪是替我做事的，把这些孩子弄成一张皮的手艺，我自然也会，所以我就把我爹弄成了这样，然后粘在我的脸上。这么多年了，我忍辱负重，为的就是今天。当初我知道了宗族的秘密，我爹死活拦着我不让我做，可这是祖上留给咱们唯一的东西，唯一的宝贝，我不能辜负他们。所以我想到了这个办法，逼你来跟我合作。当时的你并不同意，所以我只能诈死，让你离开风铃镇。还有一件事我要告诉你，你会得这样的病完全是拜我所赐。我要把你逼上绝路，你才会不顾一切地调查，当你见到真有长生之法，你也会不顾一切地想要达成，甚至你还会亲自把你儿子张炯一步步带上这条路。如果不是你的话，我所有的事都不会如此顺利，包括今天的一切全都在我的掌握之中。你知道刚才烧你的火球是怎么回事吗？那也是我事先布置好的，包括那两把钥匙，其实也是祖上传下来的，一直在我爹的手里，是我把它们藏起来然后利用张洪交给张炯的。”黄四海大笑着说道。

所有人都听傻了，没想到这里面的事情会如此复杂。

“黄四海，你就是畜生，我杀了你。”张宝听完以后，脸上青筋暴露，眼里都快流出血了，挣扎着想要冲上去，找黄四海拼命，可被他身后两个保镖死死地摁住。

“晚了，一切都晚了，现在谁也不能阻止我了。我应该感谢你，是你生了一个后天阳命的儿子，还一点点把他扯了进来，让他无法自拔，成为我长生之路的垫脚石。”黄四海笑着说道。

这家伙的脸上坑坑洼洼的，都是伤口，身上都已经被血染红了。在我的眼里，他就是一个魔鬼，一个没有人性的魔鬼。

第36章　极乐

我低头看了一下阴台里的小英，她已经蹲在阴台的一角，开始抽泣起来。

我现在没办法去劝她。因为我自己也很激动。我没想到一直很受众人尊敬的黄德公早就已经死了，他的儿子机关算尽害死了这么多人，首当其冲就是黄德公一家。张宝也愣住了，待在那里不知道说什么好。

“放开他，他已经废了。”黄四海见张宝不再说话也不再挣扎，冷笑了一声说道。

身后那两个保镖把张宝松开，然后狠狠地踹了他一脚，张宝滚到了已经躺在地上不动的张义身边。

“爸，这次我做的事对吧。我不是那么没用，我才是你的亲儿子，对你好的只有我一个……”张义还没死，看到身旁的张宝后，挣扎着说了这么一句话，然后慢慢闭上了眼睛。

张宝看着张义，眼泪不停地涌出来。我知道他已经后悔了，我也知道张义这个人其实并不坏，只不过他想在张宝面前证明自己罢了。

“把他们带下去。”黄四海冷冷地看了张宝一眼对保镖吩咐道。

那三个保镖把张义的尸体从石台上抬了下去，随手扔在地上，然后掏出枪继续指着我妈她们。

接着黄四海十分得意地笑道：“张炯，看见了吧，一切尽在我掌握之中。现在咱们可以正式开始了，你先把那个孩子重新扎一遍。”张宝兴奋地说道。

我叹了口气，站起身走到刚才已经被我引燃的那个孩子身前，把他抱起来，将他体内的两个灯芯拔掉，然后按照先前的样子再装上处理好的灯芯。

见我准备好了，黄四海捂着自己的胳膊，慢慢走到青蛟椅上，他轻轻抚摩了一下蛟龙的头，脸上露出奸笑，一转身坐在了青蛟椅上。

就听“咔嚓”一声，青蛟椅慢慢沉了下去，石台第三次开始运转起来，空中点缀着莹莹蓝光，眼前的景象开始绚烂起来，和前两次一样，等那些日月星辰旋转起来，黄四海给我使了个眼色，我和上次一样在凹槽中放了一颗小钢珠，钢珠慢慢滑向二十八星宿的方向，钢珠打在石盘上，接着石盘开始慢慢旋转，等停下来之后，上面的那个孩子迈步向前面走去。

在那孩子走了三步的时候，我将另一颗钢珠也放进了凹槽中，钢珠引动了另外一个孩子，从石盘上走了下去，而在第二个孩子走下去的同时，我第一个引动的孩子，开始在日月星辰中，慢慢走了起来，走几步停几步，完全根据日月星辰的运转来确定方向。

就这样，一个个孩子都被我用钢珠引燃，然后只见二十八个孩子不停地在日月星辰中穿梭，没多长时间，我们脚下的石台越转越快，上面的孩子们走得也越来越快。

就在这时突然“噗”的一声，石台上所有的孩子全身都燃起了淡淡的蓝色火焰，这些蓝色火焰并不能灼伤他们的皮肤，而是在他们身上不停地燃烧着，他们也没有停下脚步，继续行走，我们眼前的景象比刚才更加炫目了，二十八个火球被石盘上的日月星辰引动，与天上的日月星辰交织在一起。

大概走了没多长时间，天上的星辰有了变化，方位开始不停转变，而石台上的那些日月星辰也开始动了起来，二十八个孩子慢慢地减速，双脚开始踢星斗，走起了罡步。

他们身上的火逐渐被星光所引动，开始慢慢飘浮起来，一股股蓝色的火焰，顺着星辰变化的轨迹开始向青蛟椅这边汇聚了过来。

见到眼前的场景，黄四海兴奋得都快坐不住了，双脚不停地哆嗦，双手死死地抓住椅子把，就在这些火焰汇集到我们身前时，也不知道为什么，我和小英所占的阴阳台，在热力下卷起一股旋风，将这些火焰全都卷了进来。

不过这些火焰对人并没有什么伤害，直接从我们身上冲了过去，将黄四海坐着的青蛟椅紧紧裹住，而且还在不停旋转。

一瞬间，黄四海身上全都被那股火焰包裹，而且火焰旋转的方向和青蛟椅上那条盘旋的青蛟是同一方向，这样一来，远远看去好像这条青蛟就要飞腾而上，化蛟为龙一样，十分壮观。

没多长时间，黄四海的身体都成了淡蓝的颜色，已经看不到他的样子了，只能看到一条化为青龙的蓝色火焰，想要冲破天际。

黄四海的笑声从火焰里传来，现在的他已经兴奋坏了。

“张炯，不能被他得逞！”就在这时台下突然有人大声喊道。

我一听，原来是黄姑子，我不知道她是怎么把嘴上的胶布撕下来的，赶忙回头看了一眼，结果只见黄姑子双手还被反绑着，然后两腿一蹬，突然从地上跳了起来，一脚把他旁边那个已经看呆了的保镖踹晕，然后向另一个冲去，那个保镖已经反应过来了，抬手向黄姑子打了一枪。

黄姑子一声闷哼，不过她没停下来，冲上前去一头撞在那人胸口上，那个保镖两眼一翻晕了过去，而黄姑子也站不起来了，趴在了他身上，看样子刚才那一枪她伤得不轻，就剩下一个保镖了，这家伙冲上前去，一枪打在黄姑子后脑上，黄姑子脑袋一偏不动了。

黄姑子命丧当场，所有人都急眼了，全都朝那个保镖冲了过去，那个保镖抬手就要打黄冲，结果被黄灵一脚踹在手腕子上，枪打偏了，手枪也飞了出去，同时黄冲也扑了上来，用力撞在那保镖身上，那保镖经受不住这么大的力气，直接仰面摔倒在地，廖宇他们几个全都扑了过去，把那人死死地压在地上。黄灵转到那保镖身前，一脚踢在他脑袋上。那家伙两眼一翻，咽气了。

见他们都没有危险了，我算是彻底放了心，跳下阳台，把小英从阴台里拉了出来。

“小英，你快走。”把她拉上来后，我对她大声喊道。

“炯哥，你怎么办？咱们一起走吧。”小英不放心，拉着我胳膊说。

“你先下去，我要对付黄四海。”我摇了摇头说。

“那你小心点儿，”小英点点头，然后向石台下走去。

我看了看周围的那些孩子，身上的火已经被烧得差不多了，不过日月星辰旋转的速度越来越快。我上前把那些燃烧着的孩子踹倒，然后又把那些日月星辰全都从凹槽里推了出来，那些火焰也全都熄灭了。

不过，青蛟椅上旋转的那些火焰还没有灭，现在已经完全附着在了黄四海的身上。

“张炯，没用了，你已经阻止不了我了。”火焰里的黄四海见我开始砸石台，冷笑一声说道。

“是吗？”我咬了咬牙，搬起一个四五十斤重的石球，狠狠地向黄四海砸了过去。

黄四海一闪身跳到一旁，他的身手太好了，我根本砸不到他，不过他身后的青蛟椅被我砸了个稀巴烂。

现在的黄四海全身上下一团蓝色火焰，根本看不清他的脸，这家伙跳开后一闪身向我冲了过来，我不是他的对手，赶忙拿起石头向他一通乱砸，不过全都被他给躲开了，最后黄四海冲到我身旁，一把掐住了我的脖子。

“黄四海，住手，我要开枪了！”

就在这时黄冲、黄灵、王平、廖宇他们四个冲了上来，每人手里拿着一把枪，指向掐着我的黄四海，不过黄四海的反应太快了，听到声音立马回身，将我挡在身前。

黄冲他们不敢开枪，双方就这样僵持了下来。黄四海身上那些淡蓝色的火焰让我全身暖洋洋的，非常舒服。

我现在真弄不明白，难道说就用这些蓝色的火就能长生不老，但凡是一个有点儿理智的人，肯定不会信这些东西。

“黄四海，你今天跑不了了，现在投降还来得及。冥顽不灵的话，小心你会死无葬身之地。”我狠狠地对黄四海说道。

“张炯，我看你是没有分清形势，要死也是你先死，都给我老实点儿。谁敢乱动一下，我要了他的命。”黄四海掐着我的脖子，“全给我后退。”

廖宇他们没有说话，互相看了看，然后慢慢向后退去。

“不要退，今天无论如何不能让他跑掉。如果你们因为我给他让路的话，我不会原谅你们。”我咬着牙对廖宇他们喊道。

“炯哥，我们实在没办法开枪！”廖宇叹了口气把路让开，黄冲他们也是一样。

我知道他们什么意思，没再说什么，黄四海掐着我往前走，我拼命地挣扎，这家伙抬手砸了我后脑一下，我眼前一黑，身子软了下去，不过还没有晕。

黄四海继续掐住我的脖子，拎着我往前走。

“黄四海，你要再敢伤害炯哥，别怪我们不客气！”见了黄四海的样子，黄冲等人往后退去。

黄四海看样子已经没什么耐性了，掐着我往下走，廖宇他们只好一步步退到了石台下面，黄四海这才提着我走了下来。

“放了炯哥，我求求你了，千万不要打他，你放了他吧！”就在这时，小英竟然跑了过来向黄四海求饶。

黄四海压根儿没有拿正眼看她，冷冷地瞥了她一眼，从她身旁走了过去。

“我跟你拼了！”让所有人没有想到的事，小英见了黄四海的样子居然大喊了一声，突然朝黄四海扑了过去，一把搂住了黄四海的脑袋，然后张嘴就咬。

黄四海被这丫头吓了一跳，赶忙伸手去抓她，可小英冲上来太突然了，被她一嘴正好咬到黄四海的眼睛上，黄四海惨叫一声，回手一拳打在小英脸上，把小英打飞了出去。

我知道小英为什么会这样，她最近受的刺激太大了，现在她心里唯一的支柱就是我，眼看我被黄四海掐住，她精神上受不了，所以做出了过激的行为。

没想到这一下反倒是让黄四海松了手，我就地一滚，脱离了他的魔爪。

见我跑开了，廖宇他们大喜，赶紧向黄四海开枪，一瞬间山洞里枪声大作，黄四海虽然受了点儿伤，可他的身手太好了，左冲右突，黄冲他们四个，打出的子弹竟然没有一颗击中他。

不过这也怪他们有所顾忌，离黄四海不远的地方就是我妈和刚才被打飞的小英，否则黄四海就是插了翅膀也躲不开四个人的子弹。

我妈见黄四海向自己冲来赶紧往旁边跑，可她的速度跟黄四海比起来差太远了，眨眼间黄四海已经冲到我妈身后，抬手去抓我妈的脖子，只要被他抓住，那我们今天算是功亏一篑了，这家伙绝对不会再给我们任何机会，一旦被他逃跑再想抓住他，就如登天一样难了。

廖宇他们又开了几枪，结果也被黄四海给躲过了。他一把抓住我妈的脖子，用力往自己身前挡了过去。

就在这时“啪”的一声枪响，黄四海的手腕子上爆出一团血花。他闷哼一声，松了手往旁边跳开。紧接着又是一枪，直接打在他的右腿膝盖上，黄四海“扑通”一声趴在地上，疼得他直咬牙。

这家伙喘了两口气把头抬了起来，结果他一看击中自己两枪的人，立马瞪大了双眼，因为那个人正是我。

刚才我滚开的时候，突然腰间一疼，好像有什么东西硌了我一下，我一看正是被打死的保镖掉在地上的手枪，我把它拿起来，危急关头两枪把黄四海放倒。

见黄四海已经没有了反抗能力，黄冲他们冲上去把他制伏，用手铐把黄四海双手双脚全都铐住，以防他暴起伤人。

这下我总算放下了心，跑到小英身前把她抱起来。

“小英，你没事吧？”我拍了拍小英的脸喊道。

小英慢慢睁开眼睛，一见是我，“哇”的一声哭了起来，把头扎进我的怀里。我安慰了她几句，然后把她交给我妈。

我站起身来，走到黄四海身前，这时候他身上的火焰已经完全熄灭了，而他的身体，并没有任何变化，伤口也还在流血。

“怎么样？你长生不老了吗？你个蠢蛋！”我哼了一声骂道。

黄四海看着自己的身体，一句话也不说。

我知道他现在心里已经有些不知所措了，他无比信仰的东西在事实面前，被击得粉碎，连带他的思想都已经彻底崩溃了。

我不再管他，让大家把身上的伤处理一下，又清点了一下现场，把还晕着的保镖用手铐铐起来。

我站在黄姑子的尸体前，一句话也说不出来，心里很不是滋味。她错了，应该得到应有的惩罚，接受法律的制裁，不应该这样被人打死。因为这样让我们欠了她一个大大的人情，可以说在场的人都是她救的！

等休息了一会儿后，我才和大伙儿一起从阴宅里出来。

回到地面以后，天色已经大亮，太阳从山的东边缓缓升起，金色的阳光洒在身上让人非常舒服，我深吸了口气，胸口一直憋闷的感觉荡然无存。

案子结束了，凶手已经落网，而我心里却不能平静。我们所面对的，并不只是风铃镇这一个案子，像黄四海、张宝、张洪乃至风铃镇宗族以前的四大族长这些人，只不过是大千世界的一个缩影，像他们一样迷信那些神鬼之道的大有人在，要彻底升华人们的思想，还是一个非常艰巨的工作。

先把黄四海身上的伤包扎好，然后带着全镇的人下了阴宅，把整件事情的经过给他们详细地说了一遍，最后大家一起把那座石台拆除，和我想的一样，里面不过是一些比较精密的结构，好像手表里的那些一样大家这才明白，看到的那些玄之又玄的东西，其实不过是非常简单的机械而已。

接下来的案子就不用我来处理了，自有廖宇和黄冲他们去办。我把王平他们几个送走，然后回到“纸人张”去找我妈。

“孩子，你以后有什么打算？”我妈笑着问我。

“大夫说小英的病治不好了，所以我想带她出去走走，其实我挺喜欢外面的世界的，虽然没有镇子上的人真实，不过也有另外一番风景！”我笑着对我妈说。

“行，你做什么妈都支持你，去吧！”我妈点点头说道。

我答应一声，把东西收拾好后带着神情呆滞的小英从风铃镇出来，回头看看，“纸人张”店铺前升起一股黑烟，我知道那是我妈在烧那些彩纸、翎管。

不知道为什么，心里有一阵失落。我没去向廖宇他们辞别，因为我不喜欢伤感……

“你就这么走了？”我正走着，前面树林里走出来一个人。

“黄灵？你在这干什么？”我看清楚后奇怪地问。

“我是来看着你的，你可别想溜……”

“看多久？”我笑着问。

“随我高兴……”